www.tredition.de

AF197135

Weitere Werke der Autorin:

Atemzug, tredition GmbH, Neuauflage Juli 2020.

Die Zürcher Achse, tredition GmbH, Juli 2020
(vormals Rose of India)

MONTE, tredition GmbH, Juli 2020

Eveline Keller, 1959 in Zürich geboren, lebt mit ihrer Familie in Wallisellen bei Zürich, und schreibt regelmässig Kolumnen in einem Online Magazin. 2009 verfasste sie den ersten Krimi Atemzug, dies ist die Neuauflage. Es folgte der Krimi Die Zürcher Achse. Das neueste Werk ist der Kriminalroman MONTE, er erscheint im Sommer 2020. Bevor sie sich ganz der Schriftstellerei widmete, arbeitete die diplomierte Betriebsökonomin im Gemeinnützigen Frauenverein Zürich, im Amt für Justizvollzug und bis zu ihrer Pensionierung an einer Schule.

Der folgende Text enthält Helvetismen. Für Risiken und Nebenwirkungen lesen sie die Kurzbeschreibung oder fragen die Autorin.

EVELINE KELLER

ATEMZUG

Staatsanwalt Harry Bennet ermittelt

www.tredition.de

Verlag & Druck: tredition GmbH, Halenreie 40-44, 22359 Hamburg

ISBN
Paperback: 978-3-347-08523-7
e-Book: 978-3-347-08525-1

Für Jérôme, Stefan und Walter

1.

Bleierne Dunkelheit umfing die Geschäftshäuser an der noblen Ein-
kaufsstraße in Winterthur. Ladenschluss war längst vorbei und das
Quartier wirkte um diese Zeit wie ausgestorben. Eine schwere Wolken-
decke überzog den Nachthimmel, da braute sich ein Gewitter zusammen. Diese Stimmung drückte den Bewohnern aufs Gemüt. Sie zogen
es vor, zu Hause zu bleiben.

Bis auf einen: Pünktlich um 23:20 Uhr bog der Nachtwächter pfeifend
um die Ecke. Unbeirrt schritt er von Haus zu Haus, kontrollierte da ein
Schutzgitter und dort eine Ladentür. Routiniert fuhren seine Finger über
die Lochung der Schlüssel an seinem prallen Bund und zog den Passenden heraus. Er schloss auf, kontrollierte und sperrte wieder ab, hob
die Taschenlampe in Richtung des nächsten Kontrollabschnittes und
folgte dem Lichtkegel vor seinen Füssen.

Vom Nachtwächter unbemerkt, spielte sich indes im Untergeschoss,
des von ihm gerade eben kontrollierten Juwelierladens Ungewöhnliches
ab. Hier waren zwei vermummte Gestalten am Werk und gingen ihrem
kriminellen Gewerbe nach. Auf das Zeichen der Kleineren duckten sie
sich hinter den Tresor und hielten sich die Ohren zu. Ein Knall folgte und
machte sie für einen Augenblick taub. Darauf öffnete sich knirschend die
Tür des Safes.

»Kinderspiel – sag ich doch!«, lächelte Glitter-Glamy und zwang ihre
Mundwinkel nach oben. Von einer weihnachtlichen Freude ergriffen,
drückte die berüchtigte Safeknackerin ihre zehn Finger durch und zog
beschwingt eine der fünfzig Fächer heraus. »Na ihr glitzernden Stein-
chen, kommt zu Mutti!«

Um im nächsten Augenblick enttäuscht aufzuschreien. Leer! Sie
schnappte eine andere Lade. Auch leer. Das konnte nicht wahr sein! Und
noch eine, und eine Weitere. Wütend riss sie an den Schüben im Gestell.

Sie suchte darin nach Diamanten und schmiss die nutzlosen Fächer hinter sich. Da! Endlich. Ganz an den Rand gedrängt lag ein Beutelchen, mit ein paar winzigen Edelsteinen drin. Das war zu viel für die Einbrecherin. Mit einem pfeifenden Röcheln gaben ihre Knie unter ihr nach und sie sank zu Boden.

»Lass mal sehen.« Raschdi, der Mann fürs Grobe packte mit seinen Pranken zu und zerlegte alles kurzerhand. »So ein Scheiß, Mann!« Auch er fand nichts weiter.

Eine Sekunde lang schauten sich die beiden ratlos an. Hier hatte sich jemand einen bösen Scherz erlaubt. Und das mit ihr! Glitter-Glamy, der besten Safeknackerin aller Zeiten! Zorn und Enttäuschung vermengten sich zu einer Mixtur, die sich explosionsartig Luft verschaffen musste. Was nicht schon kaputt war, zertrampelte sie blindwütig. Bis langsam, mit der Erschöpfung auch die Vernunft wieder einkehrte.

Zugegeben, sie hätte misstrauischer sein müssen. Der todsichere Tipp, dass sich Diamanten im Wert von fünfzehn Millionen Franken im Tresor befinden sollten, war zu schön gewesen, um wahr zu sein. Existierten die überhaupt? Und, wenn nicht hier, wo waren sie dann?

Und ihr fiel etwas anderes wieder ein, etwas das sie völlig vergessen hatte. Der Safe war mit einer Direktleitung zur Polizei verbunden. Mit der Sprengung wurde der Alarm ausgelöst. Eigentlich wusste sie das. Und sie wären auch längst mit der Beute verschwunden, wenn sie sich da befunden hätten, wo sie hätte sein sollen. Das war eine Falle! Wenn sie nicht Tempo Teufel abhauten, würden sie den Bullen direkt in die Arme laufen.

»Raus hier!« Sie stürzte zur Tür. Raschdi im Gefolge. Wie von allen Hunden gehetzt rannten sie über den Hof und sprangen ins Fluchtauto. Ein Blick in die Runde bestätigte ihre Vermutung. Die Nacht wurde von

Blaulicht durchbrochen, das über die Häuser huschte und sich in den Schaufenstern spiegelte.

Flink bogen sie in eine Seitenstraße ein und verschwanden.

Nun erhellten Blitze die Nacht, zuckten in kurzen Abständen über den Himmel, gefolgt von donnernden Wolken, die sich in einem heftigen Gewitter entluden. Im strömenden Regen hielt die Polizeistreife einige Sekunden später vor dem Juwelierladen van Hohenstett. Die Beamten sicherten erst die Lage, liefen zum Ladeneingang, prüften ihn und auch die Hintertür. Dann meldeten sie einen Einbruch an die Zentrale, worauf der Besitzer verständigt wurde.

Eine Viertelstunde später, das Unwetter war weitergezogen, schoss ein schnittiger BMW mit quietschenden Reifen in den Hof und kam schlitternd zum Stehen. Direkt vor einem Polizisten, der vor Schreck beinahe sein Funkgerät fallen ließ.»Ihre Fahrkünste lassen zu wünschen übrig. Bremsen sie immer so knapp?«, fuhr er den Lenker an.

Van Hohenstett war anfangs fünfzig und mittelgroß. Seine übliche elegante Erscheinung hatte in der Eile etwas gelitten. Sein Haar war zerzaust und ein Hemdzipfel hing ihm hinten aus der Hose.

»Wie – was - wieder ein Fehlalarm?«

Es war schon das zweite Mal diese Nacht, dass er von den Gesetzeshütern gerufen wurde. Vor genau einer Stunde war er schon mal hier gestanden und sie hatten danach gemeinsam alle Türen kontrolliert. Ihm reichte es für heute.»Wahrscheinlich war es ein Nachtfalter, der die äußerst sensible Lichtschranke touchiert hatte«, brummte er.»Am besten wir schalten die Alarmanlage ab für heute, am 19. Juli 2007. Morgen früh lasse ich sie unverzüglich von einem Spezialisten überprüfen.«

Sein dünner Oberlippenbart zitterte gereizt und seine herablassende Art war noch ausgeprägter als sonst.

Schon beim ersten Fehlalarm, gleich zu Beginn hatten sie füreinander eine natürliche Abneigung empfunden, der Juwelier und der Polizist, und seither hatte sich diese noch vertieft.

Da fragte ihn doch dieser Ignorant, nachdem er ihn aus dem Bett geholt und hergerufen hatte, ob er der Besitzer des Geschäftes sei.

»Erwarten sie sonst noch jemanden?«, hatte der ihn angeknurrt.

»Können sie sich ausweisen? Reine Formsache.«

Mit einem »Hmpf – sehr witzig?« hielt ihm Thaddäus van Hohenstett den Ausweis hin und forderte nun seinerseits, die Dienstmarke des Beamten zu sehen. »Aha! Herr Peter Kohn, ihren Namen werde ich mir merken.«

Beim anschließenden gemeinsamen Rundgang durch alle Räume des Ladens konnten sie nichts Ungewöhnliches feststellen. Der Polizist meldete daraufhin den Fehlalarm der Zentrale und alle waren sie wieder von dannen gezogen. Dass erneut ein Alarm ausgelöst worden war, konnte nur bedeuten, dass Herr Kohn das letzte Mal nicht korrekt quittiert hatte.

Doch da täuschte sich der Juwelier.

»Diesmal leider nicht. Die Einbrecher haben ein wüstes Durcheinander hinterlassen. Machen sie sich auf etwas gefasst.«

»Haben sie die Diebe wenigstens erwischt?«, wollte van Hohenstett wissen.

»Nein, sie waren schon weg.«

Zu dritt betraten sie den Laden. Die Vorankündigung war nicht übertrieben. Sie stiegen über umgeworfene Regale und zerschlagene Stühle. Der Inhaber schüttelte über die blinde Zerstörungswut der Einbrecher den Kopf. Am Eingang zu seinem Büro blieb er stehen und hielt den Atem an. Sichtlich erschüttert trat er ein.

Als später der Einsatzleiter und sein Kollege vorbeischauten, schob er verloren einige Papiere auf dem Pult zusammen und murmelte: »Das kann nicht sein. Wie ist das möglich?« Niedergeschlagen saß er am Tisch und konnte einem leidtun.

»Wer besitzt außer ihnen einen Schlüssel zum Laden? Und wer kennt den Code der Alarmanlage?«, wurde er gefragt.

Van Hohenstett hob eine Braue. »Außer mir hat nur die Nachtwächterfirma einen Schlüssel.«

Die Polizisten stellten an den Türen keine Einbruchspuren fest, also mussten die Diebe den Schlüssel und den Code gehabt haben. Das fand der Juwelier unfassbar. »Kann man denn nicht einmal mehr der Nachtwächterfirma trauen?« Und wetterte lauter: »Das sag ich ihnen: Denen hänge ich ein Verfahren an, von dem sie sich so schnell nicht wieder erholen werden. Das ist ein Skandal! Ich gehe damit an die Presse. Die stecken womöglich mit den Gaunern unter einer Decke.« Aufgebracht tippte er Herr Kohn vor die Brust. »Und Sie Herr Dings, Sie sollten hier nicht tatenlos herumstehen, sondern die Diebe fassen!«

Der Angesprochene antwortete gereizt, dass die Polizei in alle Richtungen ermitteln wird und fragte van Hohenstett, wo er heute Nacht zwischen 22:30 Uhr und 23.30 Uhr war. Daraufhin fuhr der ihn an: »Unverschämtheit! Wollen sie damit sagen, ich hätte mich selbst bestohlen?«

Der Beamte zuckte nur die Schultern: »Glauben sie mir, wir haben schon fast alles erlebt.«

2.

Ein Tag davor, wartete im Hauptbahnhof Zürich eine Reisende in einem olivgrünen Regenmantel, das praktische Rollköfferchen neben ihren Füßen abgestellt. Amüsiert verfolgte sie das geschäftige Treiben um sie herum. Die einen Züge, abgefertigt wegfuhren oder die anderen, die mit quietschenden Eisenrädern bremsten. Kaum, dass sich die Türen geöffneten hatten, ergoss sich eine Woge von Menschen auf die Bahnsteige.

Die Passagiere schlenderten gemächlich, aber die Mehrheit eilte zur Bahnhofshalle, durchquerte sie und strömte ins Freie. Es wimmelte von Leuten, laufend und drängelnd oder gemütlich bummelnd. Die einen blickten hoch zur Anzeigetafel und suchten ihren Anschlusszug, die anderen steuerten den gewünschten Ausgang an.

Die Frau im Regenmantel war eben mit dem Nachtzug aus Hamburg angekommen und soll hier ihren Kontaktmann treffen, der sie abholen kam. Um ihren Mund lag ein verlorenes Lächeln, das jedoch nicht ihre eisig blickenden Augen erreichte. Ihre schwarzen Haare waren zu einem gescheitelten Bopp frisiert und verdeckten eine Hälfte ihres blassen Gesichtes. Sie schaute wie die Menschen vorbeihasteten und an der Vorderfrau vorbei preschten, wie eine Horde Lemminge, die auf einen Abgrund zustürzte.

Nur, dass Beste daran war, dass die Leute nicht wussten, worauf sie zu liefen. Nämlich einen Abgrund, in den alle diese Ungläubigen stürzen werden, bevor der Monat zu Ende war. Ihr Führer und Prophet hatte sie informiert.

Grinsend dachte sie an die Bombenattentate in London. Dies war ein klares Zeichen, dass das Ende der Menschheit nicht mehr lange auf sich warten ließ. Nur sie, die Auserwählten des Phalaenopsis-Ordens würden verschont bleiben.

Die Zeit würde stillstehen; die Luft trächtig vor Unheil; ein einziger Schmerz würde alle umfangen; die Opfer vom Schock wie gelähmt; Krankenwagen mit quietschenden Reifen eintreffen; Sirenen heulen; Massen würden in Panik flüchten. Doch unentrinnbar würde das Ende nahen.

Einzig die Brüder und Schwestern vom Phalaeonopsis-Orden in ihrem Bunker, zwei Stockwerke unter der Erde sollten den Weltuntergang überleben. Danach würden sie als Auserwählte von reinem Blut die Welt neu bevölkern. Sie und mit ihnen, zahlreiche andere Gruppen, die sich im Glauben zu Gemeinschaften zusammengeschlossen hatten und über den ganzen Erdball verstreut waren.

Süffisant spitzte sie ihren Mund. Sie schaute sich um. Ihr Blick blieb an einer jungen Frau hängen, die ihren Kaffee, das Handy und die Handtasche balancierend, auf einen der Ausgänge zuging. Sie sah sie und dann doch wieder nicht. Sie war ein Teil einer Masse, die durch den Bahnhof strömte.

Nicht mehr lange, dann werden sie erlöst sein, dachte die Reisende. Die Menschen waren zu einfältig, um die Zeichen zu deuten, darum hatten sie nichts anderes verdient. Sie freute sich auf ihren Auftrag. Er war die Chance für einen Neuanfang.»Oh du Fröhliche«, summte sie vor sich hin, während sie zum vereinbarten Treffpunkt bummelte.

Kurze Zeit später trat ein elegant gekleideter Mann zu ihr.»Guten Tag. Sie sind bestimmt eine Phalaenopsistin. Ich erkenne Sie an ihrer wunderschön gearbeiteten Anstecknadel.« Das besagte Schmuckstück war aus Emaille und mit winzigen Brillanten verziert.

Thaddäus van Hohenstett verbeugte sich andeutungsweise:»Sind Sie mit dem Zug aus Hamburg angereist?«

Ihr Blick taxierte den Juwelier. Er war mittelgroß, trug einen dünnen Oberlippenbart und machte eine gute Figur.

»Von Hamburg. Ja.«, antwortete sie leise. Sie nickte dabei mit dem Kopf, worauf ihre Haare zurückfielen und den Blick auf eine gezackte Narbe frei gaben, die vom Auge bis zum Kiefer reichte. Überrascht sog van Hohenstett die Luft ein. Sich räuspernd, streckte er ihr seine Hand zur Begrüßung hin: »Willkommen in Zürich.«

Doch sie übersah die Geste und legte stattdessen ihre Hand auf ihr Herz: »Sehr erfreut.«

Leicht irritiert, hob er eine Braue und ließ seine Hand fallen. »Die Freude ist ganz auf unserer Seite. Nun denn, darf ich Sie zu ihrem Hotel nach Winterthur bringen. Dort können Sie sich frisch machen. Am frühen Abend begleite ich Sie dann zu unserem Tempel. Zu Ehren ihres Besuches findet ein Empfang statt. Wir erwarten, dass alle unsere Brüder und Schwestern kommen.«

Hilfsbereit fasste er nach ihrem Rollkoffer. Doch sie legte besitzergreifend ihre Hand beziehungsweise ihre Handprothese auf den Bügel. Er zuckte zurück und wandte sich mit einem mulmigen Gefühl dem Ausgang zu. Offensichtlich gezeichnet von einer Explosion, erschien ihm die gelobte Spezialistin für Bomben, Soeur Detonation nicht mehr sehr vertrauenerweckend. Ohne weitere Worte ging er voraus in Richtung der Parkplätze und sie folgte.

Am Abend wurde zur Begrüßung der Soeur Detonation eine große Zeremonie im Glaubenstempel der Phalaeonopsisten abgehalten.

Dazu trat man durch eine Tür aus Stahlbeton, die mit einer großen Orchideenblüte bemalt war. Von da aus begab man sich in eine Bunkeranlage ins zweite Untergeschoss, deren Raumaufteilung einer Orchideenblüte nachempfunden worden war. Der geräumige Tempelraum, wo die Zeremonien stattfanden, bildete den Blütenkelch, von dem drei ovale Räume, die Blütenblättern nachempfunden waren, abgingen.

Die Ausstattung war in weißer Farbe gehalten und an den Wänden prangten große, in naiver Malerei abgebildete Szenen der Entstehungsgeschichte der Glaubensgemeinschaft. Sie zeigten, wie die weiße Orchideenblüte vom Gründer entdeckt wurde und wie er durch deren Kraft eine Erleuchtung erlebte.

Im geräumigen, halbrunden Tempelraum war die Decke bemalt mit den Visionen für den Eintritt ins Paradies. Der Weg dahin bedingte jedoch, dass vorher die Menschheit ausgelöscht wurde.

Die Soeur Detonation hatte den heiligen Auftrag, den Ungläubigen die Unabwendbarkeit des Weltunterganges vor Augen zu führen.

An diesem Abend kamen die Gläubigen wie erwartet zahlreich, so dass der Tempel bis zum letzten Platz besetzt war. Sie warteten ergeben in ihren langen Gewändern aus glänzender weißer Seide. Die eigentümliche Bekleidung am Rücken geschlitzt, ähnlich wie ein Krankenhaushemd.

Als der Führer und Prophet begleitet von seinem Gast eintrat, ging ein Raunen durch den Saal. Er begrüßte die Phalaenopsisten, stellte ihnen die Soeur Detonation. Sie beteten gemeinsam und baten um Erlösung von ihren irdischen Sorgen. Zur Messe kamen die Ordensmitglieder mit nüchternem Magen und reinigten sich in den nach Geschlechtern aufgeteilten Räumen, abwechselnd mit Dampfbädern und kalten Abgüssen. Gesäubert wurde wiederum um Erleuchtung gebeten, mit deren Hilfe sie ins Paradies eingelassen wurden.

»Meine lieben Brüder und Schwestern, bald ist es soweit, dass wir erlöst in unser Paradies eintreten können. Darum rufe ich euch auf: Entbindet euch von euren irdischen Gütern und Verpflichtungen. Denkt daran: Der Samen der heiligen Orchidee hat einen mühseligen Weg hinter sich, bis er bei uns eintrifft. Um unseren Bedarf decken zu können, benötigen wir Spenden von jedem von euch. Besonders hervorgetan dabei hat sich unser Bruder Thaddäus, dem wir herzlich für seine Großzügigkeit danken. Nehmt euch ein Beispiel an ihm. Mit seiner großzügigen Spende wurde es unserem Orden erst möglich, uns die Unterstützung der Soeur Detonation zu sichern. Mit ihrer Hilfe werden wir dem Paradies einen entscheidenden Schritt näherkommen.«

»Denn denkt daran, wenn wir euch zu wenig Samen der Phalaeonpsis abgeben können, wird der Übertritt in die neue Welt sehr viel schmerzlicher sein. Darum nehmt den Samen, lasset ihn in euch wachsen und betet um Erleuchtung.«

Die Gläubigen murmelten einen Dank. Anschließend löste sich einer nach dem anderen aus der Reihe, zog die Enden seines Gewandes auseinander, kniete nieder und ließ sich den Samen einführen. Derart bereichert, mit einem sanften Lächeln begaben sie sich dann in einen der Räume. Dort im dezenten Licht legten sie sich auf Liegestühle und oder Matten und gaben sich ihren Träumen hin, wie es sein wird, wenn sie das Paradies gelangen würden.

3.

Nach der düsteren, dumpfen Nacht strahlte die Sonne triumphierend vom tiefblauen Himmel, als wollte sie alle dunklen Ecken und üblen Machenschaften ausleuchten. Ihre Verbündete war die Putzmaschine, die sich durch die verzweigten Straßen arbeitete und eine saubere, dampfende Kriechspur zurückließ. Ein sommerliches Lüftchen säuselte um die Häuserzeilen und es roch irgendwie nach Ferien, Meer und Strand in Rimini.

Harry war wie jeden Morgen auf dem Weg zur Arbeit und pfiff von der Stimmung mitgerissen eine muntere Melodie. Ach Urlaub! Es war ewig her, seit er das letzte Mal in der Sonne gefaulenzt hatte? Aus einem Impuls heraus, schaute er sich um, und war für einen Moment von dem Anblick gefangen, der sich ihm bot. Schräg gegenüber, auf der anderen Straßenseite stand eine Frau und zog an ihren Strümpfen. Dabei schien die Sonne durch ihr Kleid, sodass ihre Silhouette und ihre perfekten Rundungen im Gegenlicht sichtbar geworden waren.

Venus lebt! Dachte er und sog fasziniert das Bild in sich auf. Mit den Augen der Fremden zugewandt, lief er weiter und geradewegs gegen eine Verkehrstafel. Es schepperte. Derart unsanft gestoppt, rieb er sich den schmerzenden Teil, wo sich eine Beule entwickelte.

Die Frau auf der gegenüberliegenden Straßenseite hob nervös den Kopf. Verbissen zerrte sie an einem Strumpf, um ihn festzumachen. »Geschieht dem Spanner recht!«, zischte sie. Liz Bardi hatte es an diesem Morgen eilig. Doch die verflixten Nylons hielten sie immer wieder auf. Die hochgepriesenen, festsitzenden, superkomfortablen Wunderdinger, mit dem unsichtbaren Haftband, das garantiert klebt, erfüllten die windigen Werbeversprechen nicht und rutschten bei jedem Schritt etwas tiefer. Sie befürchtete, dass sie, wenn sie mal die Mitte ihres Oberschenkels überschritten hatten, haltlos zu Boden segelten. Sie stände da wie

Pippi-Langstrumpf. Das wäre peinlich für eine Leiterin der Unterwäsche-abteilung und ging gar nicht.

Genervt zog sie an der Gummihaftverstärkung und griff diesmal durch den Kleiderstoff hindurch, um kein weiteres Aufsehen zu erregen. Sie schwor dem Strumpfvertreter bei seinem nächsten Besuch, die Strümpfe mit Doppelknoten, um den Hals zu knüpfen, bis er blau anlief.

Hoffend, dass die Dinger für die nächste halbe Meile hielten, richtete sie sich eilig auf und griff nach ihrer Handtasche. Sie fasste ins Leere. Sie war weg! Suchend schaute sie sich um, aber sie war nirgends zu entdecken. Ohnmacht schnürte ihr den Hals zu. Tränen schossen ihr in die Augen. Das durfte nicht sein! Hatte sich denn alles gegen sie ver-schworen? Und der doofe Typ auf der anderen Seite grinste auch noch.

Wütend setzte sie über die Straße. Harry hatte sich inzwischen gefasst und war stehengeblieben, als er sah, dass die Frau auf ihn zukam. Doch anstelle eines zuckersüßen Hallos verpasste sie ihm eine Ohrfeige.

»Sie blöder Kerl! Ihretwegen ist mir die Tasche geklaut worden«.

Harry war sekundenlang sprachlos. Ein für ihn ungewohnter Zustand. Dann brüllte er: »Sind sie nicht ganz dicht? Sie - Exhibitionistin. Bin ich schuld, wenn sie auf offener Straße ihre Show abziehen?«

Das war so unerhört laut, Liz hatte Ohrensausen. Geschockt zog sie den Kopf zwischen die Schultern. Und auf ihrem Gesicht macht sich Ver-zweiflung breit. »Haben sie wenigstens gesehen, wer es war?«

»Natürlich. Ein flinker Kerl stahl sie, während ihrer Vorstellung«, zischte er.

»Warum haben Sie mich nicht gewarnt?«

Harry hielt sich leicht verlegen an der Verkehrstafel: »Die da hat mich abgehalten.«

Er zeigte in die Richtung, in die der Dieb verschwunden war. »Wenn sie sich beeilen, holen sie ihn vielleicht noch ein.« Sein Blick glitt ihren langen Beinen entlang und blieb an ihren Stöckelschuhen hängen. Damit dürfte eine Verfolgung schwierig werden.

»Vielleicht hat er nur das Portemonnaie ausgeräumt und sie finden die Handtasche im nächsten Mülleimer wieder.«

Doch statt sie zu motivieren, dämpfte diese Bemerkung Liz' Enthusiasmus. Wenn der Dieb Geld suchte, hatte er bestimmt auch die sechs Tausender, die sie ihrem Ex-Mann bringen sollte, aus der Tasche gemopst. Was für eine Katastrophe! Ausgerechnet heute. Als hätte er gewusst, was sich darin befand. Warum hatte sie nicht besser aufgepasst?

Für sie war es unmöglich, eine solche Summe ein zweites Mal zu beschaffen. Würden ihre Kinder trotzdem sicher sein? Fragen über Fragen stürzten auf sie ein. Alles begann sich um sie herum zu drehen, und wirkte seltsam verzerrt.

Besorgt sah Harry, wie Liz aufgeregt nach Luft schnappte und japste. Er versuchte sie zu beruhigen. »Langsam! Nicht so hastig. Immer mit der Ruhe. Nicht so schnell, laangsssaaam!«

Zu spät! Schon verdrehte sie die Augen und kippte auf ihn zu. Warum er? Die Undankbare! Eigentlich sollte er sie fallen lassen. Ihr Schlag brannte immer noch auf seiner Wange. Kein Mensch konnte von ihm verlangen, diese Ziege aufzufangen. Außerdem käme sie durch den Aufschlag sicher zur Besinnung, in jeder Hinsicht.

Er mochte zwar böse Gedanken hegen, aber er würde es nicht über sein Pfadfinderherz bringen, jemanden, der offensichtlich in Not war, fallen zu lassen. Er fing Liz auf und legte sie sachte auf den Boden. Dann knüllte er seine Jacke zusammen und schob sie ihr unter den Kopf. Nun da sie dalag, konnte er sie ungestört betrachten.

Sie hatte braune, schulterlange Locken und einen leicht geschwunge-
nen Mund. Entgegen ihrem temperamentvollen Ausbruch von vorhin waren ihre funkelnden Augen geschlossen und ihre römische Nase entspannt. Die Sorgenfältchen waren verschwunden und ihre Haut sah aus
wie aus Samt. Nun war er froh, dass er sie nicht fallen gelassen hatte
und ihr ebenmäßiges Gesicht nicht verletzt wurde.

Harry schaute sich unschlüssig um. Was nun? Zaghaft tätschelte er ihr
die Wange, worauf ihre Augenlider zu flattern begannen.

Liz kam langsam zu sich und sah erst eine große Nase vor sich, dann
ein Paar besorgt blickende goldbraune Augen, darunter nervös verknif-
fene Lippen in einem kantigen Unterkiefer.

Benommen bewegte sie ihren Kopf. Was war geschehen? Warum lag
sie auf dem Boden? Und weshalb hielt ihr der Typ eine Hundekot-Sam-
meltüte hin? Wollte er sie mit Kacke beschmieren, weil sie ihn geschlagen hatte? Sie blickte ihn fragend an.

»Halten Sie sich den Beutel an den Mund und atmen sie langsam ein
und aus. Keine Angst, er ist unbenutzt.«

Sie sah ihn mit großen Augen an, während sie folgsam in den Sack
blies. Und sie sich Stück für Stück erinnerte: Ihre Handtasche! Das Geld!
Die Abteilungskasse! Ihre Welt stürzte ein! Entsetzt ließ sie die Tüte sinken und schnappte mehrfach nach Luft.

»Hallo? Nicht so schnell. Langsam! Und atmen sie aus dem Beutel.«
Harry hob ihn ihr aufmunternd wieder an den Mund. »Na los.«

Liz Augen hingen traurig an ihm, während sie seine Anweisung be-
folgte: Ein – und – aus. Alles war verloren! Ihre kleine, heile Welt zerbarst
in tausend Stücke. Ein – und – aus. Ausgerechnet heute hatte sie sechstausend Franken eingesteckt, um das Schutzgeld für ihre Kinder zu bezahlen. Ein – und – aus. Der Betrag war diesmal ungewöhnlich hoch,

mehr als sie in einem Monat verdiente. In der Not hatte sie die Hälfte davon aus der Abteilungskasse genommen, und jetzt war alles weg! Ein – und – aus. Woher sollte sie so schnell so viel Geld hernehmen? Es gab nur eines: Sie musste die Handtasche wiederfinden. Wenn herauskam, dass sie in die Kasse gegriffen hatte, verlor sie ihren Job. Tränen schossen ihr in die Augen.

Harry legte ihr tröstend einen Arm um die Schultern: »Na, kommen sie. Ich helfe ihnen.« Er zog sie auf die Beine und lief mit ihr in die Richtung, in die der Dieb verschwunden war. »Nur Mut, sie schaffen das schon. Schauen sie nur: Es ist so ein herrlicher Tag heute.«

Widerstrebend ließ sie sich mitziehen. Der hatte Nerven! Dachte Liz. Meine Welt ist gerade in die Brüche gegangen.

Das ungleiche Paar machte sich an die Verfolgung des Diebes. Harry stürmte voraus und sie eilte hinterher.

»Wenn wir den Gauner nicht finden, erstatten sie am Besten Anzeige beim nächsten Polizeiposten. Ihre Bankkarten oder Kreditkarten sollten sie unverzüglich sperren lassen. Das Bargeld ist ziemlich sicher futsch.«

Liz hörte nur halb zu, während sie sich suchend umschaute. »Können Sie beschreiben, wie er aussah?«

»Er war mittelgroß, von schlanker Statur«

»Kleider: Was trug er?«

»Etwas Dunkles, Hose und T-Shirt.«

»Haare?«

»Sandfarben.«

Liz sah ihn verblüfft an, all das hatte er sich in der kurzen Zeit gemerkt. Tief beeindruckt musterte sie ihn: Er war einen Kopf größer als sie, war gut proportioniert, sie tippte auf regelmäßiges Training. Er hatte den

Gang eines Sportschwimmers, ausgreifenden Schritte, rollende Schultern mit leicht vorgebeugtem Oberkörper und sein Kopf schien dem Körper vorauszueilen.

Harry hastete weiter und zog sie nun an der Hand mit. Sie musste aufpassen, nicht zu stolpern, sonst würde sie bei dem Tempo mitgeschleift werden. Zwei Häuserblocks weiter vorne, hatten sie den Stehler eingeholt. Er schien es nicht besonders eilig zu haben. Harry ließ ihre Hand los und rannte zu ihm. Im Nu hatte er ihn eingeholt, zerrte ihn herum und griff nach der Handtasche. »Her damit!«

Der Mann schrie: »Hilfe – Diebe! Hilfe!«

Eine wilde Rangelei entstand. Harry wollte dem Langfinger die Tasche entreißen, doch der klammerte sich daran fest. Er wehrte sich geschickt, obwohl das Kräfteverhältnis zugunsten Harrys war. Es war nur eine Frage der Zeit, bis er die Oberhand gewinnen würde, hatte jedoch alle Hände voll zu tun, um nicht ausgetrickst zu werden. Erleichterung überkam ihn, als er hörte, wie einige Passanten herbeieilten. Endlich. Gleich hatten sie den Spitzbuben gefasst.

Da wurden ihm die Arme auf den Rücken gerissen. Überrascht wollte er sich umdrehen und fragen, was das soll. Als ein Schmerz in der Schulter ihn zwang die Tasche loszulassen. Ehe er sich versah, drückten ihn mehrere starke Hände auf den Boden, bis er sich nicht mehr rühren konnte.

»Was soll das?«, schrie er. »Der andere ist der Gauner! Er hat die Handtasche gestohlen!«

Einer der Bezwinger schnaubte empört. »Ha! Das könnte jeder behaupten!« Ein anderer: «Was für eine Unverschämtheit!«

Zu Harrys Verblüffung glaubte ihm keiner. »Ruft die Polizei!«, schlug einer vor. Ein Mann in Dreiteiler und Krawatte zückte das Handy.

»Sie machen einen riesigen Fehler. Hören Sie: Er hat der Dame da drüben die Tasche gemopst«, erklärte Harry und wies zu der Stelle hin, wo die Frau zu sah. Doch der Gehsteig war leer. »Aber, sie war eben noch da!«

Von Männern umstellt wurde er weiter festgehalten. Ein paar Neugierige waren stehen geblieben und beobachteten das Treiben. Doch die schöne Fremde blieb verschwunden.

Bald darauf kam die Polizei und übernahm den Gefangenen. Obwohl er ihnen schwor, dass alles ein Missverständnis sei und er selbst für die Justiz arbeitete, zweifelten sie. Sie verlangten, dass er sich auswies. Nachdem er eine Hand befreit hatte, griff er selbstsicher in die Gesäßtasche, doch die war leer. Seine Brieftasche war auch weg. »Sie muss mir beim Kampf herausgefallen sein.« Suchend schauten sich alle um, aber da war nichts. »Der Dieb, bestimm hat er sie geklaut!«

Doch statt ihm zu glauben, verdüsterte sich der Blick der umstehenden Männer. Ein junger Polizist, frisch ausgebildet und übermotiviert, legte ihm die Hand auf die Schulter: »Andere Leute zu beschuldigen, rettet Sie auch nicht mehr. Sie sind verhaftet.« In Handschellen wurde Harry in den bereitstehenden Einsatzwagen geschoben. All seine Proteste und Argumente nützten nichts, oder verpufften ungehört.

Was für ein Alptraum lief hier? Fragte er sich. Er wurde für einen Gauner gehalten. Die fremde Frau hatte sich aus dem Staub gemacht. Und anstatt im Reisebüro Ferien zu buchen, kam er in eine Zelle. Und all das geschah ihm am helllichten Tag, mit den Augen weit offen. Was die Sache geradezu gespenstisch machte. Dabei hatte für ihn der Morgen so gut begonnen.

4.

Liz sah zu wie Harry mit dem Taschendieb rang. Und auch sie war überraschte, dass die zu Hilfe eilenden Passanten, anstelle des Gauners ihn überwältigten. Erschrocken wandte sie sich ab und trat in einen Ladendurchgang. Bevor man auf sie aufmerksam werden konnte.

Aus sicherer Distanz wurde sie Zeugin, wie Harry von der Polizei verhaftet wurde, obwohl er beteuerte, unschuldig zu sein. Waren es nicht oft die Falschen, die erwischt wurden? Sie kannte das nur allzu gut. Man hatte sie noch lange nach der Scheidung von ihrem Ex-Mann Arnie mit Verdächtigungen belästigt, ihre Wohnung auf den Kopf gestellt und in ihren Unterlagen herumgewühlt. Es hatte einige Jahre gedauert, bis die Kriminalisten endlich begriffen, dass sie nichts mehr mit ihm zu schaffen hatte. Ihr Unbehagen gegenüber den Gesetzeshütern war jedoch geblieben. Wer weiß, am Ende würde man noch sie verdächtigen und wissen wollen, warum sie solch eine Menge Geld herumtrug. Das hätte ihr noch gefehlt.

Da bemerkte sie aus dem Augenwinkel, wie sich der Dieb von der Menschengruppe absetzte.

Na warte! Dachte Liz, Du entwischst mir nicht so leicht.

3M, ausgesprochen 'Drei-em' war ein Kleinkrimineller. Ladendiebstahl und Einbrüche waren sein Lebensinhalt. Sein eigentümlicher Spitzname wurde ihm verliehen, weil man bei ihm wie in einem Super-Multimarkt aus einem breiten Sortiment geklauter Ware auswählen konnte und ebenso günstig. Nachdem sein Verfolger verhaftet wurde, hatte sich 3M von der Gruppe gelöst, und hielt alles auf seiner Minikamera fest.

Es würde ein Spaß sein, sich die Szene anzusehen. Ihn faszinierte es was um ihn herum geschah aufzuzeichnen und immer wieder abspielen zu können. Er hatte bereits eine ganze Sammlung solcher Filme auf CD gespeichert. Zufrieden steckte er danach sein Spielzeug ein und ging ungestört weg.

Liz beeilte sich, den Dieb einzuholen, und eine Hausecke weiter stellte sie ihn. Sie hielt ihn am Arm fest und griff nach ihrer Handtasche:»Das ist meine. Gib her!«

3M stieß sie weg. Seine Augen schielten in die Runde, ob jemand den Zwischenfall bemerkt hatte. Keiner da. Also gab er Fersengeld.

Liz folgte ihm. In ihren hohen Absätzen hatte sie keine Chance, aber sie blieb hartnäckig an ihm dran. Sie hoffte, dass sich ihr eine Gelegenheit bot, ihm die Tasche zu entreißen.

Doch der Abstand vergrößerte sich und als er eine weitere Ecke passiert hatte, war er aus dem Blickfeld verschwunden. Wie sie schimpfend auf die Schuhmacher, die Hitze und die ungerechte Welt, kurz darauf dort ankam, war er nirgends mehr zu sehen. Verdammt, hatte sich denn alles gegen sie verschworen! Sie hatte ihre Kleider durchgeschwitzt, war außer Atem und ihre Füße quälten sie von der Rennerei so sehr, dass sie eine Axt herbeisehnte, um sie abzuhacken.

Aufgeben war nicht ihre Art, aber hier blieb ihr nichts anderes übrig. Zudem musste sie zur Arbeit, es war schon spät. Noch nie war sie so bodenlos enttäuscht und ebenso wütend gewesen. Am liebsten hätte sie sich in eine Grube geworfen und wäre für den Rest ihres Lebens tot gewesen. Nur, das stand außer Frage. Sie hatte zwei Jungs, die sie niemals allein lassen würde.

Auf dem Weg zum Warenhaus, wo sie arbeitete, zerbrach sie sich den Kopf und suchte nach einem Ausweg, um das drohende Unglück abzuwenden. Wenn sie das Geld nicht schnellstens wiederbeschaffte, würde sie ihre Stelle verlieren. Und wer wusste, was sich ihr Ex-Mann Arnie noch alles ausdachte, um sie zu erpressen. Sie hatte zwei Möglichkeiten: Entweder sie meldete sich krank, floh außer Landes und begann ein neues Leben an einem anderen Ort. Oder sie beichtete alles ihrer Chefin, die sie fristlos entlassen würde. Keine der Varianten überzeugte sie. Sie konnte mit ihren zwei schulpflichtigen Kindern nicht plötzlich verschwinden. Die Großeltern, Lehrer und Nachbarn bildeten ein wichtiges Beziehungsnetz für ihre Söhne. Selbst wenn man für Liz nicht gleich einen Suchtrupp losschicken würde, das Verschwinden der Jungs bliebe sicher nicht unbemerkt. Man würde sich große Sorgen machen und befürchten, sie seien einem Verbrechen zum Opfer gefallen. Das konnte sie ihnen nicht antun.

Wie es aussah, blieb ihr keine andere Wahl als abzuwarten und auf ein Wunder zu hoffen. Liz versuchte sich mit positiven Gedanken aufzumuntern: Vielleicht war die Chefin heute von einem Auto überfahren worden, und keiner könnte mit Sicherheit sagen, wieviel Geld sie abrechnen musste. Das wäre dann, ausnahmsweise ein Glücksfall. Doch diese Aussicht war kein Sonnenstrahl. Im Gegenteil, in ihr breitete sich erst recht Hoffnungslosigkeit aus und sie schluchzte. Wie sollte sie den fehlenden Betrag bloß erklären? Sie hatte ihn nur borgen wollen, bis die Bank ihr den erneuten Kredit bewilligte. Vielleicht, wenn sie ihrer Chefin alles erzählte, würde sie mehr Verständnis aufbringen und sie nicht fristlos entlassen.

Schweren Herzens öffnete sie die Tür zum Personaleingang eines der größten Warenhäuser im Land. Die kahlen Wände und die trostlose Einrichtung täuschten. Die Verkaufsseite war für die Kunden exquisit ausgestattet, da standen Mahagoni-Auslagetische, neben klassischen Marmorsäulen und man lief über edles Parkett. Die rückwärtigen Räume für das Personal, die Büros und das Lager waren dagegen in nüchternem Sichtbeton gehalten. Für Liz schien es wie die Fassade der amerikanischen Trabantenstädte. Man wollte dem Kunden die mondäne Welt der Reichen vorgaukeln, von der sie sich hier ein Stück kaufen konnten.

Tief in Gedanken versunken grüßte sie den Portier, hielt ihre Karte in die Stempeluhr, kontrollierte die aufgedruckte Zeit und steckte sie um. Sie stieg in den Lift, drückte wie immer die Eins für ihre Etage und dachte, ob sie das heute wohl zum letzten Mal tat. Hier war ihre Abteilung, ihr persönliches Reich, auf das sie immer mit Stolz geblickt hatte. Das modische Ambiente war nach ihren Ideen zusammengestellt worden und die prosperierenden Verkaufsumsätze gaben ihr Recht.

Als junge, aufstrebende Leiterin der Lingerie–Abteilung verkaufte sie Büstenhalter, Unterwäsche und passende Strumpfhalter. Seit fünf Jahren führte sie als energische Chefin ihr Team durch hektische und durch flaue Zeiten. Sie fühlte sich manchmal wie im Zoo mit all den Affen, die frei herumliefen. Und dann wieder wie eine Flugzeugpilotin, die mitten im Dschungel notlanden muss. Ihr Erfolgsrezept bestand darin, alle Aktivitäten, Rabatte und Aktionen zu kennen. Welches waren die neuesten Modelle und welche die Besten. Und was bot die Konkurrenz an?

Sie packt regelmäßig beherzte mit an und galt als eine tüchtige Arbeitskraft. Wenn sie dabei war, ging alles etwas schneller. Wo andere schritten, dribbelte sie. Wo andere sorgfältig Geld abzählten, raschelten die Noten in ihren flinken Finger. Impulsiv wie sie war, konnte sie förmlich explodieren. Aber - niemals vor den Kunden - war ihre Devise. In so einem Fall, was nur selten vorkam, schloss sie sich in ihrem winzigen Büro ein und schrie die Wände an. Dann war außerhalb nur ein undefinierbares Gezeter zu hören, das ihre Mitarbeiterinnen mit einem Schulterzucken hinnahmen.

Andere Frauen fühlten sich neben ihren Kurven weniger gehemmt. Und die männlichen Kunden sonnten sich gerne in ihrer Gegenwart. Das alles steigerte den Umsatz und damit ihren Erfolg. Doch es gab auch Tage, wo sie unsicher war und das Gefühl hatte, alle starrten auf ihre Oberweite oder auf ihren Hintern, aber das ging vorbei.

Liz hatte einen persönlichen Ehrgeiz die Körbchen-Größen ihrer Stammkundinnen auswendig zu kennen und wünschte sich, einmal ihre Namensvetterin, die Königin von England mit Unterwäsche einkleiden zu dürfen.

Unsicheren Ehemännern half sie gerne bei der Auswahl eines hübschen Dessous für ihre Liebsten. Da war dieser Kunde, der nach der Körbchengröße seiner Frau gefragt, ihr seine Hände hinhielt. »Ungefähr so groß.« Der Kunde ging zufrieden mit einem hübschen Ensemble in der Tasche und dem Versprechen, sollte die Größe nicht passen, er es ausnahmsweise umtauschen durfte.

Doch das, worauf sie sonst mit geschwelter Brust blickte, stimmte sie heute melancholisch. Würde das heute ihr letzter Arbeitstag werden? Sie wollte sich nichts anmerken lassen und wie immer, pflichtbewusst ihren Aufgaben nachgehen, bis zum bitteren Ende. Entschlossen öffnete sie die Kasse, zählte den Inhalt, ordnete anschließend sie Prospekte und füllte das Fach für die Einkaufstüten auf. Mit geübtem Griff richtete sie alles her, bevor der Laden geöffnet wurde. Dabei legte sie sich fieberhaft eine Erklärung zurecht, falls jemand den Fehlbetrag bemerkte. Und so übersah sie, dass die Kunden vor der geschlossenen Glastür auf und ab gingen.

»Liz, willst du heute niemand hereinlassen?«, rief ihr Gerda, eine der Verkäuferinnen gutgelaunt zu. Überrascht schaute sie auf und antwortete: »Ich dachte, wir versuchen es heute mal ohne Kunden!«

Sie beeilte sich nun aber, die Türen zu öffnen.

Sobald ihr Team komplett war, besprach sie mit ihnen den Tagesablauf. Als Kaffeepausen und Mittagsablösungen besprochen waren, beriet sie mit ihrer Stellvertreterin Sereina, wie sie die neu angelieferte

Ware auf der Ausstellungsfläche präsentieren wollten. Bis Sharons Wuschelkopf zwischen zwei Ständern auftauchte. »Liz hast du einen Moment Zeit? Ein Kunde fragt nach dir.«

»Natürlich. Ich komme.« Sie legte das mit Spitzen verzierte Höschen auf den Tresen und wandte sich der Umkleidekabine zu. »Da hinten, in der letzten Kabine«. Sharon zeigte zu den Umkleidekabinen. Liz nickte, ging zur Kabine und öffnete den gezogenen Vorhang.

»Da bist du ja – pflichtbewusst wie immer.« Der untersetzte Mann mit den eingesunkenen Augen, mehr Haut auf dem Kopf, wo andere Haare hatten und einem schwabbelnden Unterkinn, sprach gedämpft. Für Liz klang es wie das Zischen einer Schlange.

»Wo ist das Geld?« Arnie verstand es seine äußerlichen Mängel, mit Nonchalance zu überspielen. Er war nicht unintelligent. Er hatte in letzter Zeit etwas Pech gehabt. Das war alles. Aber auch das würde bald Geschichte sein. Darum war er hier. Heute würde er das letzte Mal seine Ex-Frau Liz abkassieren. Sie wird ihm das Reisegeld überreichen, das er benötigte, um sich ins Ausland abzusetzen. Liz war für ihn immer eine zuverlässige Geldquelle gewesen. Und heute erreichte diese fruchtbare Beziehung ihren Höhepunkt. Zumindest, aus seiner Sicht.

Für Liz war es schlicht Erpressung, was er tat. Schlimm genug, dass sie diesen schmierigen Hanswurst mal geliebt hatte und mit ihm zwei wunderbare Kinder gezeugt hatte. Eine Erinnerung, bei der es ihr flau im Magen wurde. Wie hatte sie sich doch in ihm getäuscht.

Damals als sie ihn kennenlernte, fand sie ihn sexy. Er hatte dunkle lange Haare, ein strahlendes Lächeln im stets braun gebrannten Gesicht. Die Goldketten um den Hals blitzten mit seinen Zähnen um die Wette. Er trug am liebsten Jeans und Cowboystiefel, die ihm das Flair eines verwegenen Freibeuters verliehen. Sie erlag seinem lebhaften Charme und lauschte verzückt, wenn er ihr die Welt und wie sie tickte, erklärte. Auf dem Beifahrersitz seines rot-schwarzen Mustangs fühlte sich das Leben sorglos und schwerelos an. Bis heute hatte er sich diese reizvolle Ausstrahlung bewahrt und verdrehte Frauen jeder Altersklasse damit den Kopf. Sie hatte lange nicht mitbekommen, dass Arnie deshalb so viel Freizeit hatte, weil er keiner geregelten Arbeit nachging. Aber nicht nur dass: Er hatte seine Hände überall drin, was verboten war: Einbruch, Bankraub, Betrug, Drogenhandel; alles, womit er schnelles Geld machen konnte. Das entsprach eher seinem Naturell, als die mühselige Plackerei für einen mickrigen Lohn.

Für einige Zeit bildete er mit Glitter-Glamy eine der berüchtigtsten Diebesbanden. Sie waren quasi das Traumteam des Milieus. Bis er ein privates Video, mit pikantem Inhalt und der Safeknackerin in der Hauptrolle, an seine Freunde verschacherte. Seither hassten sich die beiden leidenschaftlich.

Liz erfuhr erst nach ihrer überstürzten Heirat, von seinem kriminellen Lebenswandel. Aber da kam bereits ihr erstes Kind zur Welt und ihre ganze Aufmerksamkeit galt ihrem Baby. Trotzdem, zwischen Liz und Arnie entbrannte ein zermürbender Kampf: Er versuchte sie von seiner Sichtweise der Dinge überzeugen, beschwor sie immer wieder mit seinem Hundeblick: »Ich liebe dich so sehr. Ich täte alles für dich. Nur dieses eine Mal verlange ich einen klitzekleinen Gefallen von dir, mit dem du mir beweisen kannst, wie sehr du mich liebst.«

Im Gegenzug wollte sie ihn auf den rechten Weg zurückbringen, mit einer geregelten Arbeit und ihrer kleinen Familie. Als ehemals ausgebildeter Konditor hätte er sicher eine Stelle gefunden. Aber das war Arnies Sache nicht.

Er glaubte daran, dass man sich das Leben nur richtig zurechtbiegen musste, um sich ein Stück vom Glück sichern zu können. In einem letzten Versuch, sich zu versöhnen, wurde der zweite Sohn gezeugt. Als er das Licht der Welt erblickte, waren sie bereits geschieden. Liz hatte sich für den Weg einer alleinerziehenden Mutter entschieden.

Zutiefst verletzt und beleidigt gab Arnie an, kein Geld zu haben, um Alimente zu zahlen. Das war unfair. Zum Glück verdiente sie genug und konnte für die Familie sorgen. Das hätte soweit funktioniert.

Bis der Kinds-Vater, das hinterlistige Wiesel, begann von ihr Schutzgeld für die Jungs herauszupressen. Von da an lebte sie in ständiger Not, besorgt um deren Sicherheit und woher sie das Geld nehmen sollte. Vor drei Jahren hatte Arnie damit begonnen: Er holte ihre Söhne direkt von der Schule ab und verschwand mit ihnen. Dann rief er an und forderte Geld, sonst würde sie sie nie wiedersehen. Liz hatte ihn angefleht, die beiden nicht in seine Machenschaften hineinzuziehen und sie in Ruhe zu lassen. Er war einverstanden. Aber nur, wenn sie pünktlich zahlte.

Und hier stand er nun. Ihr lebendig gewordener Albtraum. Sein wabbeliges Unterkinn reckte sich immer wieder in ihr einfaches, geordnetes Leben. Seine seltsame Art Besuche abzustatten, erstaunte sie längst nicht mehr. Auch heute nicht. Was würde er davon halten, wenn sie mal den Spieß umdrehte?

»Nehmen sie sofort ihre schmutzigen Hände weg!«, schrie sie.

»Spinnst du jetzt? Ich bin es Arnie – hör auf damit!«, rief er.

Draußen vor der Kabine hatten die Verkäuferinnen und Kunden den Schrei gehört und eilten zu Hilfe.

»Verlassen sie sofort diesen Laden und kommen sie nie wieder. Sie haben hier ab sofort Hausverbot!«, herrschte Liz ihn an. Sie trat aus der Kabine und zeigte stumm auf die Ausgangstür. Verkäuferinnen und Kundinnen hatten sich vor der Umkleide versammelt und blickten Arnie drohend an.

»So nicht! Das wirst du mir büßen!«, zischte er ihr beim Vorbeigehen zu. Aber angesichts der aufgebrachten Menge gab er sich geschlagen und bahnte sich den Weg hinaus.

»Machen sie, dass sie rauskommen«, eine ältere Dame stieß ihn mit ihrem Schirm. Eine andere rief: »Perversling.«

»Die werden immer dreister«, meinte Sereina und legte Liz tröstend den Arm um die Schultern. »Komm wir gehen einen Kaffee trinken.«

»Danke. Im Moment brauche ich ein paar Minuten für mich«. Sie quälte sich ein Lächeln ab und ging in ihr winziges Büro, wo sie sich hinsetzte und ihre Knie umarmte. Diesmal war sie glimpflich davongekommen. Es tat gut, Arnie eins auszuwischen. Aber beim nächsten Mal würde er sich nicht so einfach verscheuchen lassen. Trotzdem, sein dummes Gesicht war die ganze Sache wert gewesen. Sie gratulierte sich zu ihrem spontanen Einfall. Er hätte ihr die Geschichte mit dem Taschendiebstahl sowieso nicht geglaubt. Er wird nun zwar vor Wut kochen, aber sie hatte kostbare Zeit gewonnen. Zeit, die sie dringend benötigte, um eine Lösung zu finden. Wenn er sie das nächste Mal aufsuchte, war ihr vielleicht eine Möglichkeit, wie sie das Geld auftreiben konnte eingefallen, oder sie hatte im Lotto gewonnen, oder sie hatte einen Millionär geheiratet.

All diese Ideen hatten eines gemeinsam: Sie beinhalteten viel Hoffnung und die Wahrscheinlichkeit, dass eine davon eintraf, war minimal.

5.

Harry wurde eine Stunde nach seiner Verhaftung von seinem Assistent Norbert von der Staatsanwaltschaft ausgelöst, indem er für ihn bürgte.

»Chef, schlecht gestartet heute? Sehen sie es mal positiv: Der Tag kann nur noch besser werden.« Der Anblick seines Vorgesetzten Bennet in der Einstellzelle der Polizeistation war der Brüller.

»Ts, Ts, verwickelt in einen Entreißdiebstahl. Ich sehe schon die Schlagzeile: Staatsanwalt verdient nicht genug zum Leben und muss sich mit lukrativem Nebenverdienst den Lohn aufbessern.«

»Halten Sie den Mund, Norbert! Sonst könnte ich mich vergessen«, murrte Harry. Ihm war nicht zum Spaßen zumute.

»Nehmen sie es nicht persönlich. Das könnte schließlich jedem passieren.« Dazu machte Norbert komische Geräusche bei seinen Bemühungen, sich das Lachen zu verkneifen und einen der Situation entsprechenden, neutralen Gesichtsausdruck aufzusetzen.

Harrys Hand ballte sich und es fiel ihm unendlich schwer, ihm keine reinzuhauen. »Ich sage dir: Die Frau und der Dieb stecken unter einer Decke«, biss er zwischen den Zähnen hervor. »Ich habe das im Urin. Die haben mich mit dieser Handtaschennummer reingelegt.« Und er war ein williges Opfer gewesen und hatte sich zum Affen machen lassen. Das ärgerte ihn am meisten. Er rang mit seinem angeschlagenen Ego. Typisch: Steht eine halb nackte Frau herum, schon lässt er sich ablenken und denkt mit dem Schwanz!

Harry flüchtete zur Tür hinaus, er hatte es eilig wegzukommen.

»Bis ein andermal«, verabschiedete sie der Portier heiter. Und bekam zur Antwort: »Nicht in diesem Leben.«

Sie setzten sich in Norberts Auto und er lenkte es geschickt durch den Vormittagsverkehr von Winterthur. Während der Fahrt starrte Harry missgelaunt vor sich hin. Wie er den Vorfall auch drehte, das Ganze ergab keinen Sinn.

»Vielleicht wollte man von einem anderen, größeren Verbrechen ablenken?«, sprach er eine Vermutung aus.

»Da war heute nichts«, antwortete Norbert.

Inzwischen waren sie bei der Staatsanwaltschaft angekommen. Harry stürmte ins Gebäude, durchschritt die Halle und galoppierte die Treppe hinauf. »Wie auch immer: Wenn mir je einer der beiden wieder begegnet, können sie was erleben!« Mit diesen Worten betrat er sein Büro und schloss die Tür mit Schwung.

Noch selten war ihm der Anblick seiner Arbeit so willkommen gewesen. Da wusste er, woran er war. Er konnte sich darin vertiefen und die peinliche Geschichte möglichst schnell vergessen.

Zwei Stunden später, fest in die Arbeit vergraben, war sein Gleichgewicht wiederhergestellt. Hier galt es, höchst komplexe Fälle zu lösen. Da war kein Platz für zänkische Nixen, die einem hyperventilierend in die Arme sanken. Deren verführerische Körper man gerne auffing und sich dafür mit einem Lächeln zum Deppen machen ließ.

Seine Hände erinnerten sich daran, wie sich ihre samtene Haut angefühlt hatte. Und diese weichen, vollen Lippen. Wie wäre es wohl, sie zu küssen?

Harry ließ die Akte sinken und betrachtete seine Finger, mit denen er sie berührt hatte, als wären sie verzaubert. Blödsinn! Er war zum Arbeiten hier. Mit eiserner Disziplin schob er das Bild der Frau zur Seite. Träumen konnte er nach Feierabend. Jetzt war keine Zeit dafür.

Doch er kämpfte auf verlorenem Posten, die hypernde Xanthippe ging ihm nicht mehr aus dem Sinn. Die Art wie sie in seinen Armen gelegen hatte, tauchte wieder und wieder vor seinem geistigen Auge auf, als würde jemand auf die Replay-Taste drücken. Es war wie verhext.

So ging gar nichts mehr. Seufzend erhob er sich, holte sich einen Espresso und vertrat sich die Beine. In der Toilette war ihm für einmal das grelle Neonlicht willkommen und er warf einen prüfenden Blick in den Spiegel. Er sah aus wie immer, etwas farblos die Haut, ansonsten konnte er nichts in seinem Gesicht entdecken, das auf seine einseitigen Gedankengänge hindeuten würde.

Was war bloß mit ihm los?

Er ging in sein Büro zurück und vertiefte sich mit neuem Elan in seiner Arbeit. Unter anderem galt es, den Einbruch bei Juwelier van Hohenstett zu klären.

»Schwein! Harry, Schwein!«

Beim Klang der donnernden Stimme fuhr Harry ertappt hoch, mit knallrotem Gesicht. »Was?«, krächzte er.

»Schwein! Sage ich, hatten die Einbrecher. Wir waren so nah dran, dann hätten wir sie geschnappt!« Kommissar Walo Kranz stand in der Tür und zeigte mit dem Daumen und dem Zeigefinger eine Differenz von einem Millimeter.

»Ach, du bist es«, atmete Harry auf.

Die Lippen des Kommissars bewegten sich eifrig mit der unvermeidlichen Zigarette im Mundwinkel hängend, was den Eindruck vermittelte, er würde sie kauen statt rauchen. Fehlte nur noch, dass er sabbert, dachte Harry.

Mit rundum glattrasiertem Kopf zeigte er das gerötete Gesicht eines Kettenrauchers. In seinem fein geschnittenen Anzug, mit modischer Krawatte hätte man ihn leicht für einen Geschäftsmann halten können. Wäre da nicht seine laute, polternde Art gewesen, die nicht zu überhören war und niemals in die raunende Welt der Büromanager, in den Glaspalästen gepasst hätte. Im Gegenteil, die Leute um ihn herum bewegten sich in seiner Gegenwart auf Zehenspitzen, um ihn nicht unnötig zu reizen. Denn er hatte das Gemüt eines Schnellkochtopfs, dessen Überdruckventil kurz vor der Explosion stand.

Harry wurde gerade Zeuge eines solchen Ausbruchs.

»Beinahe hätten wir die Bande erwischt. Sie mussten alles liegen lassen und rennen!« Walos Stimme überschlug sich kurz vor Schadenfreude. Ungerührt verbreitete er mit seiner Zigarette beißenden Rauch im Büro.

»Ich wünsch dir auch einen guten Morgen Walo«, grüßte er ihn amüsiert.

Unbeeindruckt von Harrys verhaltenen Begeisterung fuhr er fort: »Die Schweine machten einen Fehlalarm. Ach, was sag ich da. Weißt du, der Einbruch beim Juwelier van Hohenstett. Ganz ausgekochte Typen waren das. Aber das nächste Mal fallen wir nicht darauf rein. Dann warten wir um die Ecke, bis sie mitten in der Falle sitzen und dann:« Er schlug mit der Faust in seine andere Hand, dass es knallte. »Zack – Zugriff! Wer zuletzt lacht, sag ich immer, lacht am besten!«

Wie ein Schnellzug in voller Fahrt war Kranz kaum zu bremsen. Ein typischer Kommissar wie man ihn sich vorstellt. Immer zur Stelle bei großen Einsätzen und schnell bereit, lautstark Schuldige suchend. Er hielt nichts von intellektuellem Gerede und die diplomatische Ausdrucksweise war seine Sache nicht. Aber wer ihn wegen der lauten Aussprache als einfältigen Schwätzer abtat, konnte seine Überraschung erleben.

Wenn die Staatsanwälte ihre Paragrafen herunterleierten wie eine Gebetsmühle, und außer juristisch geschulten Kollegen keiner ein Wort verstand, holte er kurz Luft. Um im nächsten Augenblick die passende Antwort zu liefern, gegliedert in Gesetze, Verordnungen und Paragraphen. Er musste ein Streitgespräch nicht scheuen und kannte sich in seinem Metier aus.

Manchmal verbiss er sich in einen Fall wie ein Pitbull in eine Schweinshaxe. Um nichts in der Welt konnte man ihn dann von der Spur abbringen, bis er die Schuldigen gefunden hatte. Er stand einer Einsatztruppe vor, die untereinander eine Kameradschaft pflegte, die weit über das Berufliche hinausging. Sie waren einander so nahe, da kam kein Haar dazwischen. Harry beneidete Walo manchmal um deren Loyalität und auch sonst fand er ihn ganz okay.

»Drück deinen Glimmstängel aus, oder hau ab! Du qualmst mir das ganze Büro voll!«, knurrte er.

»Oh, sorry!« Betroffen verschwand Kranz um die Ecke und drückte die Zigarette aus.

6.

In seinem Büro in der Staatsanwaltschaft hatte sich Harry erneut in die Arbeit vertieft und die Gedanken in unverfänglichere Bahnen gelenkt. Fälle rekonstruieren, Opfer befragen, Täter verhören: Das war seine Welt. Mit Verve las er sich durch die langfädigen Protokolle, entlockte der nüchternen Faktenlage wichtige Einzelheiten und formulierte daraus die Anklageschrift zu einem leidenschaftlichen Beziehungsdrama, oder einem eiskalten Auftragsmord oder einer bedauernswerten Missbrauchsaffäre. Sein Verantwortungsbereich umfasste bis zu einhundert Fälle, mit unterschiedlicher Dringlichkeit, Tempi und Umfang.

Harry fühlte sich berufen, ein mitleidloser, aber fairer Strafverfolger zu sein. Mit sechsunddreißig Jahre war er jünger als seine Kollegen und wies eine eindrückliche Aufklärungsquote auf. Beseelt setzte er sich für eine gerechtere Welt ein und war überzeugt, mit seinem Einsatz einen Unterschied zu machen, auch wenn er dabei zuweilen über das Ziel hinausschoss. Manchmal fühlte er sich so unverstanden wie Supermann, der die Menschheit vor dem Chaos bewahren wollte. Seine kompromisslose Art wurde nicht von allen geschätzt und war ein Minuspunkt auf der Beliebtheitsskala, mit dem er leben konnte. Seiner Meinung nach ließen sich Verbrecher durchaus von harten Strafen abschrecken und vermieden es, rückfällig zu werden. Er übernahm die Drecksarbeit für all die Warmwasserduscher oder Kuschelpädagogen, die zu schnell Nachsicht walten ließen. Jeder Angeklagte reagierte anders auf sein Urteil. Es gab die einen, die es teilnahmslos zur Kenntnis nahmen und andere, denen es den Willen zum Weiterleben nahm und sich selbst töten wollten.

In diesem Spannungsfeld zu arbeiten, war nichts für Leute mit schwachen Nerven. Harry hatte gelernt, eine Grenze zu ziehen zwischen seiner Arbeit, und was er an sich heranließ. Trotzdem gab es Fälle wie der von dem Pädophilen, der ein kleines Mädchen, nachdem er es missbraucht hatte, umbrachte und damit prahlte. Da suchte er tief in seinem

Innern nach Kraft, um fair zu bleiben. Den herzzerreißenden, schmerzerfüllten Schrei der Kindsmutter, als man es ihr mitteilte, hatte ihn noch lange verfolgt. Er glaubte an das Rechtssystem, das er vertritt. Ihn ärgerte es, wenn ein offensichtlich schuldiger Gauner straffrei ausging, weil er ihm sein Delikt nicht überzeugend genug nachweisen konnte.

Er besaß von Klein an einen ausgeprägten Sinn für Gerechtigkeit. Es war ihm sehr wichtig, dafür zu sorgen, dass sie jedem zu Teil wurde. Nicht so, wie seinem Großvater der als Betrüger verurteilt worden war, und dem deshalb vom Staat sein gesamtes Vermögen beschlagnahmt wurde. Die Familie von Harrys Mutter wurde aus der stattlichen Villa geworfen. Von einem Tag auf den anderen standen sie ohne ihren Ernährer da und mussten mit einer winzigen Sozialwohnung vorliebnehmen nehmen. Drüber waren sie zeitlebens nie richtig hinweggekommen. Erst viele Jahre später, gestand sein ehemaliger Geschäftspartner, den Betrug auf den Großvater geschoben zu haben, und entlastete ihn damit. Doch zu spät, er war längst an gebrochenem Herzen gestorben.

Das war einer der Gründe, wenn nicht sogar der wichtigste, weshalb Harry später Rechtswissenschaften studierte. Danach nahm er eine Stelle in einer altehrwürdigen Anwaltspraxis an und machte nebenher seinen Doktor. Jung und ohne sich über die Folgen Gedanken zu machen, ließ er sich auf eine Affäre mit seiner Vorgesetzten ein. Als diese aufflog, wurde er geschasst und damit endete sein Traum von einer steilen Karriere als Anwalt. Sein Mentor hatte ihn zum Abschied gewarnt, er habe schon manchen erfolgversprechenden Juristen wegen einer Frauengeschichte scheitern sehen. Irritiert über die Konsequenzen und mit arg zerzaustem Selbstbewusstsein, wechselte er vom Dienstleistungssektor zur öffentlichen Hand, der Staatsanwaltschaft.

Hier schaffte er sich bald einen Namen als Machertyp, der unbequem und streng war. Die einen neideten ihm den erfolgreichen Aufstieg, die anderen stuften ihn als Militärschädel ein. Wie auch immer man zu ihm stand, er war nicht zu übersehen, zu dominant war sein Auftreten. Er mischte sich ungefragt in Diskussionen ein und plagte seine Kollegen gerne mit Spitzfindigkeiten, bis sie resigniert die Augen verdrehten. Seine Weltanschauung war nicht die ihre, das störte die anderen mehr als ihn. Für ihn zählte die persönliche Leistung des einzelnen, dabei war es ihm wichtig, nicht zum Außenseiter gestempelt zu werden. Bloß beim abgebrühten Galgenhumor der Berufskollegen zog er den Strich, dem konnte er nichts abgewinnen.

Ecken und Kanten des Arbeitsauftrages hatte er bisher gemeistert. Nur selten gab es Tage, da würde er am liebsten aus seiner Haut fahren und fühlte sich wie ein Elefant im Porzellanladen. Heute Morgen, zum Beispiel, hatte er nur etwas nachlässig die Bürotür zugeworfen, schon knirschte es im Gebälk. Die Mitarbeitenden bekamen einen Schreck und er konnte auf ihren Gesichtern lesen, dass sie befürchteten, er würde das Büro in Kleinholz verwandeln. Er war nicht ungewöhnlich groß mit Eins zweiundneunzig, doch mit seinem durchtrainierten Körper setzte er sich optisch von den andern ab. Das verdankte er den Schwimmstunden, in denen er meditativ und im Einklang mit dem Element zügig durchs Wasser glitt. Oder beim Football im Club, wo er den Gegner beherzt von den Füßen rammen konnte. Beim Spiel konnte er richtig Dampf ablassen und das tat gut, besonders seiner Psychohygiene. Er war überzeugt, ohne den sportlichen Ausgleich in der Freizeit, wäre er längst durchgedreht und spräche mit rosaroten Harvey-Hasen.

Er schien meistens die Ruhe wegzuhaben, und schob seinen Luxuskörper locker durch die Gänge. Keiner hier hatte ihn je wütend gesehen; nur wenige Ex-Freundinnen hatten das erlebt, aber die zählten nicht. Weil sie danach bestürzt jede Verbindung zu ihm abbrachen.

Das war für ihn ein Reizthema: Beziehungsgespräche, in denen die Frauen vor allem seine Fehler analysierten und sich damit in einer Endlosschlaufe drehten. Er kam sich dabei total allein und zurückgesetzt vor.

Als wäre er ein Mann mit Prädikat sehr kompliziert und keine Frau zu ihm je passen könnte. Lag es daran, dass er eine dominante Mutter hatte, die sich heute noch in sein Leben einmischen würde, wenn er sie lassen würde? Er war kein Psychiater, aber er war überzeugt, dass er mit der richtigen Frau glücklich werden konnte.

Zurzeit mochte er sowieso nicht an eine feste Bindung denken. Erst vor drei Monaten war seine letzte Beziehung zerbrochen, ohne seine Schuld. Angesichts dessen vorübergehend mutlos geworden, verschrieb er sich eine Beziehungspause. So, saß er nun gerne nach dem Training mit seinen Freunden bei einem Bier zusammen. Er mochte diese Abende, an denen nicht viel geredet wurde, man spontan sitzen blieb und zu nichts verpflichtet war.

In seinem Büro in der Staatsanwaltschaft ließ Harry das Protokoll, das er las auf den Arbeitstisch sinken. Es war nach sechs Uhr abends, die Kollegen hatten sich einer nach dem anderen verabschiedet. Und es wurde auch für ihn Zeit, Feierabend zu machen. Mit gemischten Gefühlen räumte er die Akten weg. Der vertraute Frust der Verlassenheit kroch ihm über die Schultern, denn zu Hause wartete niemand auf ihn.

»Schau, da ist jemand, der sich wenigstens um mein Auto gekümmert hat«, witzelte er und klaubte einen Strafzettel unter dem Scheibenwischer heraus. Er stieg in sein silbergraues Cabriolet und fuhr zu seinem topmodernen Loft, in einer umgebauten, ehemaligen Knopffabrik. Die klaren – ja nüchternen Formen der Industriegebäude waren genau nach seinem Geschmack und entsprachen seinem Hang nach Dynamik und Geradlinigkeit. Das absolute Gegenteil zur Reihen-Einfamilienhäus-chen–Romantik, wo eines wie das andere aussahen, und die nur im Verband Sinn machten.

Sein Magen machte sich bemerkbar. Als er das letzte Mal in seinen Kühlschrank geschaut hatte, befand sich ein Bund verwelkte Petersilie und eine Flasche alkoholfreies Bier darin. Seine Versorgungskette war dem posttraumatischen Zustand eines Junggesellenhaushalts zum Opfer gefallen. Das reichte nicht mal für eine Diät. Und je länger er an nicht vorhandenes Essen dachte, umso hungriger wurde er. Am besten, er ging auf ein Bier in Marios Ristorante und während er trank, bereitete der ihm eine Pizza zu, zum nach Hause nehmen.

Kurze Zeit darauf, fiel hinter ihm die Haustür, mit einem dumpfen Ton ins Schloss.

Früher, in seiner Studienzeit, während der er sich nur ein Zimmer in einer Wohngemeinschaft leisten konnte, hatte er sich nichts sehnlicher gewünscht, als eine große Wohnung für ihn allein zu haben. Nun, da er sie hatte, fühlte er sich oft einsam. Die modische Einrichtung wirkte heute unbenutzt und kühl. Es gab Tage, da kam er nur zum Schlafen hierher. Da war keine Zeit, um etwas zu spüren. Aber an Tagen wie heute wünschte er sich einen Menschen, mit dem er sich austauschen konnte.

Müde hängte er seine Jacke in die Garderobe, schlüpfte aus den Schuhen und zog sich bequeme Trainingshosen und ein T-Shirt mit der Aufschrift »sexy 4 u« über. Der würzige Duft der Pizza ließ ihm das Wasser im Munde zusammenlaufen. Er holte sich das letzte Bier aus dem Kühlschrank und machte es sich auf dem Sofa bequem. Genüsslich biss er in die mit Peperoni, Artischocken und Schinken belegte Pizza. Sie schmeckte köstlich. Kauend machte er den Fernseher an und klickte von Kanal zu Kanal, doch keine der Sendungen traf bei ihm auf Interesse.

Stattdessen fiel ihm immer wieder das Bild der Venus-Frau ein, wie sie da im Gegenlicht gestanden hatte, leicht vorgebeugt ihre Strümpfe richtend, war sie völlig vom Sonnenlicht ausgeleuchtet. Der Punkt war: Eine Frau, die sich die Strümpfe richtete, war einer der ältesten Tricks, um für Ablenkung zu sorgen. Und allemal spannender als das aktuelle TV-Programm, trotz einer Auswahl aus über Hundert Sendern.

Er spürte wie sein Blut anfing zu pumpen. Es war ihm manchmal peinlich, wie sein Körper reagierte, wenn er Frauen in filigraner Unterwäsche sah, die die Vorzüge des weiblichen Körpers ausgezeichnet zur Geltung brachten. Da kam es vor, dass sein Verlangen überhandnahm und seinen Verstand außer Gefecht setzte. Würde sich das nie ändern, fragte er sich.

Solange er zurückdenken konnte, war das so. Entspannt legte er seine Füße hoch und dachte an einen peinlichen Vorfall, den er mit achtzehn erlebte. Es war an einem Morgen gewesen, er stand kurz vor der Maturaprüfung. Die Mathestunden waren ausgefallen, und er war gelangweilt durch eines der großen Warenhäuser an der Bahnhofstrasse gestreift. Vor der Abteilung mit Damenunterwäsche blieb er stehen und betrachtete neugierig die Auslage. In einem biederen Haushalt aufgewachsen, sah er solch verführerische Kreationen zum ersten Mal. Doch in einer Abteilung wo es um die Intimwäsche der Frauen ging, waren Männer, zumindest zu der Zeit verpönt. Darum hatte sich Harry erst umgeschaut, doch so früh am Morgen schien die Abteilung leer zu sein. Keine Menschenseele weit und breit. Zögernd betrat er die ihm fremde Welt. In Erwartung, dass jeden Augenblick jemand den Kopf hervorstrecken würde, und ihn anfuhr, stahl er sich von Ständer zu Ständer. Doch nichts geschah.

In erotischen Details malt er sich aus wie sich die Büstenhalter, Mieder und Slips an die weiblichen Rundungen schmiegten. Die Erregung brachte sein Blut in Wallung, es pochte durch seinen Körper, ihm wurde heiß und sein Atem ging als wäre er vier Stockwerke hochgestiegen. Ganz zart strich er mit der Hand über die mit Spitzen verzierte Wäsche. Sie war seidenweich, nur schon die Berührung bereitete ihm sinnliches Vergnügen. Da blieb er mit einem Fingernagel an einem Tanga hängen. Nervös riss er sich los.

Das war zu heftig, für das filigrane Gewebe und ein kleines Loch war entstanden. Was nun? Der String war teuer, sein Taschengeld reichte dafür nicht aus. Vielleicht konnte er es verschwinden lassen. Er ging zu den Umkleidekabinen. Ein liegengebliebener Tanga würde hier nicht auffallen.

Das erste Abteil war unbesetzt. Mit angehaltenem Atem zog er den Vorhang zur Seite und stieß erleichtert die Luft aus. Hier würde es gehen. Doch im nächsten Moment fand er sich Auge in Auge, mit einer Verkäuferin wieder. Ihr freundliches Lächeln wechselte, im Bruchteil einer Sekunde, auf Empörung. »Und bitte was suchen Sie hier? Männerunterwäsche gibt's im Ersten!«, herrschte sie ihn an. »Bitte gehen Sie unverzüglich, junger Mann! Oder ich rufe den Chef und lasse Sie entfernen.« Und schon drosch sie mit einer Handvoll Kleiderbügel auf ihn ein.

»Ich wollte nur – Autsch! Ich gehe ja schon!« Er war Hilfe suchend dem Ausgang zugeeilt, um ihren Schlägen zu entkommen.

Harry räkelte sich auf seiner Sitzgruppe, auf der gut eine ganze Fußballmannschaft Platz gefunden hätte. Der String war noch irgendwo zwischen seinen Studiensachen. Zufrieden grinsend kehrten seine Gedanken wieder zurück, zur aktuellen Situation. Er nahm einen Schluck aus der Bierflasche. Es war logisch, dass ihm die Frau mit den Strümpfen gefallen hatte.

Da bliebe sein Blick an den Bildern hängen, die vor ihm über den Bildschirm flimmerten. Was die blonde Sprecherin der Abendnachrichten erwähnte, ließ ihn aufhorchen und er stellte den Ton lauter: »…hat ergeben, dass es sich bei dem Einbruch in das renommierte Juweliergeschäft von van Hohenstett, um den Coup des Jahres handelte. Die Diebe erbeuteten nach neuester Schätzung Diamanten im Wert von nahezu fünfzehn Millionen Schweizer Franken. Die Polizei tappt noch weitgehend im Dunkeln über die Täterschaft. Staatsanwalt Bennet war heute zu keiner Stellungnahme zu erreichbar. Es herrscht Nachrichtensperre.

Wie wir aus gut unterrichteter Quelle erfahren haben, hatten die Einbrecher vermutlich Helfer. Die Türen waren nicht aufgebrochen worden und der Laden war nach Angaben des Juweliers mit einer Alarmanlage gesichert.«

Harry sprang auf: Wer hatte da geplaudert? Sein Assistent hatte heute mehrere Anrufe von Journalisten abgewiesen, aus genau diesem Grund. Sie wollten alle aus ihnen irgendeine Antwort heraus kitzeln und sie mit Fangfragen zu einer Stellungnahme drängen. Das waren sie sich gewohnt, hinderte sie jedoch oft ihre Arbeit zu machen.

Wie üblich, hatten sie die Medien an ihre Pressesprecherin verwiesen, die wird sie in regelmäßigen Abständen mit Mitteilungen versorgen. Denn falsche Zitate richtigzustellen, diese Mühe machte sich heute kaum jemand mehr, weil keiner zuhörte.

Er zog es vor, sich mit der Lösung des Falles zu beschäftigen. Die Beamten hatten bereits alle Mitarbeiter der Bewachungsfirma einvernommen, bis auf einen. Der befand sich auf einer mehrtägigen Wanderung in den Alpen. Oder, auf der Flucht. Wer weiß? Sie werden ihn auf jeden Fall überprüfen. Das heißt, sobald der Wanderer aus den Bergen zurück war, wird er von Assistent Norbert befragt.

Außerdem wurden alle Verdächtigen durchleuchtet, ob sie in einer Situation steckten, aus der heraus sie bestochen werden könnten. Zum Beispiel, weil sie Schulden hatten.

Zudem hoffte er, dass die Spurensicherung Brauchbares zu Tage fördern würde, woraus sie weitere Hinweise erhielten. Zum aktuellen Zeitpunkt gab es noch viele Ungereimtheiten.

Die dramatisch ansteigende Stimme der Sprecherin ließ ihn erneut aufhorchen: »Der Safe galt als einbruchsicher. Er besaß ein spezielles Schließsystem, dass im Falle einer Manipulation Alarm...«

Das war amüsant, aber nicht realistisch. Denn, einbruchsichere Safes gab es nicht, solange Glitter-Glamy frei herumlief. Gerade für sie, stellte er wohl eine sportliche Herausforderung dar ihn zu knacken. Und ihre allseits bekannte und an Besessenheit grenzende Vorliebe für Diamanten, sprachen ebenfalls dafür, dass sie dahintersteckte. Sie war seine prioritäre Verdächtige und war bereits befragt worden.

Glitter-Glamys Alibi war, »Den ganzen Abend habe ich mit Freunden gepokert, bis ich mittendrin eingeschlafen bin.« Das klang so belanglos, dass es fast schon stimmen könnte.

Trotzdem. Harry schüttelte den Kopf. Sie brauchten mehr als bloße Vermutungen und Bauchgefühle, um sie festnageln zu können. Zuerst musste geklärt werden, wer den Schlüssel und den Code geliefert hatte. Und ob jemand von der Bewachungsfirma darin verwickelt war.

Im Fernseher waren die Nachrichten zu den Auslandmeldungen übergegangen und zeigten den französischen Staatspräsidenten. Harry schaltete ab.

Tief seufzend schob er den Rest der kalt gewordenen Pizza zur Seite und stand auf. Seine Gedanken kehrten zurück zur hypernden Frau und dem Taschendieb. Weshalb war sie verschwunden, als er den Dieb gestellt hatte? Hatten die beiden gemeinsame Sache gemacht? War das alles ein abgekartetes Spiel? Hatte ihm der Dieb die Brieftasche gemopst? Oder war es am Ende die Frau gewesen?

Die Geschichte war von A bis Z seltsam. Denn was für ein Motiv könnten sie gehabt haben? Vielleicht ergab das Ganze erst zu einem späteren Zeitpunkt einen Sinn.

Immer noch innerlich aufgekratzt, wählte er aus seiner DVD-Sammlung einen Charlie Chaplin Film aus, damit er auf andere Gedanken kam.

7.

Liz Bardi, mit vollem Namen Elisabetha Sophia, war mit eins zweiundsiebzig beim größeren Durchschnitt und war meistens mit ihrem Körper zufrieden. Sie konnte jedoch nicht verstehen, warum andere sie um ihre Figur beneideten. Sie fand ihre Brüste unpraktisch groß, ihren Po zu augenfällig und ihre Füsse mit der Siebenunddreißig zu klein. Sie trug ihre lockigen Haare entweder offen, sanft über die Schultern fallend oder steckte sie zu einem Knoten hoch. Ihre Augen funkelten auf eine ansteckende Art vergnügt, was auf ihren südländischen Einschlag hinwies.

Der wichtigste Teil ihres Lebens betraf die Sorge für ihre Familie, bestehend aus ihren beiden Jungs und ihren Eltern. Als Alleinerziehende kam sie für ihre Kinder auf. Das zwang sie mit beiden Füssen fest auf dem Boden zu bleiben. Sie gab für ihre Jungs ihr Bestes, war aber auch bemüht, sie in klar definierten Strukturen aufwachsen zu lassen. In diesem ausgefüllten Leben, das durch die Stundenpläne der Schule und ihren Arbeitseinsatzplan dominiert wurde, sollte noch Platz bleiben für spontane Einfälle. Damit nichts vergessen ging, trug sie alle Aktivitäten wie Musikschulkonzerte, Schulreisen, oder Elternabende, in einen großen Terminkalender ein und heftete zusätzliche Infos an die Kühlschranktür.

Sie war von Natur aus positiv gegenüber Menschen eingestellt. Doch sie hatte in den vergangenen Jahren gelernt, dass man nicht allen ausnahmslos trauen konnte. Arnie war daran nicht unschuldig. Doch sie mochte deswegen nicht bitter werden und sich den Glauben an gute Menschen weiter bewahren, um vorbehaltlos auf sie zuzugehen. Ob mit jungen Teenagern, älteren Damen oder werdenden Müttern, Liz kam mit ihnen auf ihre unverkrampfte Art rasch ins Gespräch.

Anders als früher war für sie ihre Arbeit nicht mehr nur ein Job, den sie nach Belieben hinschmeißen konnte. Heute war er existenziell für sie und ihre Familie. Ohne die Stelle würden sie verarmen. Diese Verantwortung gab ihr Kraft und trieb sie täglich an, ihr Bestes zu geben.

Die Doppelbelastung von Beruf und Familie forderten ihren Zoll, seit der Scheidung hatten sich bei ihr ein paar Pfunde verabschiedet. Abends war sie oft müde, sodass sich die süßen Grübchen in der Wange auswuschen und sich die Linien um ihren Mund vertieften.

Ihr Leben drehte sich vor allem um ihre Söhne Samuel und Johnny. Liz hatte zum Glück eine herzensgute Tagesmutter gefunden, die sich um die beiden kümmerte, wenn sie arbeiten war. Und für all die kleinen Notfälle, die neben dem sorgsam erstellten Tagesplan anfielen, unterstützten sie ihre Eltern. Sie nahmen die Jungs gerne am Wochenende zu sich und verschafften ihr so zwischendurch kostbaren Freiraum. Meist unternahm sie nicht viel, sondern blieb zu Hause, schlief aus, las ein Buch und genoss es, nach Lust und Laune herumzutrödeln.

Obwohl ordentlich organisiert, brauchte sie zuweilen Nerven wie Drahtseile, eine dicke Haut, an der alles abprallte und Nagelschuhe, um sich durchzusetzen. In letzter Zeit fühlte sie sich oft ausgelaugt. Sie gestand es ungern ein, aber es fehlte ihr ein Partner, der sie von Zeit zu Zeit mal in die Arme nahm.

Jüngst hatte sich ein Symptom dazugesellt, das sie sehr beunruhigte. Sie hyperventilierte. Ein Risiko, das sie stresste. Die bisherigen Anfälle waren zwar bisher glimpflich abgelaufen, abgesehen vom Taschendiebstahl. Aber es ließ sie mit Sorge in die Zukunft blicken. Wenn ihr etwas zustiess, würde die kleine, geordnete Welt einstürzen, die sie für ihre Familie aufgebaut hatte.

Doch wenn ihr all das über den Kopf zu wachsen drohte, packte sie einen Rucksack und unternahm mit den Jungs einen Ausflug in den nahegelegenen Wald. Dort spielten sie Spiele wie Fang mich oder Verstecken, sie beobachteten Käfer, wie sie sich vom Rücken wieder auf die

Beine drehten, sie schauten gefräßigen Raupen zu und versuchten Vögel anhand ihres Gezwitschers zu erkennen. Wenn es dämmerte, trug sie mit den Buben eifrig Holz zusammen und entfachte ein Lagerfeuer, an dem sie Kartoffeln und Würste brieten. Das wirkte immer. Angesteckt von der ausgelassenen Stimmung und durch die Bewegung an der frischen Luft, rückte ihre Last der Verantwortung in den Hintergrund.

Liz zog Befriedigung und Selbstbestätigung aus ihrer beruflichen Tätigkeit. Daneben genoss sie die Zeit, die sie gemeinsam mit ihren Jungs verbringen konnte. Schwierig wurde es nur, wenn die beiden Welten aufeinanderprallten und sich nicht nach Plan verhielten. Dann war von allen Beteiligten Flexibilität gefordert.

Bei der Arbeit war Liz viel auf den Beinen. Wenn dann abends die Kinder schliefen, lag sie oft auf der Couch und genoss die Stille.

Im Alltag übersah sie die Blicke, die ihr folgten und war froh, dass ihre Chancen offenbar intakt zu sein schienen. Aber zu viel mehr, als gelegentlich in Träumen zu schwelgen, reichte ihre Energie nicht. Liz hatte sich immer eine kleine Familie mit einem Mann gewünscht. Doch heute war sie viel vorsichtiger bei der Wahl eines Partners. Sie hatte bei ihren geschiedenen Freundinnen gesehen, wie schwierig es war, wenn sich die Kinder plötzlich an einen fremden Mann, als ein Art Papa-Ersatz gewöhnen sollten. Wenn dann nach wenigen Monaten die Beziehung wieder zerbrach, blieben mehr als nur ein gebrochenes Herz zurück. Das wollte Liz ihren Jungs ersparen. Die ernüchternde Wahrheit war, ein netter Bettgefährte war noch lange kein passabler Ersatzvater.

Weshalb sie immer sie die Nieten zog, war ihr ein Rätsel. Vielleicht sandte sie die falschen Signale aus? Von Liebe geblendet übersah man nur allzu gerne, ob man zueinander passte. Trotzdem, ihr Wunsch nach einem Lebensgefährten war ungebrochen. Irgendwo da draußen in der

Welt existierte ihr Traummann. Es musste kein Prinz sein, der sie wach-küsste, ein ganz Normaler tat es auch. Jemanden, mit einer gesunde Portion Humor und ernsthaften Absichten. Daran glaubte sie.

Dem Rat ihrer Freundin Jule folgend, hatte sie sich vor Kurzem im Internet bei einer Partnervermittlung angemeldet. Wer weiß, vielleicht lernte sie so jemanden kennen?

Zu Beginn war sie aufgeregt gewesen wie eine Erstklässlerin am ersten Schultag. Euphorisch hatte sie sich an die Beantwortung der eingehenden Anfragen gemacht. Stundenlang suchte sie nach den richtigen Worten und bemühte sich, niemanden zu verletzen. Inzwischen hatte sich die Spannung etwas gelegt und sie stellte fest, dass leider die meisten Kontakte nur zu Beginn interessant erschienen. Mit zunehmender Übung teilte sie die ankommenden Anfragen in Gruppen ein.

Da waren 'Die Schreibfaulen'. Wahrscheinlich mühten diese sich noch mehr mit Worten ab als sie. Oder sie wagten nicht mehr zu schreiben, um das Gegenüber nicht in irgendeiner Weise zu brüskieren. Oder sie waren von Natur aus wortkarg oder beherrschten die Sprache nicht. Sie gaben von sich selbst nur unter Zwang etwas preis. Ihre Antworten beschränkten sich auf: »Ja« oder »Nein«. Dafür wollten sie vom Gegenüber alles bis ins Detail wissen.

Eine andere Gruppe waren die 'Romantiker'. Sie verschickten hochtrabende Gedichte, um ihren Gefühlen Ausdruck zu verleihen, aber leider nichts über den Absender aussagten. Ein Kandidat sandte ihr irrtümlich zweimal dasselbe Gedicht. Das hatte sie sehr enttäuscht. Das war offensichtlich seine Masche, um die Damen zu beeindrucken.

Die 'Küsschen-Handy-Nummer' waren die schnell Entschlossenen. Selbstbewusst verschickten sie virtuelle Küsse und ihre Handynummer. Für Liz waren sie die Aufreißer im Netz. Sie benahmen sich, als gelte es keine Zeit zu verlieren und wollten sich möglichst sofort ein Date.

Die 'Schlüpfrigen', deren Texte enthielten viele doppeldeutige Bemerkungen. Nach kurzer Anlaufzeit schwenkten sie aufs Thema sexuelle Vorlieben um. Sie fand sie abstoßend und hielt sich die Typen vom Leib.

Schließlich die 'Nullnummern', hier ordnete sie Kontakte zu, mit denen sie gar nichts anfangen konnte und gleich absagte.

Mit den wenigen, die all diese Hürden schadlos überstanden hatten und immer noch Interesse zeigten, unterhielt sie sich für eine erstes Date.

Obwohl sie längst aus dem Alter eines Teenagers herausgewachsen war, bekam sie dabei Herzklopfen und konnte nicht umhin vom großen Glück zu träumen. Es galt, möglichst keine Chance zu vergeben, darum war es klüger dabei einen klaren Kopf zu behalten. Sie wollte vor allem die Nieten aussortieren. Nur nicht nochmal so einen Missgriff tun wie mit Arnie, das war das Wichtigste.

Und anders als früher, war heute ihre Freizeit äußerst knapp bemessen, umso mehr ärgerte es sie, wenn sie sie mit jemandem vergeudete. Auch für ihre Sicherheit hatte sie vorgesorgt und immer einen Pfefferspray in der Handtasche dabei. Trotz allem waren die letzten Verabredungen enttäuschend verlaufen. Und sie musste einsehen, dass obwohl sie eine breitere Auswahl durch das Internet hatte, es am Ende nicht einfacher geworden war, den passenden Partner zu finden.

Doch erst musste sie die Sache mit ihrem Ex-Mann lösen. Er wäre laut Scheidungsurteil Unterhaltspflichtig, zumindest für die Kinder. Nur gezahlt hatte Arnie noch nie. Und da er keiner geregelten Arbeit nachging, hatte er offiziell kein Einkommen, das man hätte pfänden können. Liz hatte es zu Beginn versucht und ihn betreiben lassen, dazu musste sie erstmal Gebühren vorschießen und beim Amt vorsprechen. Am Ende war für sie kein Rappen dabei herausgesprungen, und stattdessen einen Verlustschein erhalten. Damit konnte sie sich nichts kaufen, man konnte sich damit nicht mal richtig den Hintern wischen. Also versuchte sie umsichtig zu wirtschaften, dass ihr Lohn für ihre Jungs und sie reichte.

Wären da nicht Arnies Schutzgeldforderungen, deretwegen sich bei ihr mittlerweile ein Schuldenberg angehäuft hatte. Alle paar Monate rief er an und drohte die Kinder zu entführen, wenn sie nicht eine bestimmte Summe zahlte. Sie hatte sich anfangs gewehrt, ihn angefleht und ihn beschworen damit aufzuhören, bis sie heiser war. Sie hatte ihm gedroht und sämtliche Überredungskünste angewendet; ihr wurde heute noch übel, wie sie gebettelt hatte. Doch er blieb stur. Und so liefen die Gespräche nun ziemlich einsilbig ab.

Es wurde für Liz zu einem nicht enden wollenden Albtraum. Ihre anfängliche Angst, dass er die Kinder verschwinden lassen würde, hatte sich mit der Zeit auf eine dumpfe Bedrohung reduziert. Immer wieder raubte es ihr den Schlaf. Bisher waren die Forderungen und die Geldübergaben immer gleich verlaufen. Liz wagte nicht daran zu denken, was geschähe, wenn Arnie plötzlich neue Bedingungen stellen würde.

Die latenten Erpressungen wurden unerträglich und ihre Schulden türmten sich immer höher. Eine Lösung musste her. Sie hatte auch eine Idee wie. Heute war ein besonderer Tag. Es war der Tag, an dem sie sich von diesem Blutsauger Ex für alle Zeiten befreien würde. Wenn alles nach Plan verlief, würde sie ihn heute zum letzten Mal sehen. Aus naheliegenden Gründen war sie nicht traurig über das Ende. Und diesmal hatte Arnie am Telefon einen unanständig hohen Betrag gefordert, weil er sich ins Ausland absetzen wollte. Er wird hoffentlich nie mehr wiederkommen. Versprochen hatte er es und auf seine verstorbene Großmutter geschworen. Gott hab sie selig, und die Bibel.

Liz wollte dafür sorgen, dass er sein Versprechen hielt und wenn nötig etwas nachhelfen. Ihr Plan war einfach. Verstohlen griff sie in ihre Handtasche und berührte den kalten Stahl. Sie bekam eine Gänsehaut. Sie hatte den Revolver schon mal getestet und damit auf einem abgelege-nen Fabrikareal Schießübungen absolviert. Trotzdem war ihr das Vorha-ben unheimlich, denn sie wusste, bedrohte Menschen neigten zu uner-warteten Reaktionen. Und derjenige, der die Waffe hielt, musste sich nur zu einer impulsiven Bewegung hinreißen lassen, schon war einer, peng, tot!

Sie erschauerte. Zweifel stiegen in ihr hoch. War das wirklich eine gute Idee? Doch sie handelte aus der Not und mit dem Mut der Verzweiflung. Sie musste die unsägliche Abwärtsspirale von Erpressung, Angst und Schuldenberg durchbrechen. Die Waffe war ein Mittel, um ihre Freiheit wieder zu erlangen. Liz war fest entschlossen sich heute das Problem Arnie vom Hals zu schaffen.

8.

Arnie wartete wie verabredet bei der leerstehenden Fabrikruine am Rande des Industriegebietes. Das baufällige Gebäude lag abgelegen. Auch unter der Woche verirrte sich selten jemand hierher. Es diente spielenden Kindern als Mutprobe, oder sie veranstalteten Zielschießen auf die kaputten Fenster.

Das ehemalige Metallveredelungswerk stammte aus dem Jahr 1943 und hatte seine Blütezeit in den fünfziger und sechziger Jahren gehabt. Damals wusste man noch wenig über mögliche Folgeschäden, die durch die krebserregenden Substanzen, die bei der Metallveredelung verwendet wurden, entstehen konnten. Entsprechend sorglos ging man im Werk damit um und schützten sich nur mangelhaft.

Irgendwann in den Achtzigern war die Produktion aufgrund neuer Sicherheitsverordnungen und Umweltgesetze in den Osten nach Polen verlagert worden. Das Gebäude und der Vorplatz wurde danach an Kleingewerbe weitervermietet, an einen Autospengler, eine Transportfirma und einen Getränkehändler. Dann als der Eigentümer starb, vererbte er das Fabrik-Areal der Stadt Winterthur. Die Freude über dieses Geschenk währte nicht lange.

Später vermutete man, dass der Besitzer um die Giftfässer wusste, die jahrelang in den Boden neben der Fabrik entsorgt worden waren. Erst Jahre später, in den Neunzigern, entdeckte man als man eine Umnutzung des Areals plante, die unsachgemäß eingelagerten Fässer. Der Skandal ging durch die Presse und auch die letzten Mieter suchten das Weite.

Eine Untersuchung der Bodenbeschaffenheit hatte ergeben, dass alles in und um die Hallen herum derart mit Giftstoffen belastet war, dass Abbau und Entsorgung sehr teuer werden würden. Also schob man das

Projekt auf, und seither dämmerte das Areal vor sich hin und war dem Zerfall und der wuchernden Natur ausgeliefert.

Arnie war überpünktlich, eigentlich zu früh. Er wollte abkassieren, da war immer hundertprozentig Verlass auf ihn. Diesem Gedanken hing er für einen Augenblick nach und grinste, sodass sich sein Doppelkinn faltete. Er hätte Steuereintreiber werden sollen, dachte er. Am nötigen Biss dazu würde es ihm nicht fehlen.

Die Sonne sank immer tiefer und tauchte die Umgebung in rötlich braunes Licht. Arnie drückte seine Zigarette aus und steckte sich gleich die nächste an. Er sollte das Rauchen aufgeben. Es war ungesund und überall wurde es verboten. Aber so vieles, was Spaß machte war ungesund. Gesund zu leben war etwas für Langweiler. Er jedenfalls hatte dazu keine Lust. Wozu auch? Um gesund zu sterben?

Seine Gedanken wanderten weiter und er dachte lieber an die Zukunft. Was würde er mit dem ganzen Geld machen, wenn er es geschafft hatte? Es war der Superknüller seiner ganzen Verbrecherkarriere, sozusagen sein persönlicher Höhepunkt. Und das Beste war: Er hatte Glitter-Glamy die Beute vor der Nase weggeschnappt.

Ach, Schadenfreude war die schönste Freude. Diese bescheuerte alte Tante, mit ihrer Besessenheit für Diamanten. Sie wird sich vor Wut in den Stiefel gebissen haben, als sie vor dem leeren Safe stand. Sie und ihre Ganovenehre waren sowieso Relikte aus vergangenen Zeiten. Heute lief alles schneller ab, war unpersönlicher und die meisten Kriminellen hielten nichts von dem alten Schmäh.

Und wenn die Safeknackerin erfuhr, wer sie reingelegt hatte, dann... Ha! Arnie klopfte sich auf die Schenkel und zerdrückte vor Lachen eine Träne. Was würde er darum geben, ihre dumme Visage dabei zu sehen. Das war der beste Witz, den er je gehört hatte. Er hatte immer schon Sinn für Humor. Und er, Arnie hatte den Witz erfunden. Ha!

In seinen goldenen Hirnzellen war er entstanden. Man konnte vieles über ihn behaupten, aber er war nicht unintelligent. Zufrieden mit dieser Selbsterkenntnis rutschte er etwas tiefer in seinen Sitz.

Die Idee war ihm bei einem Besuch in einem Swinger-Club gekommen. Er hatte sich mit einer gutgebauten Dame, undefinierbaren Alters für ein Nümmerchen ins Separee zurückgezogen. Ihr unersättlicher Appetit erforderte all seine Energie. Endlich schien sie zufrieden, ließ von ihm ab und so lagen sie nebeneinander, satt und matt. Da begann sie zu plaudern, über sich, ihr Leben und ihren Mann. Arnie döste gelangweilt weiter. Als sie jedoch erwähnte, dass ihr Mann ein Juwelier war, klingelte es bei ihm wie in einer Registrierkasse. Nun, hellwach, mimte er weiter gequälte Höflichkeit beim Zuhören. Eine unverfängliche Frage hier, und eine da, bescherten ihm wertvolle Informationen.

Die kleinen Zahnrädchen in seinem Kopf begannen emsig ineinander zu greifen und formten einen Plan. Offenbar hatte der Juwelier einen Tick, ja fast schon eine Manie, was die Sicherheit seiner Edelsteine betraf. Trotz Alarmanlage und topaktuellem Sicherheitssystem für den Safe, traute er der Sache nicht und war krankhaft vorsichtig. Wenn er zum Beispiel vor einer Auktion eine größere Menge Diamanten aufbewahrte, und er befürchtete, dass eingebrochen werden könnte, schien ihm der Safe zu unsicher. Dann räumte er die Juwelen um, und zwar in den Tresor in seinem Büro. Er hoffte, so den Ganoven ein Schnippchen zu schlagen.

Nur, diesmal war es umgekehrt gelaufen. Arnie hatte den Juwelier ausgetrickst. Er musste lachen. Dass er ausgerechnet auf die Frau des Bijoutier traf, war pures Glück gewesen. Sie konnten beide voneinander profitieren, war quasi eine klassische Win-win-Situation.

Er summte gut gelaunt vor sich hin. Nur noch wenige Minuten, dann war er in Winterthur Geschichte. Er würde sich nie mehr die blöden Gesichter von seinem Bewährungshelfer, der Sozialtante und dem Stadtrat ansehen müssen. Diese Gutmenschen, die sich für die Resozialisierung von Straffälligen einsetzten. Die einen, um ihren Hang zur selbstlosen Liebe zu kultivieren, hoffend einen Platz im Himmel zu sichern, und die anderen, um sich für die Wiederwahl in Szene zu setzen. Er und seinesgleichen diente ihnen da lediglich als Steigbügelhalter.

Er würde den selbstgefälligen Verein nicht vermissen. Obwohl, die eine Sozialarbeiterin hatte ein Figürchen zum Träumen. Arnie leckte sich die Lippen. Seine Fantasien wurden vom Brummen eines sich nähernden Autos unterbrochen.

Aha, da kam Liz.

Der Fiat hüpfte wie ein aufgeblasener Floh über die Landstraße. In eine Staubwolke gehüllt brauste sie über den Platz und hielt in sicherer Distanz an. Sie stieg aus, warf die Tür zu und kam auf ihn zu.

Erwartungsvoll schaute er sie an. »Hallo, Schätzchen«, grüßte er.

»Hallo Arnie«, schnappte sie.

»Na, wie geht's, wie stehts? Die Kinder gesund und munter?«

Wie sie es hasste, wenn er das Bild des besorgten Familienvaters gab. »Das geht dich nichts an. Ich konnte dein geheucheltes Interesse noch nie ausstehen. Du wirst nie als liebender Vater in die Annalen der Geschichte eingehen. Aber das weißt du besser als ich. Also lass die Kinder aus dem Spiel.« Sie griff entschlossen in ihre Handtasche. »Bringen wir es hinter uns.«

»Das wollte ich auch gerade sagen. Sowie du mir die Kohle rüberschiebst, werde ich – Simsalabim - verschwinden, wie der Geist aus der Flasche.« Er schnippte mit den Fingern. »Auf Nimmerwiedersehen«. Er hatte es nun eilig.

»Ich werde dir keine Träne nachweinen, sondern tanzen vor Glück«, bemerkte Liz.

War es der Ton, wie sie es sagte, oder eine Vorahnung, die ihn aufhorchen ließ. Im nächsten Augenblick wurden seine Augen kugelrund und er blinzelte, als könne er nicht glauben, was er sah. Sie hatte ihre Hand aus der Tasche gezogen und hielt ihm statt des erwarteten Geldbündels einen Revolver vor die Nase. Er schluckte und schluckte, plötzlich lag ihm ein Kloss im Hals. Seine liebliche, kleine Ex-Frau, die keiner Fliege etwas zuleide tun konnte, würde ihn abknallen. Und an der Art, wie sie die Schusswaffe handhabte, war sie darin nicht ungeübt.

»Du hast die Wahl: Verschwinde für immer aus meinem Leben und dem der Kinder. Solltest du dich noch einmal blicken lassen, werde ich dich mit dem Ding hier in die ewigen Jagdgründe befördern. Und stell mich nicht auf die Probe, es juckt mich eh in den Fingern. Hast du verstanden?«

»Was? Natürlich! Kein Problem!« Händeringend kam er einen Schritt auf sie zu. »Das ist doch kein Grund die Nerven zu verlieren. Ich verschwinde spurlos. Darauf kannst du wetten. Bin so zusagen auf dem Sprung und schon fast in einem anderen Leben.« Leicht melancholisch und gekränkt, über ihr knallhartes Ultimatum, deutete er vor sich auf den Boden. »Du siehst mich heute hier zum letzten Mal.«

In Liz' Gesicht regte sich äußerlich kein Muskel, während sie abwägte, ob sie ihm glauben konnte. Sie zweifelte nicht unbegründet an seinem Versprechen. »Hm, ich überlege gerade. Was, wenn du mich wie immer belügst? Wieso sollte ich dir diesmal glauben? Besser ich erschieße dich gleich hier und jetzt. Das ist sicherer.« Liz legte an. »Früher oder später wird dich dein krimineller Lebenswandel sowieso umbringen. Das hättest du dann schon hinter dir. Eigentlich erweise ich dir damit einen Gefallen. Du, das geht ruck, zuck. Ich mach es so, dass es gar nicht wehtut. Das ist viel schmerzfreier, als wenn du einem deiner Widersacher in die Hände fällst. Die würden dich genüsslich zu Tode quälen. Es spricht also alles dafür.« Sie zielte über Kimme und Korn.

»Nein, nein!« Arnies Hände schossen zum Stoppzeichen hoch. Die dumme Kuh kapierte aber auch gar nichts! Seine Zunge fuhr nervös über seine Lippen. »Das ist keine gute Idee. Gar keine! Das belastet nur unnötig dein Gewissen. Tu es nicht! Ich bleibe ganz sicher weg. Bedenke: Mord! Das ist keine gute Basis für den Beginn eines neuen Lebens. Das bringt Unglück!« Er verhaspelte sich vor Aufregung. Schweißtropfen bildeten sich auf seiner Stirn. »Stell dir vor, was das für ein schlechtes Karma ergäbe. Ein Mörderleben, das du sieben Leben lang abbüßen müsstest. Das ist nicht gut. Glaub mir. Gar nicht!«

Arnie schüttelte den Kopf wie ein Autodackel. Mit einer fahrigen Bewegung wischte er sich über die Stirn. »Schau Kleines. Liz! Ich bin doch so gut wie weg!« Mit den Händen abwinkend bewegte er sich rückwärts auf sein Fahrzeug zu.

»Halt! Wir sind noch nicht fertig. Ich sag, wenn du gehen kannst!« Sie hob drohend den Revolver und Arnie stoppte.

»Vielleicht ist es wirklich besser den Vater meiner Kinder nicht zu erschießen«, überlegte sie laut. »Wegen des Karmas.« Dann legte sie den Kopf zur Seite und fragte: »Hast du nicht etwas vergessen?« Sie griff erneut in ihre Tasche und brachte ein Bündel Geldnoten zum Vorschein. Verächtlich warf sie es Arnie vor die Füße. »Ich will doch sicher gehen, dass du hier wegkommst. Na los, heb es auf!«

Arnie bückte sich umständlich ohne Liz aus den Augen zu lassen. Er hob das Bündel auf und wägte es in seiner Hand ab. »Das sind keine zehn Riesen. Willst du mich verscheißern? Du Nu...!« Doch als er sah, dass sie den Revolver anlegte, verstummte er wütend.

Sie zielte: »Ich kann ja noch ein paar Kugeln drauflegen.«

»Nein, nein. Lass das! Aber, das ist Betrug. Das wirst du mir büßen!«

Nun geschah genau das, was Liz befürchtet hatte. Ihr platzte der Kragen. Sie drückte ab. Die Kugeln schlugen einen halben Meter vor Arnies Füssen ein. Er machte erschrocken einen Satz auf die Seite. »Als Gedächtnisstütze, du Mückenhirn! Wenn ich dich noch einmal hier sehe, lege ich dich um. Dasselbe gilt für die Jungs. Wenn Du noch einmal in ihre Nähe kommst, lege ich dich um. Und wenn Du noch einmal im Warenhaus auftauchst, lege ich dich auch um. Ist das jetzt bei dir angekommen?«

»Klar. Meine Güte bist Du stur.«, brummte er und wies auf den Revolver:« Pass auf mit der Waffe. Damit könntest du jemanden verletzen.«

»Kein Problem. Dich könnte ich jederzeit verletzen, ohne Reue. Im Gegenteil, ich würde der Welt einen Gefallen tun. Alle würden mir dankbar die Hand schütteln. Ich wäre geradezu eine Heldin. Wenn ich es mir recht überlege, sollte ich dich doch besser erschießen. Ist ein schneller Tod. Kurz und schmerzlos!« Liz hob den Revolver fragend in seine Richtung.

»Komm, mach keinen Scheiß! Ich bin es, Arnie! Dein dich liebender Ex-Mann. Weißt du, ich habe nie so richtig begriffen, warum du mich nicht mehr liebst. Ich meine, echte Liebe kann man doch nicht einfach ausknipsen wie einen Lichtschalter? Hast du kein Herz in deiner Brust? Du bist so hart geworden.« Beschwörend zu Beginn, schwenkte sein Ton um auf vorwurfsvoll.

Liz blinzelte. Hörte sie da richtig? Das konnte nicht sein Ernst sein! Mit dieser alten Platte bei ihr punkten zu wollen. Das war typisch für ihn. Wenn er nicht mehr weiterwusste, legte er die Sülze ganz dick auf. Er berührte sie damit schon lange nicht mehr. Bittere Enttäuschungen hatten sie gestählt gegen seine schmachtenden Augen. Genug! Für wie einfältig hielt er sie denn? Ruhig Blut! Sich nur nicht provozieren lassen! »Hau einfach ab bevor ich dich aus Wut mit Kugeln vollpumpe!«

Sie war der friedlichste Mensch auf Erden, überzeugte Pazifistin und praktizierende Nächstenliebe-Vertreterin. Aber genug war genug. Sie hatte es so satt!

Ihre Botschaft war angekommen. Arnie trollte sich und schlug die Autotür zu. Sie ließ ihn nicht aus den Augen und bewegte sich rückwärts zu ihrem Fiat. Sie warf ihre Tasche auf den Nebensitz, ließ kurz den Motor aufheulen, wendete schwungvoll und verschwand in einer Staubwolke.

Arnie sah ihr nach, bis der Kleinwagen die Anhöhe erklommen hatte. So, dachte er: Sein fleißiges Bienchen hatte sich einen Stachel zugelegt. Man lernt nie aus! Soll einer die Menschen verstehen. Sie sind von Grund auf hinterlistig und schlecht. Es gab keine Nächstenliebe mehr. Sogar Liz wollte ihm nicht mehr helfen. Kalt und herzlos sind die Menschen geworden! Als sie sich kennenlernten, hatte sie ihm geraten, einem ehrlichen Gelderwerb nachzugehen und etwas aus sich zu machen. Sie war beim Versuch ihn zu überzeugen genauso hartnäckig wie er, stur geblieben war, kein redliches Leben zu beginnen. Ihr Hauptargument war, dass man nicht Gauner bleiben konnte bis ins Pensionsalter, da würde er am Ende verarmen. Aber das sah nur von ihrem Blickwinkel so aus. Er dagegen rechnete sowieso nicht mit einer Rente, sondern mit dem Superding, das ihn zum Millionär machte.

Die ewige Weltverbesserin Liz, auch sie war Geschichte. Scheiß drauf! Er war kurz vor dem Sprung in ein neues Leben. Er hatte alles, was er brauchte. Sein Ex hatte ihm soeben das Reisegeld gebracht. Aber, was war das? Plötzlich alarmiert betastete er das zusammengerollte und mit einem Gummi gesicherte Notenbündel. Da hatte ihm sein Schätzchen doch tatsächlich Blüten untergejubelt. Und so Billige, dass er es gleich in den ersten fünf Minuten herausfand.

»Scheiße aber auch!« Hastig sortierte er was echte und was billige Kopien von den Scheinen waren und zählte. Er kam immerhin auf dreitausend Franken echte, dazwischen lagen einfache Farbkopien. Baff vor Erstaunen saß er da und starrte sie an. Liz hatte ihn tatsächlich zum Abschied reingelegt. Miststück! Er verschaffte sich fluchend Luft.

Doch es war nicht zu ändern. Ein Rückschlag. Aber er würde sich zu helfen wissen. Sein Flug ging heute Nacht, um 23:00 Uhr nach Antwerpen, und von da aus, vielleicht nach Brasilien oder lieber Bali. Wo immer es ihn hinzog. Er dachte an endlose Sandstrände vor tiefblauem Meer, und er mit einem Drink in der Hand, matt in die Sonne blinzelnd. Genüsslich zündete er sich eine Zigarette an und ließ das Fenster runter. Irgendwie würde er das mit dem Geld schon hinkriegen. Schließlich war er Gauner von Beruf. Entschlossen schnippte er die heruntergebrannte Zigarette weg und griff nach dem Anlasser. Als ihn eine tiefe, rauchige Stimme aus den Gedanken riss. »Na, Arnie? Hast du denn richtig nachgezählt? Fehlt auch nichts?«

9.

Diese Stimme hätte Arnie sogar in der Hölle wiedererkannt. Bei ihrem Klang gefror ihm das Blut in den Adern. Und sein Herz sprang ihm beinahe aus der Brust.

»Weißt du, was ich noch mehr hasse, als lächerlich gemacht zu werden? Wenn einer mir die Diamanten vor der Nase wegschnappt.« Dazu wurde er von einem Schwall ihres schwefelhaltigen Kettenraucherinnen-Atems umhüllte. Er war im Vorhof des Hades. Sie beugte sich zu ihm ins Auto und tippte ihm mit einer, dich mit Schmuck behangenen Hand auf die Brust. »Du hast beides getan, und alle haben sich darüber kaputtgelacht. Jetzt ist Zahltag!«

Arnie begann zu zittern und mit ihm die Zigarette im Mundwinkel. »Ich kann dir das erklären! Das ist alles ein Missverständnis.«

»Daran gibt es nichts miss-zu-verstehen. Sag deine letzten Worte, bevor du zur Hölle fährst!«

Arnies erstarrte. Fieberhaft suchte er einen Ausweg. Obwohl er keine fünf Minuten zuvor in einer ähnlichen Situation gesteckt hatte, würde er sich diesmal nicht so leicht herauswinden können. Seine Chancen waren ungleich schlechter. Sehr viel schlechter! Er hatte den Gedanken noch nicht zu Ende gebracht, als sein Kopf explodierte.

»Lzz –«, seine letzten Worte waren nur ein Hauch.

Sein Körper wurde von der Kraft des Einschlags hochgehoben, und über die Klippe, vom Leben in den Tod katapultiert. Blut spritzte aus dem Loch am Kopf und er sackte zusammen.

Glitter-Glamy riss die Wagentüre auf und beugte sich über ihn. »Du spuckst mir nie mehr in die Suppe!«, zischte sie mit der Zigarette zwischen den Zähnen. Sie kochte vor Wut.

»Räumt den Mistkerl weg. Am besten er verschwindet ganz. Und schaut, wo er die Diamanten gebunkert hat.«

Für einen Augenblick war nur das Klimpern ihrer, sich aneinanderreibenden Ketten und Armreife zu hören. Ihr Gesicht grausig verkniffen, fixierte sie die beiden Komplizen. Ein eisiger Hauch umwehte sie.

Als wäre die Waffe plötzlich glühend heiß, ließ sie sie fallen, stelzte wie ferngesteuert zum Auto und fuhr weg.

Das alles hatte etwas Surreales wie ein Spuk.

Raschdi fasste sich als Erster wieder. »Hey Mann, was für eine Scheiße. Schau dir das an! Das Graue was da an der Kopfstütze klebt, ist seine Hirnmasse. Kein Scheiß!« Überfordert, strich er sich über seine Glatze, dann beugte er sich durchs Fenster und schaute sich die Sache genauer an.

Er war von mittlerer Statur, breit gebaut und sein kugeliger Kopf wurde von etwas Haar umkränzt. Sein Spitzname Raschdi war aus der Kombination entstanden, dass er rasch seine Aufträge erledigte, aber auch von rasten, wie ausrasten und einer verblüffenden Ähnlichkeit mit Salman Rushdie. Und, ebenso wie der weltbekannte Schriftsteller von Gotteskriegern verfolgt wurde, und zwar wegen seines Buches Satanische Verse, wurde auch Raschdi von Häschern verfolgt, diese jedoch hatten noch eine Rechnung mit ihm offen.

Sein Äußeres täuschte, er war kein gemütlicher Typ. Seine jähzornigen Ausbrüche waren selbst unter seinesgleichen gefürchtet. Als ehemaliger Eintreiber von Spielschulden war er berüchtigt. Dabei brach er nicht nur Finger, oder Arme und zerschmetterte mit dem Hammer Schienbeine, sondern schreckt auch nicht davor zurück, seine Opfer zu entstellen, indem er ihnen ein Ohr oder die Nase abschnitt.

Für den aktuellen Bruch hatte er sich mit Glitter-Glamy zusammenge-tan. Sie war zwar verschrumpelt und uralt, aber sie besaß den absolut sechsten Sinn was fette Beute anbelangte, und wo sie zu holen war.

Raschdi hob mit spitzen Fingern Arnies Reisetasche vom Rücksitz. Kurzerhand kippt er den Inhalt auf den Boden. Kleidungsstücke, Bade-hose und Strandtuch, ein Necessaire sowie eine Bonbondose. Alles nur Kram, wertloses Zeug. Wütend kickte er den Haufen weg.

»Mann, am besten lassen wir ihn gleich mit Waffe und Auto verschwin-den«, meinte 3M und steckte seine Minikamera ein. Er hatte alles auf-genommen, live und unverfälscht, das war echte Kunst. Zufrieden drehte er sich zu Raschdi um. »Wir könnten die Karre im Fluss versenken. Bis er gefunden wird, vergehen bestimmt Monate«, schlug er vor.

»Mann, bist du blöd. Das ist sein Wagen, damit finden die Bullen sofort heraus, wer er ist.«

Kollegial hockten sie sich Rücken an Rücken auf die Motorhaube und überlegten.

»Ah«, mit einem Aufschrei schlug Raschdi sich gegen die Stirn: »Ich habs! Mann, wir bringen ihn in die Kehrichtverbrennungs-Anlage.« Voller Tatendrang sprang er auf.

3M tippt sich an die Stirn. »Bist du jetzt völlig übergeschnappt! Meinst du, die lassen uns, ohne die Scheiß Gebührenmarken einfach so eine Leiche in den Ofen schieben?«

Raschdi zählte bis zehn: »Mann, hör doch zu! Da hat doch einer seine Braut entsorgt. Ja, das habe ich gelesen. Erst hat er sie erschlagen, hat sie in einen Teppich gerollt und ist mit ihr zur Verbrennungs-Anlage ge-fahren. Dort gibt es eine Rampe für Anlieferungen, da kann man den Sperrmüll gleich vom Kofferraum aus ins Feuer werfen. Hat der ge-macht! Das hat die Polizei eine Schweinemühe gekostet, in der Asche noch was Brauchbares von der Frau zu finden. Wenn der Typ später nicht, von Gewissensbissen geplagt, alles gestanden hätte, hätten sie ihm nie etwas nachweisen können. Das ist genau das, was wir suchen. Den perfekten Mord. Mann, das funktioniert, wirst sehen.« Dazu klatschte er in die Hände. »Wir packen ihn in Kehrrichtsäcke, fahren dahin, kippen alles in den Ofen und fertig, Mann. Das ist sauber und hinterlässt keinerlei Spuren.«

3M sah Raschdi bewundernd an. Lesen, das hatte er auch mal gelernt. Heute konnte er mit Mühe manchmal die Schlagzeilen entziffern, zu mehr reichte es nicht. Sein richtiger Name war Damian Huber. Auf die schiefe Bahn geriet er, als er eine Lehre in einem Verkaufsladen begann. Das breite Angebot im Supermarkt hatte es ihm angetan und er konnte der Versuchung nicht widerstehen. Nach der siebten Ermahnung seiner Chefin zeigte sie ihn schließlich an. Als daraufhin die Polizei bei ihm zu Hause eine Kontrolle machte, staunten sie nicht schlecht. Sie fanden ein ganzes Lager mit gestohlener Ware, HiFi-Anlagen, Fernseher, Computer und vieles mehr. Dafür saß er ein paar Monate im Jugendknast. Danach änderte er seine Strategie. Nun klaute er auf Bestellung. Das war ihm schwieriger anzulasten, kein Diebesgut, kein Beweis. Er war gut. Er besorgte auf Wunsch alles, was das Herz begehrte: Frauen, Drogen, Bilder, Soundanlagen. Das war sein Geschäftsmodell.

Seine wirkliche Leidenschaft jedoch war die Filmerei. Er hielt alles mit Kamera fest und speichert die Film-Sequenzen. Er träumte davon eines Tages als Künstler den Durchbruch zu schaffen. In ihm steckte nämlich ein äusserst talentierter Schauspieler, das hatte schon seine Mutter gesagt.

Zwischendurch, wenn das Geschäft flau war, klinkte er sich bei Raschdi ein. Sie kannten sich noch aus der Zeit, als er Asylsuchender war. Meistens kamen sie miteinander klar, wäre da nicht seine aufbrausende Art und sein unheimlicher Jähzorn. 3M überließ gerne dem Älteren die Führung, wie im vorliegenden Fall, wo es darum ging, eine Leiche zu entsorgen. Das war ihm eine Nummer zu groß.

Raschdi hatte nachgedacht. »Zuerst müssen wir den Kerl zerlegen, damit er in die Säcke passt. Wenn möglich an einem Ort, wo es nicht gleich auffällt.«

»Wie wäre es denn mit der alten Fabrik da?«

»Okay. Dann brauchen wir ein Fleischerbeil oder etwas in der Art«, ergänzte 3M geschäftig, und schlug vor: »Ich besorg uns schnell etwas. Eine Motorsäge wäre praktisch.«

»Aber mach schnell! Mann, der beginnt schon zu stinken. Ich fahr inzwischen das Auto ins Gebäude.«

3M verschwand und Raschdi beschäftigte sich mit dem Fabriktor, das mit einem Umhängeschloss gesichert war. Er trat einige Schritte zurück und feuerte mit seiner Waffe darauf. In den Filmen mit Schwarzenegger und Willis funktionierte das immer. Doch irgendwas musste er übersehen haben. Das Metallding blieb zu und war nun erst richtig verklemmt. Fluchend packte er einen Stein und schlug damit drauf, bis es zerbrach. Na, geht doch! Er schob das Tor zur Seite und fuhr Arnies Wagen in die Fabrikhalle.

Was stank da so grauenhaft? Angeekelt rümpfte er die Nase. Zur Antwort fühlte er sich Nässe über seinen Hintern ausbreiten, als würde er in einer Pfütze sitzen. Wie gestochen schoss er hoch. Was war das? Er verrenkte sich beinahe den Hals, beim Versuch den eigenen Po zu sehen. Der Tote hatte etwas hinterlassen. Durch die Entspannung der Muskeln hatte sich sein Darm entleert.

»Du Sauhund!« Raschdi traktierte das Fahrzeug mit Tritten, bis sein Fuß schmerzte. Das Echo der Hiebe verlor sich in den leeren Gängen.

Keuchend hielt er inne und realisierte, dass er hier mit dem Toten allein war. Draußen dämmerte es und in dem bisschen Licht, das durch die zersprungenen Fenster fiel, verschwammen die Konturen gräulich. Er fand den Schalter für die Beleuchtung und drehte ihn an. Nichts geschah. Die Stromquelle war schon lange abgeschaltet worden.

Raschdi hasste es, im Dunkeln zu sitzen. Kurz entschlossen knipste er die Lichter des Autos an. Das war besser und beruhigte ihn. Einen kurzen Moment lang war es ihm fast unheimlich geworden. Er wartete. Endlich, eine Stunde später hörte er ein leichtes Klopfen am Tor und 3M schlüpfte herein. »Hey, ich habe es.«

»Mann, hat das lange gedauert. Der andere hat bestimmt schon die Leichenstarre«, fuhr Raschdi ihn an.

Doch sein Kumpel zuckte mit den Schultern. Dann trat er geheimnisvoll auf und breitete seine Armen aus, wie ein Zauberer bei der Aufführung. »Also, gebt fein acht. Ich habe dir etwas mitgebracht.« Er winkte wie das Sandmännchen und zeigte auf eine IKEA-Einkauftasche. »Abrakadabra – Simsalabim!« Dann enthüllte er mit dramatischer Miene eine Motorsäge und hielt sie hoch wie eine Trophäe.

»Blödes Theater!« Raschdi schnappte danach.

Aber 3M zog sie ihm blitzschnell außer Reichweite. »Nicht so schnell. Weißt du überhaupt wie das Ding funktioniert?« Dann schnüffelte er angewidert. »Was stinkt da so?« Er beugte sich vor. »Pfui Teufel, das bist du. Hast du vor Angst in die Hosen geschissen?«

Raschdi riss ihm die Motorsäge aus der Hand. »Halt die Schnauze, Mann. Oder ich zersäg dich gleich mit«, drohte er ihm. Mit spitzen Fingern versuchte er, den Motor in Gang zu bringen, aber ohne Erfolg.

3M nahm sie ihm wieder ab, doch ihm wollte es auch nicht gelingen. Raschdi fand sie benötigt Treibstoff. Daraufhin riss 3M kurzerhand die

Benzinleitung aus Arnies Wagen und sog damit Sprit aus dem Tank. Er rief: »Los bring die Maschine her und schraub den Tankdeckel auf.« Das Benzin schoss ihm bereits in den Mund. Er spuckte aus, genau auf die neuen Designerschuhe seines Kumpels.

Der knurrte gefährlich, denn sein Blutdruck war auf zweihundert. Er packte 3M an den borstigen Haaren und zog seinen Kopf auf Höhe der Motorsäge. »Und wo ist der Benzintank? Mann, die ist elektrisch, aber hier gibt es keinen Strom!« Dazu zeigte er an die Decke zu den nicht funktionierenden Neonröhren.

»D..., das tut mir leid. Echt, Sorry!«, stotterte dieser.

Das reichte! Raschdi schüttelte ihn erst wie ein Kissen, dann ging er über und erteilte ihm Backpfeifen. »Du Idiot!«, links, rechts eine. »Was machen wir jetzt?«, Pitsch, patsch, für jede Betonung eine Watsche. »So wird das nichts mit der Leiche und der Verbrennungsanlage.«

3M riss sich los, seine Nase blutete und er wischte sie sich am Ärmel ab. Mit Wehmut sah er zum Toten und beneidete ihn. Dem tat nichts mehr weh. Entschlossen den Fehler auszubügeln, klaubte er in seiner Jeans nach dem Taschenmesser. Wäre doch gelacht, wenn er das nicht hinkriegen würde. Er packte einen von Arnies Armen und säbelte mit der kleinen Klinge emsig daran herum, um ihn abzutrennen.

»Meine Güte, ist der Bursche zäh!« Die säuerliche Ausdünstung der Leiche stieg ihm in die Nase und vermischte sich mit dem Blut, das alles glitschig machte. Das Benzin, die Ohrfeigen, und dieser Geruch, all das war zu viel für ihn. Grün im Gesicht, konnte 3M sich gerade noch ein paar Schritte abwenden, bevor er sich übergab.

Raschdi schaute ihm Kopf schüttelnd zu. Die Zeit drängte. »Das wird hier nichts. Du hast gerade mal einen Arm geschafft. Mann, und jetzt ist alles voll Blut. Das heißt, die Spuren sind überall, und wir kommen nicht vom Fleck.« Er gab der vergessen am Boden liegenden Motorsäge einen Tritt. »Nein! Die Idee ist gestorben. Am besten wir verbuddeln ihn. Seinen Wagen bringen wir in eine Kiesgrube und zünden ihn an. Das ist das Sauberste. Steig in Arnies Auto und fahr mir nach. Ich kenne ein abgelegenes Plätzchen, eine Schaufel habe ich auch dabei.«

3M schaute ihn gequält an. Er wusste nicht, was ihm mehr zuwider war: Die Leiche zerstückeln oder mit ihr herum zu kutschieren. Raschdi rechnete damit, dass er spurte und fuhr los. Bei der Einfahrt hielt er an und wartete. Doch sein Kumpel kam nicht. Also blieb ihm nichts anderes übrig als zu ihm zurückzukehren.

Vor der Fabrik bot sich ihm ein Bild des Elends: Die Motorhaube der Karre stand offen. Die Leiche lag quer über dem Sitz. Und vor all dem, saß 3M am Boden mit den Händen vor dem Gesicht. Als er ihn kommen hörte, hob er zögernd den Kopf. Er war unter einer Mischung aus Rotz, Blut und Schmutz kaum wiederzuerkennen.

Raschdi blickte ihn fragend an. Zur Antwort hielt der ihm schluchzend die herausgerissene Benzinleitung hin. »Er springt nicht an.«

Raschdi fluchte. 3M sprang auf und suchte verzweifelt hinter dem Wagen Deckung. Er war keine Sekunde zu früh. Denn der andere zückt seine Waffe und ballerte wütend in das Autowrack. »Verdammte Scheiße!«

Es half alles nichts. Schließlich zerrte er den Toten vom Sitz um ihn, mit 3Ms Unterstützung, der sich zögernd wieder hervorgewagt hatte, in den Kofferraum seines Wagens zu hieven. Den abgetrennten Arm warf er dazu. Zur Not mussten sie improvisieren. Arnies Auto würden sie auf dem Platz vor der Fabrik anzuzünden, um die Spuren zu eliminieren. Also schoben sie es wieder aus der Halle. 3M sog ein weiteres Mal mit seinem Trick Benzin aus dem Tank und bespritzte damit die Sitze. Das

Fahrzeug sollte nur ausbrennen, möglichst so, dass es in der Nacht unbemerkt blieb. Raschdi fuhr seinen Wagen ein Stück weg aus der Gefahrenzone, während 3M das Feuer legte. Innert Sekunden schlugen bläuliche Flammen um sich und umhüllten alles mit schwarzem, beißendem Rauch.

3M brannten die Augen. Hustend rannte er zu Raschdi, den er im Qualm nur verschwommen ausmachen konnte. Plötzlich bemerkte er Feuer an seinen Händen. Er schrie auf. Panisch vor Angst fuchtelte er wild herum. Schließlich stürzte er auf die Knie und vergrub seine Hände im Staub und Dreck der Landstraße. Die Flammen erstickten. Von Kopf bis Fuß vollgepampt und mit von Tränen ausgewaschenen Gucklöchern, sah er aus wie ein Erdmännchen. Nur nicht so niedlich. Raschdi bedeutete ihm einzusteigen. Dabei fluchte er über den Dreck, der ihm der andere hereintrug.

3M setzte sich heulend hinein und hielt die schmerzenden Hände zitternd vor sich her. Raschdi schaute zu, wie der Wagen brannte. Dann, mit einer abfälligen Bemerkung, dass sein Kumpel zu nichts zu gebrauchen war, fuhr er los.

Vor Qual klapperten 3M die Zähne und an seinen Brandwunden begannen sich Blasen zu bilden. Er verstand die Welt nicht mehr. Warum wandten sich alle gegen ihn, sogar das Schicksal? Die Idee mit der Verbrennungsanlage stammte doch von Raschdi und der war während der ganzen Sache unversehrt geblieben.

Als hätte er seine Gedanken lesen können, raunte er: »Dummheit wird eben bestraft, Mann«.

Sie verließen die Landstraße und fuhren weiter durch die Nacht. Ein mit Wolken bedeckter Himmel kündete Regenwetter an. Die Scheinwerfer glitten über Häuser, Gärten und Höfe und wiesen ihnen den Weg hinaus aus der Vorstadt, weiter aufs Land.

10.

In der Küche plärrte das Radio und trotzdem schien es Liz ungewohnt still in der Wohnung. Lustlos rührte sie in ihrem Morgenkaffee. Sie vermisste das morgendliche Geplänkel mit ihren Jungs. Seit drei Tagen waren sie in den Ferien in einem Sommerlager. Was sie wohl gerade anstellten?

Interesselos blätterte sie in der Zeitung. Hinter ihrer Stirn befand sich Füllstoffwatte, die sirrende Stromimpulse abgab und ihr linkes Augenlid zucken ließ. Sie hatte letzte Nacht wenig geschlafen, sich endlos von einer Seite auf die andere gewälzt. Vor ihrem geistigen Auge war immer wieder das ängstliche Gesicht von Arnie aufgestiegen und wie er wild fuchtelnd darum bat, ihn am Leben zu lassen. Diesen Eindruck hatte sie lange wachgehalten. Irgendwann gegen morgen war sie wohl doch noch eingeschlafen.

Kaum hatte sie ihre Augen aufgeschlagen, musste sie an das fehlende Geld denken. Wie konnte sie es bloß wiederbeschaffen? Sie hatte eilig ihren Kleinkredit aufgestockt, doch das deckte den Fehlbetrag bei weitem nicht. Nervös kaute sie an ihren Fingernägeln. Sie riskierte, dass in der Zwischenzeit jemand die fehlenden Noten in der Kasse bemerkte. Liz wurde übel, wenn sie nur daran dachte. Und die Fingernägel schmeckten auch nicht.»Nur nicht in Panik ausbrechen!«, murmelte sie wie ein Mantra.

Es war ein Tag, an dem sie sich am liebsten die Decke über den Kopf gezogen hätte und erst wieder auftauchgetaucht wäre, wenn sich die Probleme von allein gelöst hätten. Andererseits wusste sie, dass es vernünftiger war, im Laden zu stehen. Falls jemand Verdacht schöpfte, könnte sie die Lage zumindest versuchen zu erklären. Wer weiß, vielleicht ließ sich die Chefin erweichen? Vielleicht konnte sie sie davon überzeugen, dass sie geplant hatte, die Tausenderscheine wieder in die Kasse zurückzulegen? Viele vielleichts.

Nebst den trüben Aussichten über die fehlenden Moneten, gab es immerhin einen Lichtblick. Endlich war sie Arnie los. Wegen ihm war sie überhaupt in alle die Probleme hineingerutscht. Und sie hoffte, dass er ihre Warnung, aus ihrem Leben weg zu bleiben, ernst nahm. Sie gab sich da zwar keinen Illusionen hin. Spätestens, wenn er mit der Kohle durch war, würde er wie ein falscher Fünfziger wiederauftauchen. Vielleicht hätte sie ihn besser erschießen sollen.

Blieb ihr noch das klitzekleine Problemchen zu lösen, den Zaster für die Kasse wieder zu beschaffen und das subito. Klagen half nichts. Bis sie dazu eine Idee hatte, musste sie Zeit gewinnen. Mit einem Seufzer begab sie sich in die Dusche, zog gleichmütig irgendwas an und machte sich auf den Weg ins Warenhaus.

In ihrer Abteilung angekommen, hatte das vertraute Umfeld normalerweise einen beruhigenden Einfluss auf sie. Doch heute war nach zwei Stunden ihr Hals steif, als wäre er aus Holz und hinter der Stirn klopfte ein dumpfes Pochen ihr Gehirn weich. Sie bemühte sich so sehr, sich nichts anmerken zu lassen, und gleichzeitig erwartete sie, dass ihre Welt jeden Augenblick zusammenbrach. Das Ergebnis, sie war komplett verkrampft.

»Hast du es notiert?«

Liz sah Gerda an, als käme sie von einem anderen Stern. Sie nahm zwar wahr, wie sich ihr Mund bewegte, hatte jedoch kein Wort registriert. Sie blinzelte: »Tut mir leid. Was sagtest du?«

»Meine Ferien, die zwei ersten Wochen im August, hast du sie notiert?«

Liz kritzelte die Daten auf einen Notizzettel. Soweit sie den Ferienplan im Kopf hatte, war das okay. Sie konnte sich schlecht konzentrieren und kam sich vor, als bewegte sie sich in einer Luftblase, die durch den Raum schwebte. Gerda sagte noch etwas und Liz nickte, ohne etwas zu hören. Eine Kundin fragte nach einem bestimmten Slip und Gerda kümmerte sich darum.

Der Dreiklang der Lautsprecheranlage ertönte. »Bardi, bitte 111.«

Das war sie. Was bedeutete das? Ihr Blut rauschte in den Ohren und das Herz hämmerte ihr bis in den Hals hinauf. Wurde ihr Geheimnis entdeckt? Liz sah sich um. Doch alle gingen ihrer Arbeit nach. Da war nichts Ungewöhnliches. Vielleicht gerade deshalb? Sie zögerte.

»Bardi, bitte 111« Da! Der nächste Aufruf! Sie hätte sich längst melden sollen. Würde ihr die Chefin glauben? Würde sie dem Personalchef ihren Fall plausibel erklären können. Sie hatte das Geld doch nur ausleihen wollen. Am besten sie sagte nichts von der gestohlenen Handtasche. Das glaubte ihr eh keiner.

»Bardi, bitte umgehend 111 anrufen!«, die Stimme erneut. Liz wählte mit zitternden Fingern die Nummer. Vor Aufregung vertippte sie sich. Sie drückte die Gabel und begann nochmal von vorn. Jetzt war besetzt! War das Telefon kaputt? Warum funktionierte es nicht? Nur ruhig Blut! Durchatmen – langsam - tief durchatmen! Versuchte sie sich zu beruhigen. Auch der zweite Versuch misslang. Sie warf den Hörer hin und lief nach vorne zur Zentrale.

»Was ist denn?« Liz meldete sich bei der Fachkraft, Frau Klee, als würde ihr jedes Wort Schmerzen bereiten.

»Ach, da bist du ja, Bardilein! Was ist denn los?«, wie immer war Frau Klee die Ungeduld in Person. »Kannst du dich nächstes Mal bitte schneller melden? Ich habe noch anderes zu tun.«

Liz nickte nur.

»Schnell, der Personalchef will dich sehen. Husch, husch, beeil dich! Du siehst aber gar nicht gut aus. Bist du krank?« Frau Klee redete wie immer zu schnell und kreuz und quer.

Aus Lizs Gesicht war alles Blut gewichen. Eine unheimliche Ruhe hatte sie erfasst. »Also dann werde ich mal.« Wie eine Schlafwandlerin setzte sie einen Fuß vor den anderen, bis sie vor dem Büro stand. Sie fühlte sich vom Glück verlassen. Diesen Gang würde sie mit ihrer letzten Kraft durchstehen. Sie hatte sich hier wohlgefühlt und gerne in diesem Laden gearbeitet. Warum hatte sie bloß das Geld aus der Kasse genommen? Ihr war zu wenig bewusst gewesen, wieviel sie damit riskierte. Es war eine Schnapsidee, sich mit dem Geld auszuhelfen. Man wird ihr kündigen und als alleinerziehende Mutter waren ihre Chancen ungleich schlechter eine neue Stelle zu finden. Und dann, entlassen wegen Diebstahl. Das war das Aus, um im Verkauf zu arbeiten. Was würde aus ihr und ihrer Familie werden?

»Guten Morgen Frau Bardi«

Die freundliche Stimme des Personalchefs riss sie jäh aus ihren düsteren Gedanken. Sie war vor seiner Tür stehen geblieben. »Kommen Sie doch bitte herein.«

»Guten Morgen Herr Brösel«. Das Schließen der Tür hallte in ihr wider, als wäre es eine Zellentür. Gänsehaut überzog sie.

»Frau Bardi, ich muss Ihnen leider mitteilen ...«

Liz fiel ihm ins Wort: »Das ist nicht so, wie sie glauben! Ich kann das erklären.«

»Äh – ja«, erstaunt musterte er sie. »Das ist - äh schön, aber ich denke, der Fall ist klar.« Er räusperte sich, wippte dabei gewichtig auf seinen

Fußballen und machte eine bedeutungsvolle Pause. Liz senkte beschämt den Kopf.

»Unsere Frau Direktor ist, wie Sie vielleicht wissen, übers Wochenende nach London geflogen. Leider, durch die Bombenanschläge in der U-Bahn...«

Liz schaute ihn konsterniert an. Was redete er da?

»Nein, ihr ist nichts geschehen, sie ist wohl auf. Aber durch die Bombenanschläge wurde in London der Notstand ausgerufen und zurzeit können weder Flugzeuge starten noch Züge außer Landes fahren. Durch das Chaos ist unsere Frau Direktor gezwungen, ein paar Tage länger in London zu bleiben. Sie wird frühestens gegen Ende Woche, vielleicht erst nächste Woche zurück sein.«

Er hatte seine Hände vor der Brust gefaltet wie zum Gebet. Liz fand, dass er sich unnötig aufplusterte. »Bis dahin werde ich die Stellvertretung übernehmen.«

Sie hörte gar nicht mehr zu, so erleichtert war sie. Das bedeutete, dass die Kasse erst später kontrolliert werden würde. Ihr blieb somit eine Galgenfrist, bis zum Wochenende. Mit Glück könnte sie es schaffen. Ihr Atem flog. Sie schnappte nach Luft. Und wieder. Es war nicht aus. Sie hatte noch eine Chance! Sie japste. Alles fing an sich zu drehen oder war sie es, die herumwirbelte?

»Was ist denn. Frau Bardi. Ist Ihnen nicht gut?« Die Stimme des Personalchefs drang von weit weg zu ihr, bevor sie in einem schwarzen Loch versank. In Zeitlupentempo kippte sie zur Seite.

Ein Glück, dass Herr Brösel sie zum Sofa in seinem Büro geführt hatte. Hilflos sah er ihr zu und wusste nicht, was in solchen Fällen zu tun war. Er tätschelte ihre schlaffe Hand. »Frau Bardi, was ist denn?« Sie zeigte keine Reaktion. Ob sie noch atmete? Herr Brösel legte sein Ohr auf ihre

Brust. Ihr Atem war flach, doch ihr Herz raste. »Was machen Sie denn für Sachen, Frau Bardi!« Händeringend saß er da. Was jetzt? Sollte er warten, bis sie zu sich kam? Oder sollte er den Krankenwagen rufen? Abwägend ließ er den Blick über die erfolgreiche Abteilungsleiterin gleiten. Seine Gedanken bekamen Flügel und entschwebten in eine Fantasiewelt. Er seufzte tief.

»Was ist denn hier los? Herr Brösel, ist sie krank?«

Verlegen lief rot an. »Ich - Frau Bardi ist ohnmächtig geworden.«

»Ts, ts, tatsächlich! Zeigen Sie her!« Frau Duddle trat energisch dazu und scheuchte Herr Brösel zur Seite. Sie tätschelte Lizs Wange.

»Was? Oh, mein Kopf.« Liz stöhnte und fasste sich an die wattendichte Stirn, mit dem dumpfen Pochen dahinter. Sie bemerkte, dass ihre Weste aufgeknöpft worden ist und zog sie hastig zu. Sie sah den Personalchef fragend an.

»Sie wollten mich sprechen, Herr Brösel?«

Ihm schoss das Blut in die Wangen und er riss an seinem Kragen, der ihm plötzlich zu eng war. »Finden Sie es nicht auch ungewöhnlich stickig hier drin?« Er räusperte sich. »Wo war ich stehen geblieben? Eben, die Frau Direktor wird erst am Wochenende zurückkehren können. In dieser Zeit werde ich sie vertreten. Für alle Belange Seitens des Verkaufs übernehmen sie, Frau Bardi die Stellvertretung. Ich bitte Sie, jedoch, wenn es um einschneidende Maßnahmen geht, sich vorher mit mir zu besprechen. Das wärs. Einen schönen Tag, die Damen.« Damit stürmte er aus dem Büro. Er merkte erst, dass es ja seins war, als er im Flur stand. Und rettete sich, indem er sich einen Kaffee aus dem Automaten holte.

»Liz, geht es wieder besser? Das war eine schräge Situation. War da was mit Brösel? Ich habe zwar nichts gesehen, aber...«

»Was? Oh mein Gott! Hat er etwas getan?« Liz blitzte hoch. »Das darf nicht wahr sein. Ich zeige ihn an!«

»Du bist gerade die Richtige. Überlege es dir gut. Bist du nicht wegen deiner Familie auf deinen Job angewiesen? Solange nicht mal du weißt, ob etwas vorgefallen ist, wäre ich vorsichtig mit Beschuldigungen.« Frau Duddle zuckte mit den Schultern.

»Was? Wer weiß, wo der seine Finger hatte. Ich glaub ich muss mich übergeben.« Liz schluckte krampfhaft.

»Bleib mal auf dem Boden: Er konnte nicht viel tun, dazu war keine Zeit. Zudem ist dein Ausschnitt recht freizügig«, wies sie Frau Duddle zurecht.

Es war wieder mal ein Tag, an dem Liz das Gefühl hatte, alle starrten auf ihre Brust. Sie knöpfte ihre Bluse entschieden zu. Wütend ließ sie ihre Absätze übers Parkett knallen auf ihrem Weg zurück in die Abteilung.

Als sie sich wieder etwas beruhigt hatte, fiel ihr wieder ein, warum sie zum ollen Brösel gerufen worden war. Sie hatte eine Galgenfrist, wenigstens solange bis ihre Chefin aus der englischen Hauptstadt zurück war. Bis dahin musste sie eine Lösung gefunden haben.

Doch wie? Ohne ihren Körper zu verkaufen. Das war die einzige Idee, die ihr spontan in den Sinn kam. Frauen rund um die Welt griffen zu dieser Lösung, wenn sie in Zahlungsschwierigkeiten gerieten. In solchen Situationen wünschte sie sich, sie wäre ein Mann. Dann hätte sie wahrscheinlich weniger Hemmungen sich zu prostituieren. Der Nachteil war nur, die Nachfrage nach Männern für gewisse Stunden war viel kleiner.

Sie schüttelte verzweifelt den Kopf. Das Philosophieren über das Sexgewerbe brachte sie nicht weiter. Sie hoffte, dass ihr etwas Besseres einfiel. Vielleicht ein Banküberfall?

11.

Nach Ladenschluss rechnete Liz die Verkäufe ab, schloss die Glastüren und wischte das Kassenmöbel sauber. Endlich war Feierabend. Der Tag hatte sich endlos lange angefühlt. Sie war ziemlich fertig. Nach den Neuigkeiten von Personalchef Brösel schwankte ihre Laune zwischen Kummer und Freude. Der Füllstoff im Kopf war geblieben, aber das Klopfen war verschwunden. Erleichtert, dass sie einen weiteren Tag mit dem Geheimnis überstanden hatte, trat sie den Heimweg an.

Sie wohnte in einer großzügig angelegten Familiensiedlung. Alles was sie für ihre Familie benötigte, lag praktisch in der Nähe, Spielplatz, Kindergarten, Schule und Einkaufszentrum.

Liz nahm die Briefpost mit hoch, schloss auf und horchte wie immer in die Runde. Stille, keiner da. Also hatte sie Zeit für sich und konnte nach Herzenslust herumtrödeln. Sie wusste auch schon wie. Dazu schlüpfte sie in bequeme Hauskleidung und setzte sich mit einem Glas Saft in der Hand an ihren Computer.

Sie war gespannt, ob jemand auf ihr Inserat geantwortet hatte. Mit nervösen Fingern tippte sie, ihren Alias-Name 'Babsi' ein, um sich bei der Herzilein Partnervermittlung-Plattform einzuloggen. Tausende von Nutzern besuchten das Portal täglich, da wird doch hoffentlich jemand für sie zu finden sein.

Und schon gings los! 'Mail für Babsi', blinkte das Icon auf. Liz rieb sich die Hände. Sie liebte es, wenn sie Mails bekam. Heute war ihr Briefkasten nicht nur mit Spams vollgestopft. Aber sie erhielt trotzdem einige Anzeigen mit anzüglichem Inhalt. Sie klickte die erste Antwort an. »Stern54« schickte ihr ein zehn Zeilen langes Gedicht. Sie antwortete mit dem Stopp-Zeichen. Das Gedicht hatte sie bereits zweimal innerhalb einer Woche erhalten.

»Bärlima« suchte jemand zum Schmusen und Kuscheln. Dagegen hätte sie nichts, wäre er laut seinem Profil kein Bartträger und kein Raucher. Sie schrieb eine Absage und wünschte ihm Glück.

Eine Anfrage kam von »Caramba«. »Würdest du mit mir Berge besteigen, eine Hochseefahrt machen oder mit mir durch die Wüste trekken? Ich suche eine Partnerin, die mit mir die Elemente herausfordern will.« Interessant, aber für ihre Verhältnisse zu abenteuerlich.

Die letzte Anzeige war von »Willi23«. »Bist du meine Schmusekatze, wenn die Welt sich kalt und abweisend zeigt? Suchst du einen Partner, der dich respektiert und dich als selbstbewusste Frau schätzt? Würdest du mit mir Pferde stehlen? Dein Steckbrief gefällt mir. Was hältst du von meinem?« Auf dem Foto im Anhang lächelte ihr ein Mann Mitte dreißig entgegen. Er sah sexy aus, offenbar beim Sonnenbaden auf einer Terrasse in den Bergen. Ein Treffer. Liz überflog sein Profil und antwortete: »Die Schmusekatze in mir will verwöhnt werden, sonst zeige ich die Krallen. Ist das Foto echt?«

Gutgelaunt surfte sie weiter, klickte mal da bei einem Kandidaten und mal dort. Wer ihr Interesse weckte, sandte sie eine unverbindliche Anfrage. Aber da blinkte das Icon 'Post' auf, denn »Willi23« hatte gleich geantwortet. »Ich würde dich nie gegen den Strich bürsten, verwöhnen ist mehr mein Stil. Das Foto machten Freunde von mir beim Wandern letzten Frühling. Schickst du mir ein Foto von dir? Ich bin gespannt, wie du aussiehst.«

Sie zappelte vor Aufregung mit den Fingern. »Leider habe ich gerade kein gutes Foto. Ich bin Eins siebzig groß, schlank und sehe ganz passabel aus. Was machst du in der Freizeit?«

Offensichtlich saß »Willi23« am Computer und antwortete postwendend. Sie schrieben über ihre Hobbys, ihr Lieblingsessen und ihre Lieblingsfilme. Jedes Mal, wenn Liz ihr Mail zusandte, hielt sie den Atem an, bis seine Antwort aufblinkte. Dann sprang sie hoch und machte ausgelassen ein paar Tanzschritte durchs Zimmer. Alle paar Minuten bemühte sie sich um Vernunft, obwohl gerade nicht möglich. »Willi23« klang zu vielversprechend. Doch wer weiß, vielleicht war er ihr auf den ersten Blick unsympathisch? Bevor sie vor Glückseligkeit in die Wolken abhob, müsste sie ihn von Angesicht zu Angesicht sehen. Warum nicht mit ihm auf einen Kaffee verabreden? Was konnte da schon passieren?

Es war fast unheimlich. »Willi23« hatte genau dieselbe Idee. Ob sie bereit für ein Date wäre, fragte er. Liz kribbelte es im Bauch. War er der Richtige? Sie studierte das Foto nochmal genau. Von seinen lachenden Augen bis zu den Wanderschuhen musterte sie ihn und versuchte herauszufinden, ob etwas dagegen sprach. Sie wurde von einer Spannung erfasst, die kleine Elektroschocks durch ihre Finger jagte. Ihre Skepsis erlitt Kurzschluss. Sie hielt es kaum mehr aus. Mit dem Stoßgebet auf den Lippen, nahm sie all ihren Mut zusammen und sagte zu.

»Willi23« freute sich und fragte wann. Liz war aufgekratzt. Sie würde lieber heute als morgen Gewissheit haben. Also packte sie den Stier bei den Hörnern und verabredeten sich noch am selben Abend, um neun Uhr, in der Bar des Hotels International. Mit zitternden Fingern schaltete sie den Computer ab. Vor Aufregung wurde ihr abwechselnd heiß und kalt.

Was sollte sie anziehen? Sie konsultierte ihren Schrank. Und ihre Haare mussten gewaschen werden. Im Eiltempo sauste sie von der Dusche ins Schlafzimmer und wieder ins Bad. Sie wählte eine elegante, weit geschnittene Hose und ein enganliegendes Top mit Spaghettiträgern. Ihr Make-up auffrischen, fertig.

Fast übermütig lenkte sie ihr Auto durch den Verkehr, es war Montagabend und die Straßen waren frei. Sie fand einen Parkplatz beim Bahnhof, gleich gegenüber des Hotels. Sie überquerte die Straße und lief auf den Eingang der Bar zu. Die Hand bereits an der Tür, überfielen sie plötzlich Zweifeln. War das eine gute Idee oder würde sie das später bereuen? Was tat sie, wenn er ein Idiot war? In dem Fall würde sie, durch den Hinterausgang verschwinden. Noch einmal tief durchgeatmet, dann betrat sie das Lokal.

Ihr in die Runde geworfenes, charmantes Lächeln war verschwendet. Die Bar war bis auf einige wenige Gäste leer, und die waren mit dem Glas, das vor ihnen stand, beschäftigt. Der Raum war dezent beleuchtet und im Hintergrund spielte ein Countrysong. Einige Hotelgäste nahmen hier noch einen letzten Drink, bevor sie zur Leere in ihren Zimmern zurückkehrten.

Liz ließ ihren Blick über die Anwesenden gleiten, doch keiner sah dem Mann auf dem Foto ähnlich. Er war nicht da! Ein Blick auf die Uhr zeigte warum. Sie war zu früh. Bis zur vollen Stunde waren es noch sechs Minuten. Wahrscheinlich war er pünktlich. Oder, er hatte es sich anders überlegt. Vielleicht hatte er eine Frau und sieben Kinder und wollte nur mal ausprobieren, ob sowas funktioniert. Stopp, befahl sie sich. Sie richtete ihren Rücken, warf die Haare zurück und grüßte den Barmann. Auf seine Geste hin, setzte sie sich zu ihm an den Tresen und bestellte ein Perrier.

Exakt zehn Minuten würde sie warten, nicht länger, dann war sie hier weg. Denn da kam schon der Erste auf sie zu, um sie anzubaggern. Ein gutaussehender Mann um die sechzig, mit grau meliertem Haar, trat zu ihr.

»Guten Abend, erwarten Sie jemanden?«

Ihr war zwar peinlich, dass dies offensichtlich war. »Warum?«

Zu ihrer Verblüffung erklärte er: »Ich bin als »Willi23« mit einer jungen Dame verabredet, deren Beschreibung auf Sie passen würde.«

Super! Der Mann war sicher zwanzig Jahre älter als im Profil beschrieben und sah dem Sexy-Typen auf dem Foto nicht mal im Dunkeln ähnlich. Sie war reingelegt worden! Was dachte sich so ein Mann eigentlich? Empörte sie sich. Sie sei blind, dumm und genügsam. Und damit platzte der Traum von der großen Liebe mit Willi wie eine Seifenblase.

»Tatsächlich warte ich auf den. Wie es aussieht, bin ich Ihnen auf den Leim gekrochen. Das ist zu doof!« Und dachte ernüchtert, ich hatte es geahnt, es hörte sich zu schön an, um wahr zu sein.

Verärgert stand sie auf, warf das Geld für ihr Getränk auf den Tresen und wandte sich dem Ausgang zu.

»Bitte warten Sie.« Willi griff zaghaft nach ihr. »Es tut mir leid, dass ich Sie getäuscht habe. Aber mal ehrlich: Wären Sie gekommen, wenn sie mein Foto gesehen hätten? Wohl kaum! Es hätte auch sein können, dass Sie um zwanzig Jahre geschummelt hätten oder mit schlank, etwas um die hundert Kilo meinen würden.«

Liz zögerte. Was jetzt? War sie am Ende die Spielverderberin? Er nutzte geschickt ihr Zögern, um ihr seine Gründe zu erläutern, und bat sie sich wieder hin zu setzen.

»Schauen Sie, objektiv betrachtet haben wir beide viel gewagt. Dabei hatte ich mehr Glück, dafür waren Sie ehrlicher. Zudem sind Sie jung, attraktiv und ich sehe etwas wie Schalk in ihren Augen. Das alles ist nötig, um unbeschadet in unserer verrückten Welt zu bestehen. Habe ich recht?«

Er war ein gewiefter Redner. Der heutige Abend war für Liz gelaufen. Und zu Hause erwartete sie niemand.

»Sie haben mich neugierig gemacht und ich wollte Sie unbedingt kennenlernen. Um wenigstens eine Chance zu haben, griff ich zu einer Notlüge. Bitte sind Sie mir nicht böse. Ich werde es wiedergutmachen. Ich verspreche es. Sehen Sie, jetzt lächeln sie sogar ein wieder.«

Liz musste schmunzeln, es fiel ihr schwer, seinem Charme nicht zu erliegen. Er hatte etwas von einem alternden Partylöwen. Aber so einfach wollte Sie sich von ihm nicht einwickeln lassen. »Okay, nennen Sie mir einen Grund, weshalb ich Ihnen zuhören soll?«

»Gerne. Nur sagen Sie mir jetzt nicht, Sie seien verheiratet oder lebten in Scheidung?«, bat er und legte seine Hand auf ihre. »Das wäre eine Enttäuschung. Oder besser, sagen Sie es mir lieber nicht.«

Das wurde immer seltsamer. Worauf wollte dieser »Willi23« hinaus? Um eine Beziehung schien es ihm nicht zu gehen. »Ich weiß zwar nicht, was das soll, aber ich bin weder noch.«

Seine Stirnfalten entspannten sich. Als Nächstes ließ er den Blick bewundernd über sie gleiten. »Sie sehen toll aus. Wie schaffen Sie das? Haben sie ein eigenes Fitness-Studio?«

»Ich habe viel Bewegung bei der Arbeit.« Sie hatte sich ihm zugewandt. Nun bemerkte sie, dass er tief in ihren Ausschnitt versunken war, als hätte er etwas darin verloren. Gleichzeitig spürte sie seine Hand auf dem Knie.

»Ich frage mich: Was sucht eine schöne junge Frau, wie sie im Internet? Sie könnten bestimmt an jedem Finger zehn Männer haben.«

Das wurde peinlich! Sie lehnte sich zurück und brachte Dekolleté und Beine aus seiner Reichweite. »Klar. Jetzt wo Sie es sagen.« Wozu sollte sie sich das länger mitanhören? Um sich begrabschen zu lassen?

»Schauen Sie, Babsi – ich darf Sie doch so nennen?« Er nahm ihre Zustimmung vorweg. »Im Grunde geht es mir hier nicht um mich.«

Worum denn sonst?

»In der Welt da draußen gibt es viele einsame Männer. Sie haben beruflichen Erfolg und Geld ist vorhanden. Sie haben alles was das Herz begehrt, große Villen, schnelle Autos, Ferien auf den Fijis. Was ihnen fehlt, ist jemand, der all das mit ihnen teilt. Eine Freundin oder ein Pendant. Sie wissen doch: Geteilte Freude, ist doppelte Freude.«

Wollte er sie verkuppeln? Warum sollte das einfacher sein? Es war rührend, wie er der Retter der einsamen Herzen spielte, doch sie nahm ihm die 'Nächstenliebe Platte' nicht ab.

»Ich habe ein Kontaktnetz für einsame Menschen geschaffen. Und auf der anderen Seite helfe ich gleichzeitig Kandidatinnen und Kandidaten, die das umgekehrte Problem haben und davon träumen, jemand zu haben, der sie liebt, verwöhnt und beschützt.« Im Ernst? Ihr kamen gleich die Tränen.

»Nicht alle haben so einen tollen Luxuskörper wie Sie. Man könnte Sie glatt für ein Model halten. Sehen Sie, und auch Sie möchten gerne einen Mann kennenlernen. Natürlich nicht, die primitive Sorte. Nein. Er soll ein Gentleman sein. Klar?« Er holte Luft und redete er weiter. »Ich kann den passenden Mann für Sie finden, der auch finanziell etwas bieten kann. Keiner, der VW fährt und Sie Ihr Abendessen selbst bezahlen lässt. Denken Sie darüber nach. Ehrlich gesagt, habe ich Sie heute ein bisschen angeschwindelt. Können Sie mir nochmal verzeihen?«, wieder dieses charmante Lächeln.

Liz durchschaute seine Verkaufstechnik, denn sie war durch eine harte Schule gegangen. Arnie konnte sie an einem seiner schlechten Tage, um einiges überzeugender einwickeln als dieser verkappte Retter der einsamen Herzen. Und auch ihr Ex würde ihr heute nichts mehr vormachen können. Doch in jedem Verkäufer oder Verkäuferin steckte auch eine Käuferin oder Käufer, der oder die sich gerne auf ein gutes Geschäft einließ, wenn es ich lohnte.

Gespannt rutschte sie auf ihrem Hocker näher. Eine Idee nahm langsam in ihrem Kopf Gestalt an. »Willi23« war clever. Was er nicht aussprach, war, dass er ein Geschäftsinteresse an ihr hatte. Sie wäre ein gutes Aushängeschild für seine Vermittlung. »Ist ihnen das alles zu schnell gegangen? Kein Problem. Überlegen Sie es sich in Ruhe. Rufen Sie an, wenn Sie Interesse haben.« Damit gab er ihr eine Visitenkarte.

»Was müsste ich tun, um einen Mann kennenzulernen?«, fragte sie.

»Willi23« hatte dem Barmann signalisiert, dass er zahlen wollte. Nun sah er sich ihr wieder an. »Ganz einfach.« Geschäftstüchtig wie ein Heizdeckenverkäufer auf einer Senioren-Kaffeefahrt, zählte er seine Sonder-Angebote auf. »Sie erhalten von mir für lumpige fünfzig Franken eine Adresse. Und wenn Sie hören, wie viel Prozent Rabatt darauf bereits abgezogen wurden, werden Sie sehen, dass das ein wahres Schnäppchen ist«, zwinkerte er. »Aber, einer sympathischen, jungen Dame wie Sie es sind, lege ich sogar eine Adresse gratis dazu. Denn ich war heute etwas unverschämt. Damit wären wir dann quitt.«

»Ich empfehle ihnen, mehrere Adressen zu versuchen. Denn man kann nie wissen. Die erste würde ich ihnen zum Vorzugspreis von fünfzig Franken überlassen, mit Fünfundzwanzig Prozent Rabatt. Denken Sie nur, läppische Fünfzig Kröten für eine Chance, die Sie für den Rest des Lebens glücklich und reich macht! Als selbstbewusste Dame von Welt, dürfen Sie wählerisch sein. Sie müssen sich nicht gleich für den ersten Besten entscheiden. Es soll doch für immer sein. Dazu empfehle ich ihnen folgendes Sonderangebot: Beim Kauf von sieben Adressen, gäbe es also eine gratis, aber in ihrem Fall lege ich eine zweite drauf. Ist das ein super Angebot? Was denken Sie?«

Liz sah ihn an. Sie würde ihre Kunden nie derart aufdringlich überreden. In ihrer Branche brachte das hinterher nur Retouren und Reklamationen.

Der Vermittler führte weiter aus. »Sie melden sich bei dem Kunden, und wenn Sie ihn sympathisch finden, treffen Sie sich zu einem Date. Voilà! Der Rest ist Ihre Sache!« Glücklich tätschelte er dazu ihre Hand. »Falls nichts daraus wird, melden Sie sich wieder und erhalten von mir die nächste Adresse. Und so weiter, bis Sie ihren Traummann gefunden haben. Ha, ha!«, lachte er. Vielleicht war das wirklich ein Witz?

Liz fand das Ganze seltsam. Worum ging es da? Böte das eine Gelegenheit, Bares heraus zu schlagen? »Wäre das auch als Begleitservice möglich?«

»Sie dürfen das nennen, wie Sie wollen, liebste Babsi. Es ist ihre Entscheidung, wie weit Sie gehen wollen. Verstehen Sie?«

»Willi23« wischte sich eine Lachträne aus dem Augenwinkel, rückte näher und schien erneut nach seinem Stift in ihrem Dekolleté zu suchen. Ihr war, als kröche ihr eine Schlange über die Haut. Schaudernd richtete sie sich auf.

Sie gab sich einen Ruck. Das wäre eine Chance, die sie sich in Ruhe überlegen wollte. Es läge schnelles Geld drin. Wenn stimmte, was der Vermittler sagte, benahmen sich die Männer anständig. Zudem würde sie nur für kurze Zeit dazu gezwungen sein, bis sie genug Geld zusammen hatte.

»Okay, ich kriege erstmal zwei Adressen, zum Ausprobieren, und melde mich später wieder.«

»Gut, sehr gut. Sie sind von der kurz entschlossenen Sorte. Ich kann ihnen die Adressen gleich hier geben. Und noch eins: Sie müssen nichts befürchten. Meine Vermittlung ist absolut seriös. Wenn Sie mit einem

Kunden nicht zufrieden sind, melden Sie mir das bitte. Es ist vereinbart, dass die Männer auf die Wünsche der Frauen eingehen. Alles klar?«

Er steckte ihr Geld ein. »Und da sind ihre zwei Adressen. Sie werden feststellen, das sind noble Wohnquartiere. Mein Credo ist immer: Der Mann muss über genügend Kleingeld verfügen, um sich eine Klassefrau leisten zu können. Das ist nur fair und hat sich bisher bewährt. Ich wünsche viel Glück.« Nun hatte er es eilig, stand auf und verabschiedete sich winkend.

Liz faltete umständlich die Adressen zusammen und steckte sie in ihre Handtasche. Es fror sie bei dem Gedanken, sich als Begleitdame anzubieten.

So musste sich Eva gefühlt haben, als sie aus dem Paradies verstoßen wurde.

12.

Das leicht erhöhte Wiesental mit Obstbäumen, wo sich Feld an Feld reihte, in dessen Mitte ein kleiner Bach plätscherte, zu einem Tümpel, der wiederum versickerte, dieses Stück Natur wurde auf der Ostseite von einem gelichteten Waldgürtel eingefasst. Alte und neue Bauernhöfe standen nebeneinander und wiesen darauf hin, dass hier die Landwirtschaft wie eh und je betrieben wurde. Nur wenige Kilometer von der Großstadt entfernt, schätzten die Menschen, die hier in umgebauten Höfen wohnten, gerade diese Nähe zur City und daneben genossen sie das beschauliche Tal in ihrer Freizeit. Zu jeder Tageszeit waren Spaziergänger, Radfahrer, Jogger oder Reiter hier unterwegs und gingen ihrer Wege.

Wie jeden Morgen führte Ernst Brun seine Hunde Tula und Buddy Gassi. Gespenstisch bewegten sich Nebelschwaden über den Boden. Er liebte die Spaziergänge und ließ dabei gerne seine Seele baumeln. Doch heute hatte er keinen Blick für die Stimmung um ihn herum. Mit einer fließenden Bewegung löste er die beiden Vierbeiner von der Leine. Daraufhin liefen sie mal hinter ihm und mal vor ihm, und er mahnte zur Umkehr, wenn sie sich zu weit entfernten.

Leider waren sie etwas spät dran und so lief Brun hastiger als sonst ihre Strecke ab. Er war nervös, denn er hatte anschließend einen Vorstellungstermin. Der Chefposten, für den er sich beworben hatte, war wie für ihn geschaffen, ein echtes Karrieresprungbrett. Auch finanziell war die Stelle um Klassen besser und als Entscheidungsträger könnte er endlich beweisen, welche Qualitäten in ihm steckten. Er war mit Ende vierzig nicht so jung wie die anderen Bewerber, aber seine Erfahrung wäre ein Vorteil.

Sein Blick schweifte über die Landschaft, aber seine Gedanken waren beim bevorstehenden Gespräch. Er legte sich Argumente zurecht und suchte nach Worten für das Stärke-Schwäche-Profil, das alle heute hören wollten.

Ach verflixt! Seine Uhr zeigte Viertel nach sieben, vorne an der Weggabelung mussten sie umkehren. Sonst würde er den Zug nicht mehr rechtzeitig erwischen. Er wird mit den Hunden am Abend ausgiebiger laufen. Er liebte seine Mischlinge. Tula war eine Kreuzung eines irischen Hirtenhundes mit einem Schnauzer und Buddy ein Setter, mit einem Viertel Husky.

Er konnte sich ein Leben ohne die beiden nicht vorstellen. Doch heutzutage war es als Besitzer nicht immer einfach, Hunde zu halten und war gefordert Scherereien zu vermeiden. Wenn ein Hund die Fußgänger anbellte oder nicht auf Befehle reagierte, griffen die Leute zum Handy und erstatteten Anzeige bei der Polizei. Die Halter von größeren Tieren waren verpflichtet, mit ihnen einen Erziehungskurs zu besuchen. Tula und Buddy hatten beide ein mehrstufiges Dressurprogramm absolviert und nahmen halbjährlich an Wettbewerben teil.

»Tula, Buddy, hier!«, rief Brun, um sie anzuleinen. Aber die beiden gehorchten nicht. Heute war einer, jener Tage, wo all das Training nichts nutzte. »Tula, Buddy, hier!« Sein strenger Ton verriet, es galt ernst. Mit verkniffenen Augen versuchte er, zu erkennen, was sie aufhielt. Sie balgten sich mit Knurren und Kläffen, um etwas wie einen Ast oder war es ein Tier. Jetzt wurde er sauer. Unmöglich! Das gabs doch nicht!

Halbherzig ging Tula ein paar Schritte auf ihn zu, drehte sich wieder um und war hin- und hergerissen. Dann setzte sie sich hin, warf den Kopf in den Nacken und heulte. Der gequälte Ton klang seltsam unreal und verursachte Gänsehaut. Unsinn! Seine angespannten Nerven spielten verrückt.

Buddy hatte sich mit der Beute in sicherem Abstand zu Tula hingelegt. Hechelnd, den Kopf leicht schief, schaute er aufmerksam aus ungleichfarbigen Augen sein Herrchen an. Irritiert lief Ernst auf ihn zu, um ihn abzukanzeln. Dabei fiel sein Blick auf den Gegenstand vor Buddys Pfoten und es verschlug ihm die Sprache. Es sah aus, wie ein Ast aus dem drei Finger einer menschlichen Hand ragten. Ungläubig starrte er es an und vergaß zu atmen. Auch die Natur um ihn herum schien dasselbe zu tun. Stille. Einzig der Wind zupfte leise an seinem Kragen. Das Dröhnen der Düsentriebwerke eines sich im Landeanflug befindlichen Flugzeuges brachte ihn zurück in die Wirklichkeit.

»Buddy – hier! Aus!«, krächzte er schließlich. Der ließ die Ohren hängen und legte ihm den Fund brav vor die Füße. Brun sprang entsetzt rückwärts. Auch Tula kam hinzu und so warteten die beiden hechelnd auf das Lob ihres Herrchens.

Der stierte auf den Menschenarm, deren Finger aussahen, als hätten sie sich im Schmerz gekrümmt. »Heiliger Strohsack! Ich glaub, ich mach mich nass! Das muss ein Scherz sein. Es gibt sicher eine ganz simple Erklärung dafür«, versuchte er sich zu beruhigen. Kaum ausgesprochen, ahnte er, dass das sehr unwahrscheinlich war. Eher wahrscheinlich war, dass hier irgendwo der Rest des Körpers lag. Es war verboten Tote Menschen in einem Acker zur letzten Ruhe zu betten. Ergo gäbe es keinesfalls eine simple Erklärung dafür.

Ernst Brun schluckte. Was sollte er tun? Er schaute sich Hilfe suchend um, aber da war kein Mensch weit und breit. Was auch immer es mit dem Arm auf sich hatte, er hatte im Moment andere Sorgen. Auf gar keinen Fall würde er sich die einmalige Chance für seine Traumstelle verbocken. Wenn er jedoch die Polizei rief, würde er am Ort bleiben müssen und somit seinen Vorstellungstermin verpassen. Es wäre der Bruch eines der ungeschriebenen, wichtigen Gebote bei der Bewerbung. Der Kandidat musste pünktlich zur Stelle sein, sonst wurde er schon mal zu den Absagen gelegt. In den Bewerbungsunterlagen von Brun waren seine herausragenden Charaktereigenschaften aufgeführt, er war pflichtbewusst, treu, loyal, zuverlässig. Darum drehte er sich steif um hundertachtzig Grad und lief heim. Sollte doch ein anderer das Ding finden. Er war nicht da, hatte nichts gesehen. War es wirklich ein Arm?

Verbissen schritt er davon. Es war nur eine Frage der Zeit, bis der nächste Fußgänger über den Fund stolpern würde. Tula folgte ihm munter und apportierte den Arm vor ihn hin. Brun wich schaudernd zur Seite. Worauf Tula in die Knie ging und japste.

»Nein – Pfui! Lass das Ding!« Ihm war es gruselig zumute. »Kommt!«, flehte er die Hunde an. Ohne den strengen Klang zankten sich die zwei munter weiter um den Arm, rannten damit mal da und mal dort hin. Und richteten dazwischen ihren Blick immer wieder treu auf ihr Herrchen, dem heute so gar nicht der Sinn nach spielen stand.

Brun sah ihnen ohnmächtig zu, es war zum Heulen. Wenn er nicht sofort ging, war sein Zug weg und sein Traum von der super Stelle löste sich in nichts auf.

Doch es half nichts, keine Beschwichtigungen und kein Ignorieren des Armes. Er musste die Sache melden. Er kam hier nicht eher weg. Missmutig zückte er sein Handy und wählte die Notfallzentrale.

Die Stimme am anderen Ende der Leitung verband ihn mit der Polizei. Der Beamte hörte ihm aufmerksam zu, fragte nach dem Standort und ordnete an, dass er vor Ort wartet, bis sie eintrafen.

»Aber ich muss dringend weg. Ich habe ein wichtiges Vorstellungsgespräch«, wandte Brun ein. Der Polizist zeigte Verständnis und schlug vor, ihm ein Bestätigungsschreiben aufzusetzen, mit dem er eine Terminverschiebung veranlassen konnte. Im Moment war das unabdinglich, er wurde am Fundort gebraucht.

Trotzdem ließ Brun den Kopf hängen. Er konnte es nicht fassen. Nichts lief an dem Morgen wie geplant. Mit wenig Hoffnung rief er die Stelle an, bei der er in der nächsten halben Stunde erwartet worden war. Er konnte die Skepsis aus der Stimme am anderen Ende heraushören, aber er bekam einen zweiten Termin.

Ernst Brun schaute sich um, als suchte er in den Feldern und Bäumen eine Erklärung. Der Morgennebel stieg dampfend vom Boden hoch, Wiesen reihten sich an Kornfelder und wurden halbseitig von einem breiten Waldgürtel eingerahmt. Dazwischen bewegten sich wie immer Freizeitsportler in ihren farbigen Outfits. Da tippelte eine Gruppe Nordik-Walkerinnen auf dem Kiesweg neben dem Maisfeld, am Waldrand entlang lief ein Jogger und ein Pferd mit Reiterin trabte beim Bach unten.

Es war dieselbe Ebene wie jeden Tag. Und doch war es ihm, als hätte sie sich unter seiner Nase unbemerkt verändert. Nie mehr würde er hier gelassen entlang spazieren. Es war, als hätte man den Ort entweiht.

13.

Kommissar Walo Kranz raufte sich die nicht vorhandenen Haare. Was für ein Schlamassel! Übellaunig betrachtete er seine dick verkrusteten Schuhe. Klebte da Erde oder sogar Mist? Ihm fehlte noch, dass er in einen Kuhfladen trat. Auf jeden Fall wird er nach dem Einsatz erst nach Hause fahren müssen, um saubere Sachen anzuziehen. Derart schmutzig wollte er auf keinen Fall in die Zentrale zurück. Seine Dienstkollegen würden ihn erbarmungslos aufziehen und sich über den stets todschicken Walo, der in einen Misthaufen gefallen war, kugeln.

Sein Blick schweifte über den Kartoffelacker des Bauern, der nach den Aushubarbeiten wie eine Baustelle aussah. Zwei Handwerker mit Schaufeln schütteten eine Grube zu. Davor hatte die Spurensicherung minutiös alles ausgemessen und von verschiedenen Blickwinkeln fotografiert.

Er stand am Rande des Fundortes der Leiche, die von seinen Leuten weiträumig mit roten Plastikbändern abgesperrt worden war, um die Schaulustigen fernzuhalten. Was leider etwas spät gelang. Nun hingen die Leute in die Plastikabsperrung, als wäre er ein exotisches Tier im Zoo. Jede Anordnung und jeder Schritt wurde von ihnen aufmerksam verfolgt, und nach Bedarf kommentiert. Als es wieder zu nieseln anfing, hatte er gehofft, dass sie sich bei der Nässe nach Hause verziehen würden. Aber nein. Ausgerüstet mit Kapuze oder Regenschirm harrten die ungebetenen Gäste aus, um ja kein Detail zu verpassen. Er verwünschte einmal mehr den Finder Ernst Brun mit seinen Hunden. Bei dem Wetter ging doch kein Mensch ins Freie.

In solchen Momenten sehnte sich Walo nach seiner früheren Stelle zurück, in der Stadt Zürich. Da gab es kaum schmutzige Arbeiten. Selten hatte er sich die Kleidung beim Bergen einer Leiche verdreckt. Dort stand man höchstens mal in eine Hundekacke. Der Gestank war so eindrücklich, dass es einem fürs ganze Leben reichte und man hinterher mit Sicherheit jeder Darmentleerung auswich. Er unterdrückte einen Seufzer. Hier auf dem Land war man öfters mit Bauers Scholle konfrontiert, wie Beispiel zeigte. Alles lag in einer braunen Lache.

Um Sachlichkeit bemüht überflog er seine Notizen. Der Halter Brun meldete, dass seine Hunde einen menschlichen Arm gefunden hatten. Als die erste Streife am Fundort eintraf, hatte sich bereits eine stattliche Anzahl Schaulustiger eingefunden. Sie hatten nicht gewartet, bis die Polizei übernahm. Nein. Sie versuchten den Fall selbst, quasi hobbymäßig zu lösen. In ihrem Eifer latschten sie kreuz und quer über den Acker und zerstörten falls vorhanden, mögliche Spuren. Und als ob das nicht genug wäre, hatte der Regen die restlichen Beweise weggeschwemmt. Die Spurensicherer konnten nach einigen vergeblichen Versuchen, verdächtige Abdrücke oder andere Spuren zu finden wieder zusammenpacken. Einzige Hoffnung blieb, dass die frischen Reifenspuren am Wegrand etwas bedeuten könnten. Davon machten die Fachleute einige Bilder und einen Kunststoffabdruck. Ob sie vom Wagen des Täters stammten oder von dem des Bauern, würden die Auswertungen zeigen.

Da es nahe lag, dass weitere Körperteile hier vergraben sein könnten, lief man mit Spürhunden das Landstück vorsichtig ab. Bei einer kaum erkennbaren Erderhöhung zeigten sie an und scharrten. Die eilig herbeigerufenen Handwerker begannen zu graben und stießen bald auf eine Leiche. Sie war offensichtlich vor nicht langer Zeit hier abgelegt worden und ihr fehlte ein Arm. Die Zuschauer quittierten das mit einem Raunen und sie verstiegen sich in allerlei Spekulationen. Jeder der Freizeitdetektive hatte gleich eine These des Tatherganges parat, eine haarsträubender als die andere. Zum Glück hielt sich die Polizei strikt an die Fakten, sonst wären sie nicht mehr weit von einer Lynchjustiz entfernt gewesen.

Walo löschte seine Zigarette in einer Pfütze und legte den Stummel in eine Tüte. Der Fall war interessant, komplex und da die Leiche noch nicht lange da lag, standen die Chancen gut, ihren Mörder fassen zu können.

Bei ihm erwachte der Jagdinstinkt, für den er als Kommissar im Milieu gefürchtet war. Wie ein Bluthund heftete er sich an die Fersen von Verdächtigen und brachte sie zur Strecke. Doch sein uneingeschränkter Einsatz unterlag gewissen Grundsätzen, die jetzt Vorrang hatten. So verdreckt konnte er sich nicht in der Öffentlichkeit zeigen. Erst musste er sich umziehen.

Als der Kommissar zurück im Büro war, rief ihn Staatsanwalt Harry zu sich. Walo briefte ihn über den Leichenfund und im Anschluss besprachen sie den Einbruch im Juweliergeschäft. Dazu lag nun der Bericht der Spurensicherung vor. Die gestohlenen Diamanten wurden von van Hohenstett mit fünfzehn Millionen Franken beziffert. Er hatte die gestohlenen Steine zu einer Zusammenstellung aufnotiert, auf einem A4-Blatt. Irgendwie hatte man eine exakt geführte Liste erwartet, die man mit der Versicherung abgleichen konnte.

Interessant war auch die Art, wie die Straftat abgelaufen sein musste. Aufgrund eines Code-Protokolls der Ein- und Austritte konnte rekonstruiert werden, dass in jener Nacht die Tür nicht nur einmal, sondern mehrmals geöffnet wurde. Auch bemerkenswert war, dass die Einbrecher keine dreiundzwanzig Minuten benötigt hatten, um den Safe zu knacken und wieder zu verschwinden. Um den Ablauf des Einbruchs zu verdeutlichen, skizzierte ihn Harry auf einer Tafel an der Wand.

Leider konnten die Leute vom Erkennungsdienst keine brauchbaren Spuren finden, weder im Tresorraum noch im Flur noch an der Tür. Sonst war nichts aufgefallen, außer dass das Büro des Inhabers mit einer feinen Staubschicht überzogen war, was wahrscheinlich von der Sprengung im Untergeschoss herrührte.

14.

Der topmoderne Wohnkomplex, an bester Lage und spektakulärer Aussicht über die Stadt, war mit seiner kubischen Form ein Kunstwerk, das auf faszinierende Weise mit der Umgebung verschmolz. Ein Garten mit ausgesuchten Blumen und Sträuchern zog sich um das Haus und sorgte mit einem zwei Meter hohen Zaun für Distanz. Zum Hauseingang gelangte man entweder über einen mit Steinplatten ausgelegten Weg, der vom Tor herführte oder gleich daneben, durch die Einfahrt in die Tiefgarage, von der aus man auch mit dem Lift in die eigene Etage gelangen konnte.

Harry Bennet hatte sich die Anschrift aus den Akten herausgeschrieben. Dabei handelte es sich um einen ungelösten Fall, bei dem es um Drogengelder ging, die über ein eng verwobenes Firmennetz verteilt und gewaschen wurden. Eine dieser Firmen war, die weit verästelte Holding von Monsieur Lacroix. Allein das Betreiben der Beteiligungsgesellschaft stellte nichts Illegales dar. Doch die Kollegen der Abteilung für Wirtschaftskriminalität versuchten dem Geschäftsmann, seit Jahren das Waschen von Schwarzgeld nachzuweisen. Bisher erfolglos. Nächste Woche wurde der komplexe Fall, in den viele Jahre harte Untersuchungsarbeit rein gesteckte wurde, vor Gericht verhandelt. Wenn Harry bis dann keine handfesteren Beweise vorlegen konnte, wurde die Akte geschlossen und in der Folge würde einer der brutalsten Drogenbosse, der ihm je untergekommen war, mitsamt seinen Gehilfen wieder auf freien Fuß kommen.

Harry drückte die Klingel. Es war zwar unwahrscheinlich, dass um diese Zeit jemand in der Wohnung war, aber er wollte sicher sein. Nicht, dass er zufällig die Haushälterin aufschreckte. Wie erwartet rührte sich nichts. Alles blieb still.

Mit einem kleinen Gerät, das auf Knopfdruck eine Codeabfolge aus-strahlte, öffnete er die Pforte. Dann lief er zum Hauseingang, wiederholte die Prozedur und das Schloss der Tür entriegelte sich auch hier. Leise stieg er die Marmorstufen im Treppenhaus hoch und stand schließlich vor der Wohnung von Lacroix. Gedämpft hörte er irgendwo im Haus ein Klavier spielen, sonst war es ruhig. Sicherheitshalber drückte er erneut die Glocke und lauschte. Stille.

Harry bemühte erneut das Codegerät und auch diese Tür öffnete sich, mit einem kaum hörbaren Klicken. Er schlüpfte hinein und zog sie hinter sich zu. Für kurze Zeit stand er bewegungslos da und horchte in die Räume. Nichts. Daraufhin zog er sich ein Paar Einweghandschuhe über und begann systematisch die Räume zu durchsuchen.

Er brauchte einen Hinweis, irgendetwas, das auf verbotene Geschäfte mit der Drogenmafia oder auf Waffenschiebereien hindeutete. Was ihm verdächtig schien, fotografierte er mit einer Minikamera, zum Beispiel Umschläge, Telefonrechnungen, Notizen und auch alles, was im Papier-korb lag. Später im Büro würde er die Bilder nach Beweisen untersuchen und auswerten. So arbeitete er sich durch die Zimmer, das Bad und die Küche.

Der Eigentümer war ordentlich, das musste er ihm eingestehen. Die Wohnung war aufgeräumt und sauber, er ließ kaum Schmutz zurück. Einige Zeitungen lagen neben einem leeren Glas auf dem Tisch und im Spülbecken stand eine benützte Kaffeetasse. Dieser entnahm er ge-schickt mit einem Klebeband Abdrücke. Die ermittelte DNA würden er in den Computer eingeben und vielleicht ergab sich dadurch ein neuer Hin-weis.

Harry setzte sich kurz auf das Sofa und ließ die Wohnatmosphäre auf sich wirken. Die Einrichtung war von jener Eleganz, die gerade Formen und glatte Oberflächen bevorzugte, kombiniert mit ausgesuchten Kunstobjekten, wirkte alles stilvoll und sehr teuer. Er versuchte, sich den Inhaber vorzustellen: Ein feingeistiger, disziplinierter Mann, mit einer Vorliebe für Kunst, der auf den eigenen Vorteil bedacht die Lücken des Rechtsstaats ausnutzte.

Das Läuten der Klingel schreckte Harry hoch. Fragend schaute er zur Tür. Wie war das möglich? Er wusste, dass Lacroix frühestens in einer halben Stunde kommen würde. Er hatte extra dafür gesorgt, dass Monsieur im Büro aufgehalten wurde, eine dringende Befragung zu seiner Steuerdeklaration. Abgesehen davon würde der Mann wohl kaum bei sich selbst klingeln. Aber, wer war es dann? Vielleicht ein Spontanbesuch eines Freundes oder die Nachbarin? Am besten, er bliebe einfach still. Dann wird der ungebetene Gast annehmen, es sei niemand da und davonziehen. Interessiert schlich Harry auf Zehenspitzen zur Tür, schaute durch den Spion und lauschte. Nichts.

Aber was war das? Ein undefinierbares Geräusch war da. Er erinnerte sich, neben der Gartentür eine Gegensprechanlage gesehen zu haben. Von Neugier gepackt schaltete er die Übertragungskamera ein.

Es klingelte erneut. Auf dem Bildschirm war ein Kopf voller Locken zu sehen, die Person hatte der Linse den Rücken zugekehrt. Nun drehte sie sich um, und eine riesige Nase kam ins Bild, dahinter war verzerrt ein Gesicht zu sehen. Sie bewegte sich rückwärts und die Züge nahmen ausgewogene Proportionen an. Harry sog überrascht die Luft ein. War das nicht die Frau mit der Tasche?

Vor dem Gartentor trat Liz nervös von einem Fuß auf den anderen. Hier konnte man den lieben Gott, einen guten Mann sein lassen. Ein großes Haus inmitten eines mit Blumen übersäten Gartens und der Sicht über die Stadt. Die Sonnenuntergänge sahen von hier bestimmt spektakulär aus, zusammen mit dem Lichtermeer der Häuser. Herrlich.

Aber sie war nicht da, um die Aussicht zu genießen. Sie hatte andere Pläne. Von »Willi23« hatte sie zwei Adressen von Kandidaten, die eine Freundin suchten. Sie hatte mit ihnen Kontakt aufgenommen, unter ihrem alias Namen Babsi. Mit diesem Monsieur Lacroix hatte sie sich heute verabredet. Sie hoffte sehr, dass er ihr sympathisch war. »Willi23« hatte ihr versichert, dass es sich bei beiden Kandidaten um Männer mit Niveau handle. So würde sie frei entscheiden können, wie weit sie sich mit ihnen einließ. Sie wünschte sich, dass einer der beiden, sie irgendwie vergöttern würde und sie mit teuren Geschenken überhäufte, oder ihr vielleicht ein günstiges Darlehen gewähren würde? Wer weiß?

Falls sie aber bei einem der Männer ein schlechtes Gefühl beschlich, oder ihr einer gar zuwider wäre, plante sie, sich schnell zu verabschieden. Sie hatte vorsorglich nebst zwei Packungen Kondomen, einen Pfefferspray und ihren Revolver eingesteckt. Für alle Fälle.

Hatte sie da nicht ein Geräusch vernommen? Liz alias Babsi lächelte in die kleine Kamera. Sie versicherte sich nochmals, dass dies die korrekte Hausnummer war, und verglich den Namen auf dem Schild mit ihren Notizen. Lacroix. Das war hier. Sie drückte erneut auf die Glocke, mit Nachdruck. Nichts. Die Gegensprechanlage blieb stumm. Unschlüssig sah sie um sich. Damit hatte sie nicht gerechnet, dass es mit dem Kontakt nicht hinhaute. Was nun?

Ein Knacken in der Leitung und eine Stimme fragte: »Bitte? Wer ist da?«

»Ich bin es Babsi, ihr Date. Wir hatten telefoniert.« Liz alias Babsi legte ihre vor Aufregung feucht gewordene Hand an den Griff.

»Ah, schön! Kommen Sie herein. Zweiter Stock, links.« Ein Summer ertönte und der Riegel öffnete sich. Liz lief über die Steinplatten zum Haus, wo ein Brummen den Eingang frei machte. Sie betrat ein geräumiges Treppenhaus.

In der zweiten Etage blieb sie vor der Wohnung stehen. Sie klopfte leicht an die angelehnte Tür, worauf diese aufgerissen wurde. Liz alias Babsi starrte in das nicht unbekannte Gesicht. Sie hatte sich versucht auf alle möglichen Situationen einzustellen, aber jetzt war sie sprachlos.

Auch Harry war überrascht.

»Sie?« »Sie?«, entfuhr es beiden.

»Was machen Sie hier?«, fragte Liz alias Babsi. Bevor sie erschrocken die Hand an den Mund hielt.

»Raten Sie mal.«

Ungläubig entfuhr ihr: »Sie sind Monsieur Lacroix?«

Harry verbeugte sich galant und verbarg so sein verschmitztes Grinsen. Na warte! Dachte er. Rache ist zuckersüß! Sie hatte ein Date mit Lacroix? Schön! Und sie verwechselte ihn mit ihm? Das passte! Er rieb sich in Gedanken die Hände, er würde den beiden die Suppe tüchtig versalzen. Und gleichzeitig klären, was es sich mit dem Taschendiebstahl auf sich hatte.

»Was für ein Zufall!«

Lizs alias Babsis Lächeln blieb hängen, während sie fieberhaft einen Ausweg suchte. Sie hätte nie gedacht, dem Mann jemals wieder zu begegnen. Was für ein Desaster. Zudem schämte sie sich, für ihr mieses Verhalten ihm gegenüber.

»Tut mir leid, …wegen …vorgestern«, stammelte sie darum.

»Ihre Entschuldigung können Sie sich an den Hut stecken!«, erwiderte er. »Ist das ihre Masche? Männern den Kopf verdrehen, damit die sich mit anderen herumschlagen. Einfach abhauen, wenn es brenzlig wird? Das war mies von ihnen.« Er schaute sie an, als wäre sie etwas, das eben aus der Kanalisation gekrochen war.

»Kein Grund gleich pampig zu werden. Was hätte ich denn tun sollen? Wenn Sie den Dieb nicht überwältigen konnten, glauben Sie, mir wäre das gelungen?« Da sie fast einen Kopf kleiner war, als er und bestimmt weniger Muskelkraft besaß, sah er sich genötigt, ihr in dem Punkt recht zu geben. »Außerdem musste ich dringend zur Arbeit«, schmollte sie.

»Was hätte ich den tun sollen?«, äffte er nach. »Sie hätten klarstellen können, dass nicht ich ihnen die Tasche geklaut hatte, sondern er. Ich saß ihretwegen zwei Stunden in einer bescheuerten Zelle und wurde wie ein Schwerverbrecher behandelt.«

»So lange. Du meine Güte. Das tut mir leid.« Sie sah ihn ehrlich betroffen an. »Ich wollte das nicht, aber…«, sie suchte nach Worten: »Wenn ich die Polizei sehe, kann ich manchmal nicht klar denken und verliere den Kopf. Dann tue ich Dinge, die ich später bereue.«

»Dagegen sollten Sie etwas tun. Zumindest sollten sie sich vergewissern, dass nicht jemand anderer ihretwegen büßen muss.« Unschlüssig sah er sie an. Bis ihm wieder einfiel, dass er nicht in seiner Wohnung war. Aber warum war Babsi hier? Mal sehen.

»Was soll's. Schwamm darüber!»

»Okay! Aber, dann nutze ich jetzt diese Gelegenheit, um ihnen nachträglich für ihre Hilfe zu danken. Es war sehr mutig von ihnen, sich für mich mit dem Dieb herumzuschlagen.«

Sie schaute ihn offen an. »Damit ist dann wohl unser Date geplatzt. Ich nehme nicht an, dass Sie nach allem was gewesen ist, mich kennenlernen möchten. So bleibt mir nur, mich zu verabschieden und ihnen einen schönen Abend zu wünschen.«

Das war nicht das, was Harry gewollt hatte. Er würde nur zu gerne wissen, was das für ein Date war. Sie sah umwerfend aus, und er tippte, dass sie hier für ein romantisches Dinner zu zweit war. Es juckte ihn herauszufinden, wie weit sie sich auf ihn einlassen würde.

»Moment, nicht so schnell. Auf keinen Fall. Das war nicht so gemeint.« Er ergriff ihre Hand und sie drehte sich fragend um. »Vorschlag: Wir vergessen die Sache mit der Tasche. Wir wollten uns doch einfach kennenlernen. Aus meiner Sicht spricht da auch jetzt nichts dagegen? Was meinen Sie?«

Liz zögerte kurz und nickte.

Harry öffnete die Tür weit, um sie eintreten zu lassen. Sie glitt an ihm vorbei in die Diele und umhüllte ihn mit einem Duft von Hibiskus. Schwelgend atmete er tief ein.

Liz alias Babsi schlüpfte aus ihrem Cape und schaute sich nach einem Kleiderbügel um. Er nahm es ihr hilfsbereit ab und ließ derweil seine Augen über sie wandern. Sie trug ein weit ausgeschnittenes, körperbetontes Minikleid, dazu feine Netzstrümpfe und ihre Füsse steckten in passenden Stilettos. Eine lange Perlenkette war doppelt um ihren Hals geschlungen und setzte einen verspielten Akzent. Was schnell mal lasziv, ja fast schon billig wirken konnte, sah an ihr Klasse aus und sehr verführerisch. Seiner Meinung nach war sie für ein erstes Date recht freizügig angezogen, aber er wollte sich nicht beklagen.

Eine knisternde Spannung war entstanden. Sie machte einen Schritt zur Seite und entzog ihm so den faszinierenden Betrachtungswinkel auf ihr Perlenkissen. Ihm entfuhr ein Seufzer. Und nun sah auch er sich nach einem Kleiderbügel um, öffnete die erste beste Schranktür, hier lagerte Putzmaterial, ein weiterer Versuch, ein Schuhkasten. Mit einer ausholenden Geste schwang er den Umhang über seinen Arm und führte sie ins Wohnzimmer. Dort legte er das Cape über eine Stuhllehne und bat seinen Gast Platz zu nehmen.

Seine verdeckten Ermittlungen hatten eine unverhoffte Wendung genommen und versprachen interessanter zu werden, als er gedacht hatte. Etwas Abwechslung zur üblichen Routine kam ihm ganz gelegen. Manchmal wünschte er sich, dass seine Arbeit ein bisschen mehr, wie jene in den TV-Krimis wäre. Es wäre schön, sich tagelang nur auf einen Fall konzentrieren zu können und ihn nach wenigen Tagen bereits mit geständigen Schuldigen gelöst zu haben.

Die Realität sah leider anders aus. Sie war langwierig, mit vielen gesetzlichen Vorschriften, minutiösem Einhalten von Fristen verbunden und wäre für Zuschauer zum Gähnen langweilig. Immerhin arbeitete er oft mit Kommissar Kranz zusammen und sie sorgten beide dafür, dass ihnen der Humor dabei nicht abhandenkam.

Ganz der Galan, fragte er: »Sitzen Sie bequem? Was darf ich Ihnen anbieten? Einen Drink, etwas Champagner oder hätten sie lieber ein Glas Wein?«

»Wein, gerne.«

Harry tigerte in die Küche und sichtete das Angebot im Kühlschrank, Bier, Champagner und Mineralwasser waren da. Doch wo steckte der Wein? Rechts vom Eisschrank standen in einem Gestell zwei Literflaschen Rotwein, der zum Kochen verwendet wurde. Harry suchte weiter, ohne Erfolg. Als Gourmet, als den er Lacroix einschätzte, besaß er sicher einen gutgefüllten Weinkeller. Aber den konnte er auf die Schnelle nicht ausfindig machen. Er würde improvisieren.

Kurzerhand öffnete er den Kochwein, der war sicher genießbar und Babsi würde den Unterschied sowieso nicht merken. Er schaltete die Musikanlage ein und wählte sanfte Hintergrundmusik aus. Mit dem gefüllten Glas für sie und einem Bier für sich, kehrte er zu ihr zurück.

»Sie wohnen wunderschön. Haben sie alles eigenhändig so geschmackvoll eingerichtet oder hat ihnen ein Innenarchitekt geholfen?«, fragte sie begeistert.

»Das ist meine ganz persönliche Passion. Meine Wohnung muss einen gewissen Stil haben, sonst fühle ich mich nicht wohl. Ich umgebe mich gerne mit schönen Dingen.«

»Bemerkenswert. Sind Sie im Kunsthandel tätig?«

»Ach wo denken Sie hin? Aber, ich bin ein Sammler aus Leidenschaft. Es macht mir großen Spaß. Es kommt vor, dass ich monatelang nach einem passenden Stück such, das in Form und Farbe perfekt passt.« Trotz der bescheidenen Tonart vermittelte er ihr das Gefühl, dass sie in diesen Sphären sicher nicht mitreden konnte.

»Ein großartiger Zeitvertrieb und das Ergebnis ist ganz exquisit«, bemerkte Liz alias Babsi, und fügte in Gedanken hinzu, dafür hatte der aufgeblasene Kunstliebhaber keine Ahnung von Wein. Der Glasinhalt sah nicht nur aus wie Spülwasser, er schmeckte auch so. Sowas würde sie nicht mal zum Kochen verwenden. »Ein Mann mit Kunstverständnis, wie faszinierend«, flötete sie. »Sie besuchen bestimmt regelmäßig die Designermesse in Paris?«

»Natürlich, ich fliege, wenn es mein Terminplan zulässt jedes Jahr hin. Man trifft da immer wieder dieselben Händler und Käufer, und so haben wir oft viel Spaß zusammen. Die Leute kommen aus aller Welt, ein kleines Grüppchen von Kunstliebhabern, die gerne unter sich bleiben.« Liz alias Babsi nickte freundlich, obwohl für sie sein elitäres Geschwafel schwer zu ertragen war.

»Aber was rede ich. Sie haben erst das Wohnzimmer gesehen. Kommen Sie, ich zeige ihnen gerne den Rest meines kleinen Heims.« Er sprang hoch und zog sie mit. Seine Hand vertraulich an ihrem Rücken, führte Harry sie herum.

»Bitte schön, das Badezimmer. Wunderbar geraten, ganz in Stahlgrau. Beachten sie die fein abgestuften Farbtöne, in Kombination mit Zubehör und Frotteetücher. Aufgeräumt und blitzsauber, so muss es sein. Es ist mir klar, dass Frauen viele Toilettenartikel verwenden. Aber ich kriege Krämpfe, wenn offene Tampon-Packungen, Shampoos und Make-up-Tuben über das Lavabo verstreut sind. Meine Ex hatte den Tick, all ihre Utensilien liegen zu lassen, es war ein grauenhaftes Durcheinander. Eines Tages habe ich alles zusammen weggeworfen. Die Gans hat nicht mal gemerkt, dass etwas fehlte! Ha,ha!«

Harry machte sich einen Spaß daraus, Monsieur Lacroix als möglichst doofen Typen darzustellen. Und dabei zu zusehen, wie Babsi um Fassung rang. War sie irritiert? Gut!

»Wenn das Bad benutzt worden ist, muss es gründlich gereinigt werden. Wie eklig, wenn da noch Haare, von ich weiß nicht wo herumliegen.« Er zog angewidert die Nase hoch. »Dann haben wir hier mein Büro.« Mit geschwellter Brust trat er ein. »Der Glastisch wurde aus England importiert, eine Spezialanfertigung. Sehr stabil und nicht ganz billig, verstehen Sie. Die Füße sind aus Mahagoni. Und dazu passend der Bürostuhl, vielfach verstellbar.« Harry strich prüfend mit dem Zeigefinger über die Tischfläche. »Mein Reich. Hier werden alle meine Geschäftsideen geboren.« Etwas erregte seine Aufmerksamkeit. Er beugte sich vor, hauchte auf die spiegelblanke Fläche und polierte es mit dem Hemdärmel nach. Danach ging er in die Knie, um das Ergebnis zu begutachten. »Frauen haben hier keinen Zutritt. Außer um zu putzen oder gelegentlich für ein Schäferstündchen.« Er zwinkerte ihr verheißungsvoll zu. »Sehen Sie, die Höhe ist passgenau auf mich eingestellt.«

Liz alias Babsi wandte sich abrupt ab. Seine Anzüglichkeiten rissen an ihren Nerven. Mit einem Schritt rückwärts stieg sie mit dem Bleistiftabsatz, dem auf Tuchfühlung bemühten Harry auf die Zehen.

»Autsch!«, hüpfte er eine Runde.

Sein Schmerz, war ihr Genugtuung. Sie schäumte. Dieser eingebildete, von sich selbst überzogener Großkotz! Aber ehrlich? Was hatte sie erwartet? Prinz Charming war längst gestorben. Und auch wenn sie jede Menge Kröten an die Wand schmiss, es gab keine Garantie, dass sie jemals auf eine Verwünschte traf, um sie zu erlösen. Das kam nur in Märchen vor, und auch da nicht überall. Sie hatte ihre Zweifel, dass dieses Frosch-Exemplar hier, je etwas anderes sein würde als ein schlüpfriges Getier.

Liz alias Babsi folgte dem Hausherrn zögernd und dachte dabei an Flucht. Der schien etwas von ihrem Widerwillen gespürt zu haben, denn er kündete den letzten Raum an. »Und zum Schluss, das Schlafzimmer.« Er schob sie vor sich her.

»Sind Sie da sicher?«, fragte sie und stand ratlos vor einer Reihe aufgebügelter Anzüge. Harry riss widerwillig seine Augen von ihrem wohlgeformten Körper los und schaute geradewegs in einen begehbaren Kleiderschrank. »Sorry! Ts,ts, Sie verwirren mich sehr!« Harry fasste sich gespielt an die Stirn. »Das ist natürlich der Ankleideraum. Wenn wir schon da sind, zeige ich ihnen das auch gleich.« Er räusperte sich und wies auf die eingeordneten Kleider. »Meine Anzüge müssen regelmäßig kombiniert und gereinigt werden.«

Liz alias Babsi hatte genug gehört. Sie sah ihm zu und blendete dabei den Ton aus. Für sie war klar, dass er als Partner nicht in Frage kam. Er konnte sich sein Mausebärchen sonst wo anlächeln.

Nichts ahnend blickte er ihr tief in die Augen und strich mit seiner Hand ihrem Arm entlang. »Um sich kennenzulernen, sollte man sich doch mitteilen, was einem in einer Beziehung wichtig ist. Finden Sie nicht?« Damit zog er Liz von der Schranktür weg und schloss sie.

Um seinen eifrigen Händen zu entfliehen, schritt sie voraus ins Wohnzimmer. Dort setzte sie sich, die nächstbeste Gelegenheit abwartend, um sich zu verabschieden. Monsieur ging ihr gewaltig auf den Keks. Er brauchte vor allem eine flinke Putzfrau zur Freundin. Jedem das seine, aber sie hatte andere Pläne.

Um sich zu beruhigen, und weil man austrank, bevor man ging, kippte sie den Rest des Weins hinunter. Und hätte das Gesöff beinahe ausgespuckt.

Harry nahm einen Schluck Bier und amüsierte sich. Nach ihrem verkniffenen Gesicht zu urteilen, hatte der Dame die Führung nicht gefallen. Sie saß auf der vordersten Kante des Sofas, quasi kurz vor dem Sprung. Das passte! Auch er musste hier weg. Denn Lacroix würde nicht länger als eine halbe Stunde aufgehalten werden können. Und die war bereits um.

»Oh, nein!« Liz alias Babsi fasste sich verzweifelt ans Auge und blinzelte. Mit der anderen Hand tastete sie halbblind auf ihrem Kleid herum. »Hilfe! Ich habe eine Kontaktlinse verloren. Bitte! Nicht bewegen! Oder können Sie das Glasteilchen irgendwo entdecken?« Dabei strich sie vorsichtig über den Stoff.

»Warten Sie! Das haben wir gleich.« Er setzte sich zu ihr auf die Couch. »Bewegen Sie sich nicht. Ich helfe ihnen.« Seine Hand glitt über ihren Schoss, von da nach oben bis zu ihrer Brust und wieder hinunter, ihren Beinen entlang. »Vielleicht ist es da irgendwo«. Seine Hand lag nun auf ihrem Knie. Und Babsi verschränkte reflexartig die Beine.

»Da ist nichts.«

Er hatte plötzlich Mühe zu atmen. Seine Finger verirrten sich und entwickelte einen eigenen Willen. Sie fühlte sich für ihn einfach unendlich gut an. Als sich beim Suchen ihre Hände berührten, zuckten beide scheu zurück.

»Moment. Ich stehe mal auf. Vielleicht liegt die Linse irgendwo in den Polstern«, schlug Liz alias Babsi vor.

Das brachte ihre Hüften genau auf Harrys Augenhöhe. Er starrte darauf, erinnerte sich, wie sich ihre Pfirsichhaut anfühlte, und bemühte sich den Tumult in seinem Innern niederzuringen.

Von den Nöten ihres Gegenübers nichts ahnend, beugte sich Liz alias Babsi vornüber, um die Kontaktlinse zu finden. Worauf er, ohne zu überlegen, ebenfalls auf den Knien vorrückte und nun ihr knapp bedecktes Hinterteil direkt vor sich hatte.

»Ich habe sie!«, jauchzt sie. Sie schoss damit hoch und knallte dem erneut hinter ihr lauernden Harry den Ellbogen auf die Nase. Er jaulte. Dem stechenden Schmerz folgte Blut und es tropfte über seine Hand.

»Oh Gott! Entschuldigung! Tut es sehr weh?«

Die stechende Qual trieb ihm Tränen in die Augen.

»Legen sie den Kopf in den Nacken.« Liz alias Babsi brachte ihn mit sanftem Druck in die Position. Kleine Unfälle dieser Art waren ihr als Mutter vertraut und sie war die Ruhe selbst. »Wo finde ich ihre Apotheke, im Badezimmer?«

Er wollte antworten, erinnerte sich dann im letzten Augenblick, dass er nicht in seiner eigenen Wohnung war. Also nuschelte er etwas wie »Ver..mt..ma.«, und wies auf den Gang.

Liz alias Babsi nahm ihn an die Hand und öffnete eine Tür nach der anderen, bis sie das kleine Kabinett gefunden hatten. Dort tauchte sie einen Waschlappen in kaltes Wasser und drückte ihm diesen in den Nacken. »Legen Sie den Lappen auf die Nase. Ich hole etwas Eis in der Küche. Um die Blutung zu stillen, legen Sie sich am besten ein paar Minuten hin. Wo war nochmal das Schlafzimmer?« Hilflos machte er eine nichtssagende Bewegung.

Sein Liebesnest, das sie beim Rundgang bewusst ausgelassen hatte, würde sie nun trotzdem kennenlernen. Nicht dass es Liz alias Babsi interessiert hätte. Sie schaute in den nächstbesten Raum. Und da war es, unverkennbar für einen Playboy eingerichtet in Dunkelrot und Schwarz. Ein Wasserbett mit runden Ecken und einer breiten Armatur am Kopfende, von wo sich per Fernbedienung Licht, Fernseher, Wecker und Rückenlehne einstellen ließen. Ein luxuriöses Spielzeug. Eine hübsch gearbeitete Chaiselongue am Fußende und ein Sessel rechts in der Ecke rundeten das Bild ab.

Sie schob ihn zum Bett und half ihm, sich hinzulegen. Er seufzte und genoss es, umsorgt zu werden. Den einen Arm über den Kopf gelegt, schaute er sie, über den Rand des Waschlappens aus seinen großen treuen Augen an. Wie süß! Wenn er den Mund hielt, war er gar nicht so übel, dachte sie. Es entstand für einen Augenblick eine Nähe und Vertrautheit, die Liz alias Babsi zu intim wurde. Um sich abzulenken, holte sie das Eis, füllte es in eine Plastiktüte und legte es ihm auf die Nase.

»Ah, das tut gut!« Die Kälte betäubte den Schmerz.

»Besser? Tut es noch weh?« Sie hörte sich ehrlich besorgt an.

»Nur wenn ich lache«, versuchte er zu scherzen, seufzte jedoch gleich vor Schmerz.

Eine Locke hatte sich befreit und fiel ihm in die Stirn. Bevor sie wusste, was sie tat, strich sie sie ihm sachte weg. Mitten in der liebevollen Geste hielt sie inne. Das hier war kein kleiner Junge. Das hier war ein erwachsener Mann. Ein Fremder und dazu ein Testosteron gesteuertes Arschloch, mit dem sie, bis vor fünf Minuten nichts zu tun haben wollte.

Als könnte er ihre Gedanken lesen, hielt Harry den Atem an. Er nahm ihre Hand, führte sie an seine Lippen und küsste ihre Fingerspitzen. Etwas wie eine stumme Bitte um Verzeihung schwang dabei mit und zeugte von Respekt.

Die Berührung, so klein sie war, so stark war ihre Wirkung. Einen magischen Atemzug lang war Liz alias Babsi davon überwältigt. Sie schaute ihm in die Augen, bildete eine stumme Frage und konnte darin Wunderbares sehen, das nur mit dem Herzen zu erkennen war. Sie verlor sich und sank wie Blei, immer tiefer in die braunen Seelentümpel. Um nichts in der Welt hätte sie sich von ihm losreißen können. Im Gegenteil, sie rückte näher.

Die beiden Gesichter kamen aufeinander zu, bis sich ihre Lippen fast berührten. Liz verharrte. Harry wartete. Sie ließen sich Zeit. Dann spürte er den Hauch eines Kusses. Seufzend streckte er sich ihr wie ein Verdurstender entgegen.

Es war herrlich und fühlte sich seltsam vertraut an. Sie könnte sich jederzeit lösen, ohne von seinen Armen erdrückt zu werden. Diese Freiheit entfachte in ihr die Lust, zu experimentieren, wie weit sie gehen mochte. Wieder senkte sie ihren Mund auf den seinen, erst zögernd, dann mit viel Enthusiasmus. Sie konnte nicht genug von diesen sanften Berührungen bekommen. Die Liebkosungen wurden intensiver, ihr Atem ging schwerer. Sie fuhr mit ihren Fingern in sein Haar. Er zog sie sanft an sich, sodass sie auf ihm zu liegen kam.

»Vorsicht – autsch.« »Entschuldigung.«

Als erwachten sie aus einem Traum, blickten sie einander scheu lächelnd an. Ihr Gegenüber schien gar nicht so unmöglich zu sein, wie angenommen. Und da war etwas Elementares, das keiner beim andern erwartet hätte.

In Liz regte sich die Vernunft, doch bevor sie sie zurück in die Realität holen konnte, senkte sie erneut ihren Mund auf den von Harry. Dieses eine Mal noch! Es fühlte sich so gut an. Nach all den Jahren der Einsamkeit wollte sie seine Nähe auskosten, umarmt werden und für einen Moment geborgen sein. Sie hatte ganz vergessen, wie wunderbar das war.

Die Leidenschaft überwältigte sie beide und sie vergaßen ihre Umgebung und die Umstände. Von Gefühlen befeuert, reduzierte sich ihr Fokus auf den Körper des andern, den sie mit Fingern und Lippen erkundeten. Liz Kleid bauschte sich zusammen, Harrys Hemd glitt zur Seite. Seufzend spürten sie die Haut des anderen auf der eigenen, was die Sehnsucht nach Erfüllung anfachte, der sie mit all ihren Sinnen entgegenstrebten. Ein wahrer Sturm der Empfindungen riss sie aus dem hier und jetzt.

»Sapperlot - eine 69er-Stellung. Aus dem Kamasutra. Was für eine Überraschung! Wartet! Bin gleich bei euch!«

Die beiden Liebenden im Bett waren so sehr ineinander versunken, sie merkten gar nicht, dass sie nicht mehr alleine waren. Erst als Harry aus dem Augenwinkel eine hüpfende Gestalt wahrnahm, sah er überrascht hoch.

Ein schmächtiger Mann mit glänzend gekämmtem Überscheitel hüpfte auf einem Bein durch das Zimmer. Bemüht sich schnellstens seiner Kleider zu entledigen, zog er mit einer Hand an der Socke und riss mit der anderen an der Krawatte.

Noch benommen von ihren Gefühlen, sahen sie dem Fremden zu, während er sich flugs seiner Hose entledigte. Dann präsentierte er sich, mit offenem Hemd über dem Bäuchlein und in karierten Boxershorts.

»Tut mir leid, die Verspätung. Ein Notfall im Geschäft«, erklärte er und setzte sich zu ihnen ins Bett. »Na Püppi? Was für eine Überraschung! Zu dritt, das wird lustig«, grinste er Liz an und rieb sich die Hände.

Das nahm ihr den Humor. Sie wich zurück. »Nicht anfassen!«, um sich seinen vorwitzigen Händen zu entziehen.

»Komm. Ah, nicht Püppi, Babsi, stimmts? Du bist doch die Babsi, von der Vermittlung? Wie ich sehe, hast du dir inzwischen, mit dem Stecher da die Zeit vertrieben. Das ist nicht ganz fair. Aber ich werde mal ein Auge zudrücken.« Lacroix winkte gut gelaunt mit dem Zeigefinger. »Ihr wart doch grad so schön in Fahrt. Der gute Onkel Lacroix ist jetzt auch da und nun gehts richtig los. Jeder kommt an die Reihe. Am besten machen wir da weiter, wo ihr stecken geblieben seid. Guter Satz!«, grinste er. »Ein flotter Dreier! Die Idee ist gut. Ich bin Bi. Da kommt keiner zu kurz, und ich darf zweimal. Gell.«

Liz alias Babsi saß da wie hypnotisiert und verstand kein Wort. Abwechselnd schaute sie von Harry auf Lacroix. Wer war jetzt wer? Lacroixs Hand tastete sich vorwitzig zu ihrer Brust vor. Reflexartig schlug ihm auf die Finger.

»Jetzt werde nicht zickig. Das nervt. Habt ihr die Zunge verschluckt? Wer will zuerst, wer hat noch nicht?« Er hob gut gelaunt die Augenbrauen und wies dann an: »Babsi, komm her und mach dich nützlich. Wie du siehst, brauche ich etwas Handwerk. Dann legst du dich anschließend so, dass ich dich ebenfalls verwöhnen kann und unser Stecher hier, bespringt dich von hinten.«

Liz alias Babsi blinzelte einmal, zweimal. Hatte sie sich verhört? Sie musste sich das jetzt nicht vorstellen, oder? Ohne sie! Nichts wie weg!

Sie sprang von der schwabbelnden Matratze, griff im Vorbeigehen mit beiden Händen nach ihren Kleidern und flüchtete.

»He! Komm zurück.« Lacroix drehte sich fragend zu Harry um. Er hatte sich mit offenem Mund aufgerichtet. »Habe ich etwas Falsches gesagt? Was solls! Weiber, die sind viel zu kompliziert. Bleiben wir unter uns, das wird richtig geil«, flüsterte er ihm ins Ohr und griff ihm dabei zielsicher in den Schritt.

Das wirkte. Harry hechtete nun ebenfalls vom Wasserbett, packte seine Sachen und türmte.

Im Flur holte er Liz ein. Wie von Furien gehetzt, rannten sie um die Wette. Nur raus!

15.

Die Beiden rannten. Liz durchlief die Tür mit etwas Vorsprung auf Harry, der ihr dicht auf den Fersen war und aufholte. Schulter an Schulter sprangen sie die Treppen hinab, erreichten den Garten und hielten erst inne, als sie die Pforte passiert hatten. Das dauerte nicht länger als eine Minute. Und nachdem Lacroix' Türe zuknallte, kehrte wieder Stille im Haus ein.

Harry und Liz alias Babsi erlaubten sich erst in sicherer Entfernung des Hauses eine Verschnaufpause. Beide befanden sich in unterschiedlichen partiellen Ankleidungsphasen. Liz trug ihre Stilettos im Arm, das Kleid war hochgerutscht, um ungehindert rennen zu können. Mit einem Arm war sie ins Cape geschlüpft, damit es nicht verloren ging. Harry konnte sich die Hose nicht während des Laufens schließen, darum hielt er sie vorne fest. Mit der anderen Hand umklammerte er sein Jackett. Das Hemd hatte er nur zur Hälfte an, dafür die Schuhe komplett.

»Tschüss«, rief Harry ihr zu und wandte sich eilig ab.

»Moment mal!« Liz hielt ihn am Ärmel fest: »Sie sind gar nicht Lacroix! Was sollte das eben da drin?«

»Können Sie sich das nicht denken? Jetzt sind wir quitt.« Er löste ihre Hand von seinem Arm. »Was hatten Sie da für ein Date? Begleitservice hm? Warum sind sie weggerannt. Gehört das was der Kunde vorschlug nicht zu ihren Diensten? Oder wie weit wären Sie gegangen?«

Sein Ton! Und die Lügen! Liz sah rot. »Sie Testosteron gesteuerter Fatzke, denken nur immer an das eine!«

Harry zog eine Braue hoch: »Genau! Jetzt wo Sie es sagen.«

Bis vor wenigen Minuten hatten sie gemeinsam ganz hemmungslos 'an das eine' gedacht. Aber nun, verunsichert von diesen Gefühlen, hatten sie sich in ihren Augen plötzlich in ein perverses Spiel verwandelt.

»Sie, Nullnummer!« Die Röte stieg ihr ins Gesicht, wenn sie an das zügellose Gefühlschaos von vorhin dachte. Und seine Unterstellung, dass sie sich prostituiert, hörte sich aus seinem Mund echt verwerflich an. Der Mann war ein Kotzbrocken. Wütend riss sie an ihrem Rock, um ihn gerade zu richten.

Harrys kühler Verstand hatte wieder übernommen, mit ruhigen Worten legte er aus: »Wussten Sie nicht, dass Lacroix seine Hände in allerlei kriminellen Geschäften hat. Das reicht von der Drogenmafia bis zur Waffenschieberei. Passen sie auf, dass er sie nicht in diesen Verbrechersumpf hineinzieht.«

»Woher wissen Sie das? Aha, mir dämmerts. Sie sind von der Polizei. Nein, das kann nicht sein, Sie wurden ja verhaftet.«

Sie zog nachdenklich ihre Unterlippe zwischen die Zähne. Was bei Harry Sehnsucht nach dem Gefühl ihrer weichen Lippen weckte. Er hätte gerne seine Finger durch ihre zerzausten Haare gleiten lassen, sie in die Arme geschlossen und ihr versichert, dass alles Gut würde.

Liz hatte nichts von seinen Tagträumen mitbekommen. Sie fuchtelte mit ihren spitzen Schuhen vor seinem Gesicht herum, schließlich tippte sie ihm anklagend auf die Brust. »Ich habs! Sie sind ein Privatschnüffler!« Das festgestellt, platzierte sie sich ihre Stilettos vor die Füße und schlüpfte balancierend rein.

Er hatte nur ein Grinsen. »Sie haben zu viele Krimis gesehen. Keines von beidem trifft zu. Sie haben noch einen Wunsch frei. Dann verwandle ich mich vom Prinzen wieder zurück in eine Kröte.«

»Ach, Sie verwandeln sich noch? Ich dachte, das hätten Sie bereits getan«, schnappte sie.

Die Situation war verfahren und er würde wohl nie herausfinden, was sie bei Monsieur gewollt hatte. »Es geht mich ja nichts an, aber warum dieses Date? Er hätte ein perverser Verbrecher sein können. Was heißt hier, hätte? Er ist ein perverser Verbrecher. Haben Sie das nötig? Außer, sie stehen auf solche Spiele.«

»Sie haben recht: Es geht Sie nichts an.« Liz ruderte mit dem Arm in ihrem Cape, um in den anderen Ärmel zu schlüpfen, was nicht gelingen wollte. Verletzt und mit einem Schlag, abgrundtief traurig über ihre geplatzten Träume, schaute sie um sich. »Und wegen eben: Bilden Sie sich da bloß nichts ein!«

Bis ins Mark getroffen, macht er einen Schritt auf sie zu und hätte sie am liebsten geschüttelt, um sie zur Vernunft zu bringen. Sie belog nicht nur ihn, sondern auch sich selbst. Es hatte alles keinen Zweck. »Denken Sie doch was sie wollen.«

»Genau, das tu ich.« Sie schickte sich an ihm erneut auf die Brust klopfen zu wollen, überlegte es sich anders, drehte sich abrupt um und ging. »Ciao!«

Dabei kämpfte sie genervt weiter mit dem verdrehten Ärmel. Das sah echt komisch aus. Nur Harry war das Lachen vergangen. Eine Leere breitete sich in ihm und er fühlte sich wie erschlagen, als hätte ihn diese Sphinx mit Haut und Haaren verschlungen, durchgekaut und wieder ausgespuckt. Sein Ziel, sie auszuhorchen war tüchtig daneben gegangen

Kopf schütteln sah er an sich hinunter. Ihr Einfluss auf ihn war fatal, in ihrer Gegenwart vergaß er alles, zum Beispiel sich komplett anzukleiden. Die simpelsten Aufgaben brachte er nicht auf die Reihe und war hinterher verwirrter denn je.

Trotzdem, er musste herausfinden, was sie mit diesem zwielichtigen Typen zu tun hatte.

16.

Glitter-Glamy kickte die Tür mit dem Fuß zu, und verschaffte so ihrem Ärger über den kurzen Besuch der Polizei erst mal Luft. Sie ließ den seidenen Morgenmantel zu Boden gleiten und lief, bis auf ihren Schmuck unbekleidet ins Wohnzimmer. Auf ihrem knabenhaften Körper trug sie am liebsten nichts, außer Tattoos, Piercings und edlen Schmuck, davon jedoch reichlich. Sie waren ihr Kleidung, Lebensinhalt und Religion zugleich. Ohne sie würde sie sich nackt und leer fühlen. Getrieben von ihrer Besessenheit nach Juwelen verübte sie spektakuläre Diebstähle, die ihr den Ruf einer genialen Safeknackerin eingebracht hatten. Im Milieu nannte man sie deswegen längst Glitter-Glamy, da sie stets glitzerte und glänzte.

Aufgewühlt knetete sie die Perlen ihrer Halsketten, die ihr bis zum Nabel reichten, dazu klimperten ihre Armreife. Obwohl erst knappe fünfzig Jahre alt war sie vom harten Leben einer Kriminellen gezeichnet. Tiefe Falten hatten sich in ihr Gesicht gegraben. Ihre Wangen wirkten aufgeschwemmt und ihre Augen lagen in dunkelumrandeten Höhlen, ihre praktisch kurz geschnittenen Haare standen ab wie Federn.

Nachdenklich klopfte sie sich eine Zigarette aus dem Etui und steckte sie an. Sie hatten die Bullen nicht so bald erwartet. Aber es war nur ein weiterer Dominostein, in einer Serie von Pannen, die sie seit dem geknackten Safe, der leer war verfolgt hatte. Nun standen sie bei ihr auf der Matte. Denn die Gesetzeshüter verdächtigten sie schon richtig, aber das würde sie niemals zugeben, das Ganze war peinlich genug. Vorläufig hatte sie gar nichts zu befürchten. Man konnte sie von hinten bis vorn durchleuchten und fände bei ihr die Diamanten nicht.

Zu dumm, dass sie sich, in ihrer Stinkwut über Arnies niederträchtigen Trick hatte hinreißen lassen und ihn erschossen hatte. Und das, bevor sie aus ihm herausprügeln konnten, wo er die Beute versteckt hatte. Die

Kriminaler traten ihr jetzt schon auf die Zehen, wie sie seine Leiche unlängst gefunden hatten. Arnie blieb seiner Wesensart auch im Tod noch treu und war genauso anstrengend, wie er es lebend gewesen war, legte sich quer und trickste sogar aus der Grube heraus.

Ein anderes Thema waren ihre zwei Gangmitglieder. Sie hatten wieder mal geschlampt und den Ärger hatte eben sie. Anstatt den Toten so verschwinden zu lassen, dass man ihn nicht gleich findet, legten sie ihn den Bullen praktisch vor die Füße. Die Zwei waren zu bekloppt, um mit ihren Händen den eigenen Hintern zu finden. Sie hätte die beiden gleich miterschießen sollen. Wenn sie nicht alles selber machte!

Klar, sie hatte damit rechnen müssen, wegen des Diamantenraubs in Verdacht zu geraten. Schließlich war sie nicht umsonst die berühmteste Safeknackerin. Das war auch der Grund, warum man sich vorhin nur freundlich nach ihrem Alibi erkundigt hat. Sie kannte die Gilde gut genug, um zu wissen, dass die Polente bald mit einem Hausdurchsuchungsbefehl zurückkehren wird.

Ihre Gedanken schwenkten wieder zurück zum Hauptthema: Wie hatte es der verfluchte Arnie geschafft, vor ihr den Safe zu plündern? Und hätte er danach nicht offenstehen müssen? Wie gelang es ihm, ihn wieder zu schließen? Das Knacken des leeren Tresors ließ sie und ihre Gang alt aussehen. Zum Glück wusste nur Arnie davon und der war tot, und ihre beiden Kumpel, die ihm bald folgen werden, wenn sie sich weiterhin so dämlich aufführten.

Obendrein wurde sie völlig zu Unrecht verdächtigt. Unschuldig! Ohne Beute! Das war voll die Härte. Und typisch Arnie! Nur er dachte sich derart heimtückische Tricks aus. Tröstlich, dass er sich nicht lange darüber amüsieren konnte. Hoffentlich schmorte er in der Hölle.

Es war ein Kinderspiel gewesen herauszufinden, was er im Schilde führte. Sie hatte sich im Milieu nur etwas umgehört, schon wusste sie

Bescheid. Eine von Arnies Schwächen war es, mit seinen tollen Ideen zu prahlen, und es allen, die wissen wollten zu erzählen. Dies Mal plante er der alten Glamy eine lange Nase drehen. Das war spaßig. Wie damals, die Geschichte mit dem Sexvideo. Glamy entwich bei der Erinnerung daran ein böses Zischen. Er hatte heimlich eine ausgelassene Party in einem Puff gefilmt, sehr intim und mit ihr mittendrin. Das Video wurde hinter vorgehaltener Hand in den Lokalen, in denen sie verkehrte herumgereicht. Das war eine hundsgemeine Nummer gewesen, seither waren sie Erzfeinde. Keiner konnte ihr danach in die Augen schauen, ohne dabei süffisant zu grinsen.

Sie musste sich wehren und ein Zeichen setzen, wollte sie unter ihres gleichen geachtet bleiben. Oft war die Ganovenehre die einzige Messlatte, die in diesen Kreisen galt. Sonst war sie weg vom Fenster, und zwar schneller als man mit den Fingern schnippen konnte. Immerhin, ihr Ruf war im Moment wieder intakt, seit sich das plötzliche Ableben von Arnie herumgesprochen hatte. Keiner traute sich, Glamy auch nur anzusehen aus Angst sie könnte sich beleidigt fühlen.

Jetzt fehlten nur noch die Diamanten. Wo könnte er sie versteckt haben? So sehr sie auch grübelte, es gelang ihr nicht Arnies schräge Denkkapriolen nach zu vollziehen. Eines war klar: Er war nicht so bescheuert die heiße Ware im Inland einem Hehler anzubieten. Diese hätte keiner angerührt, folglich wollte er sie im Ausland verkaufen. Größter und bekanntester Marktplatz dafür war Antwerpen.

Da Arnie jetzt aber nirgendwo hinreiste, sondern in der Hauptrolle an seiner Beerdigung teilnahm, konnte man damit rechnen, dass die Beute ebenfalls hier war. Sie hatten bisher keinen Hinweis auf ein Schließfach oder ähnliches gefunden. Sie waren bereits in seine versiegelte Wohnung eingestiegen. Doch umsonst. Es war schwierig überhaupt etwas zu finden, in dem Durcheinander in seiner Bleibe.

Glamy trat gedankenverloren auf ihre Sonnenterrasse und ließ den Blick schweifen. Sie wird sich mal umhören, mit wem sich Arnie herumtrieb, bevor er starb. Hatte er nicht eine Familie? In einem sentimentalen Augenblick hatte er einmal von seiner Ex-Frau und den Kindern erzählt. Vielleicht erfuhr man von der etwas?

17.

Mitternacht war längst vorbei. Im Reihenhäuschen Quartier am Stadtrand schliefen alle friedlich. Die Häuserzeilen unterschieden sich durch
bunte Windspiele im Vorgarten, farbenfrohe Blumen sorgten für Abwechslung, Ziersträucher waren gestutzt oder hochgebunden worden
und da und dort gab es Fahrradständer.

Zwei Kater lieferten sich einen erbitterten Kampf, um ein paar Meter
ihres Reviers. In respektvollem Abstand fauchten sie sich drohend an,
was sich zuweilen anhörte wie Schreie von Menschen. Genervt vom
Jaulen hätten die Anwohner ihre Fenster geschlossen, aber jeder Luft-
zug war in der aufgestauten Hitze willkommen.

Das Gezänk der beiden Tiere wurde plötzlich von einem lauten Knall
übertönt, ließ den Boden erzittern und ein Blechdeckel flog haarscharf
über deren Köpfe weg. Erschrocken stoben sie auseinander. Rauch-
schwaden zogen gespenstisch über den Briefkasten am Zaun oder was
davon übriggeblieben war. Die Detonation hatte die Nachbarn aus dem
Schlaf gerissen. Rollläden wurden vorsichtig hochgezogen und Fenster
geöffnet.

»Was ist denn da passiert?«, rief einer verschlafen dem anderen zu.
Der wiederum zuckte ratlos mit den Schultern. An der Chratzstraße 15
war anstelle des Postbehälters nur ein rauchendes Loch zu sehen.

Herr und Frau van Hohenstett fielen vor Schreck beinahe aus dem
Bett. Tadeus sprang hoch, ging zum Fenster und spähte mit zitternden
Händen vorsichtig durch die Jalousien auf das Gartentor hinunter. Wo-
von plötzlich ein Stück fehlte.

»Was war das?« Die Explosion hatte nicht nur den Briefkasten zer-
stört, sondern auch eine Lücke in den Zaun und die Hecke gerissen. Die
Teile lagen nun verstreut im Vorgarten und auf dem Gehsteig. Fassungs-
los ließ er den Vorhang zurückgleiten. Eine drückende Stille folgte.

Mit weichen Knien zog er den Morgenmantel über, ging zur Tür und schaute durch den Spion. Nichts! Zögernd sperrte er auf und streckte seinen Kopf heraus. Er vergewisserte sich die Straße hinauf und hinunter. Nichts. Schließlich begutachtete er den Schaden in seinem Garten. Draußen war es wieder ruhig geworden. Die Menschen hatten sich wieder in ihre Häuser verzogen.

Bei ihm war alles voller Unrat und es sah aus als hätte eine Bombe eingeschlagen. Van Hohenstetts Schreck machte bitterer Wut Platz. Er ging zurück ins Haus und rief die Polizei. Nun hatte er endgültig genug von dieser Lausbande. Das ließ er sich nicht länger gefallen. Er wollte in Zukunft nicht um sein Leben fürchten müssen, weil er keinen Müll in seinem Vorgarten duldete. Inzwischen war auch seine Frau aufgestanden und kochte Kaffee. Er setzte sich an den Tisch und schaute ihr stumm dabei zu.

Endlich war die nahende Sirene des Einsatzwagens zu hören, der kurz darauf vor dem Haus hielt. Die van Hohenstetts atmete erleichtert auf. Die Spezialisten der Abteilung für Bombensicherung sperrten das Gebiet ab, alarmierten die Anwohner und informierten sie über eine mögliche Evakuation. Nach einer halben Stunde intensiver Inspektion kam die Entwarnung. Keine weiteren Sprengkörper waren gefunden worden. Der Ort wurde nun minutiös auf Spuren abgesucht und fotografiert. Außer den van Hohenstetts befragte man den Zeitungsjungen, der so früh als Einziger unterwegs war. Auch die Anwohner wurden gebeten, zu melden, falls ihnen ungewöhnliche Vorkommnisse oder fremde Personen aufgefallen waren. Doch das Einzige, was alle gehört hatten, waren die beiden keifenden und zankenden Kater. Sonst nichts.

Der Juwelier verdächtigte die Jugendlichen in der Nachbarschaft, über die er sich in der Vergangenheit öfters geärgert hatte. Weil sie Kaugummipapiere achtlos zu Boden warfen, die sich nachher in seinem Vorgarten wiederfanden. Er hatte bereits mit den Eltern der Sünder gesprochen, ohne Erfolg.

Eifrig gab er zu Protokoll: »Was kann man schon erwarten von all den Asozialen, deren Eltern in wilder Ehe oder in Wohngemeinschaften leben. Deren Ableger treiben sich die meiste Zeit auf den Straßen herum, zum Ärger der rechtschaffenen Bürger. Nehmen Sie nur mal alle alleinerziehenden Mütter, die haben keine Zeit ihren Kindern Regeln und Anstand beizubringen. Es gibt fast keine normalen Familien mehr oder es sind Ausländer.«

Er wartete auf ein zustimmendes Nicken der Polizisten. Doch sie hörten nur zu, machten sich Notizen und fragten nach konkreten Drohungen oder Anfeindungen. Er schüttelte verneinend den Kopf. Er war überzeugt, dass ihm die Lausbuben aus der Nachbarschaft eins auswischen wollten. Und verlangte, dass alle verhaftet werden sollen.

18.

Robin, war eines der Nachbarskinder. Er beobachtete besorgt wie die Polizei bei van Hohenstetts vorfuhr. Er wohnte mit seiner Mutter im Reihenhäuschen schräg gegenüber. Die Explosion hatte ihn aus dem Schlaf geschreckt. Er war über den Flur zum Fenster geschlichen, von wo aus er in den nachbarlichen Vorgarten sah. Beim Anblick der herumliegenden Teile kam ihm ein böser Verdacht.

Hatte sein Freund Luan ernst gemacht mit seiner Drohung? Bitte, lass es nicht wahr sein! Als könnte er das Vermeintliche damit abwenden, schüttelte er den Kopf. Sie hatten zum Spaß fantasiert, dem Oberdepp van Hohenstett einen Denkzettel zu verpassen, diesem ewigen Stänkerer. Der jeden unter sechzehn Jahren beschuldigte Müll in seinen Garten zu werfen.

Und vorgestern hatte er Luan sechs, der großen Schwärmer verkauft, die ihm sein Vater aus Belgien mitgebracht hatte. Aber doch nicht, um den Briefkasten zu sprengen! Jetzt waren sie fällig. Das würde die Vormundschaftsbehörde nicht mehr unter Bubenstreich abhandeln. Im Klartext hieß das: Polizei, Durchsuchung, Erziehungsheim und Bewährungshelfer!

Robin spürte wie eine kalte Hand nach seinem Herz griff. Tief, bis in die Knochen erschüttert, schlurfte er in sein Zimmer und verkroch sich unter der Bettdecke. Als ihn am Morgen seine Mutter weckte, traute er sich nicht hervor und zog sie über den Kopf. Nichts konnte ihn zum Aufstehen bewegen. Seine Mutter befürchtete, dass er von der Detonation einen Schock erlitten hatte. Auf ihre Fragen druckste er lange herum, bis er erst stockend, und dann immer schneller erzählte, dass er befürchtete sein Freund Luan sei es gewesen und sie beide deswegen in ein Heim kämen.

Die alleinerziehende Marlene erschrak, aber versuchte ihn zu beruhigen und schlug ihm schließlich vor die Geschichte der Polizei mitzuteilen. Diese hatte sie am Morgen auch gefragt, aber sie wusste zu dem Zeitpunkt von nichts. »Es wäre das Beste, wenn Luan auch gleich mitkäme.«

Daraufhin rief Robin seinen Freund an. »Hallo, wie geht's?« Luan meldete sich, mit der betont gelangweilten Stimme eines Pubertierenden.

»Hey, du Arschloch! Hast du den Knaller gehört? Das hat ganz schön an der Hütte gerüttelt. Ich dachte, uns fliegt das Dach weg.«

»Ja, hat uns flott die Ohren durchgeblasen! Warst du das?«, da klang etwas Bewunderung mit in Luans Stimme.

»Ich! Bist du verrückt? Das warst doch Du!« Robin schlüpfte beinahe in die Leitung.

»Spinnst du! Sicher nicht!«, sperrte sich Luan.

»Komm gib es zu!«, schrie Robin.

Aber Luan blieb dabei. Und zur Polizei ging er freiwillig sowieso nicht. Er habe nichts damit zu tun.

Robin blieb keine andere Wahl, als sich ohne ihn, aber in Begleitung seiner Mutter auf dem Posten zu melden. Nachdem er dort beim diensthabenden Polizisten seine Aussage gemacht hatte, wurde der Junge angewiesen, kurz zu warten. Kommissar Walo Kranz werde ihm noch ein paar Fragen stellen. Mutter und Sohn wurden in einen spärlich eingerichteten Raum, mit bedrückender Atmosphäre geführt. Robin rutschte nervös auf dem Stuhl neben seiner Mutter herum und wagte sich nur flüsternd zu unterhalten.

Walo wollte sich gleich selbst ein Bild von dem Jungen machen. »Bist du Robin?« Seine Größe und die donnernde Stimme ließen den Jungen zusammenzucken. Durch seine Präsenz schien der Raum geschrumpft zu sein. Er strahlte eine gewisse Sicherheit aus, wie sie Leuten zu eigen war, deren tägliche Arbeit sich um das Schicksal anderer Menschen drehte. In dunkler Hose, einem hellen Hemd und der modisch passenden Krawatte verströmte er Respekt.

»Mitkommen! Ich habe ein paar Fragen an dich.« Mit einem freundlichen Zwinkern und einem Lächeln, streckte er Marlene die Hand hin: »Und Sie müssen seine Mutter sein?«

Marlene war aufgestanden. Neben Walo wirkte sie zierlich und ihr brauner Lockenkopf reichte ihm gerade bis zur Schulter. Unter seinem aufmunternden Blick entspannte sie sich etwas und löste sich der Knoten in ihrem Bauch. Zögernd legte sie ihre Hand in seine.

»Angenehm.«

War es nur die Redewendung oder meinte er damit das Gefühl ihre Hand zu halten, dachte sie. Denn ihre verschwand in seiner Pranke fast gänzlich. Sollte sie ihn kitzeln, dass er sie wieder freigab? Wieso?

Doch Walo Kranz ließ sie unbeschadet frei, danach wies er Robin den Weg in sein Büro.

Nachdem ihm der Junge einige Fragen beantwortet hatte, betrachtet er nachdenklich einen der Schwärmer, die Robin mitgebracht hatte. »Zum Glück ist niemand verletzt worden. Es hätte auch ins Auge gehen können.« Kranz blickte ihn streng an. »Denk daran! Du bist kein Kind mehr. Es wäre schade, wenn du wegen eines solchen Bubenstreichs in die Erziehungsanstalt eingewiesen werden würdest.«

»Ich weiß«, antwortete Robin kleinlaut.

»Diesen Schwärmer behalte ich.« Walo Kranz drehte ihn zwischen den Fingern hin und her. »Die sind viel dünner als ich gedacht habe. Interessant!« Er wandte sich an Robin: »Du glaubst, dass dein Freund Luan den Briefkasten gesprengt hat. Bist du sicher?«

Robin blies verlegen seine Wangen auf: »Luan behauptet zwar, er sei es nicht gewesen. Aber wer denn sonst?«, zuckte er mit den Schultern.

»Gut!« Walo Kranz stieß sich mit beiden Händen kraftvoll vom Tisch ab und stand auf. »Danke für deine Offenheit. Du hast uns damit wirklich geholfen«, sagte er zum Abschied.

»Komme ich jetzt ins Gefängnis?«, fragte der Junge kleinlaut.

»Nein. Du kannst nach Hause gehen. Vorerst genügt uns deine Aussage. Aber: Überleg dir das nächste Mal gut, wem du was verkaufst. Dann können wir zukünftig alle ruhiger schlafen. Ich könnte mir vorstellen, dass deine Mutter keine zusätzlichen Scherereien gebrauchen kann. Hast du verstanden?« Robin nickte.

Der Kommissar begleitete ihn zu seiner Mutter zurück in den Warteraum. »Sollten wir noch Fragen haben, melden wir uns.«

Sichtlich erleichtert, atmete sie auf. »Natürlich, machen Sie das.« Der Kommissar fuhr in vertraulichem Ton weiter: »Sie müssen sich keine Sorgen machen. Ihr Sohn ist ein anständiger Junge.«

Sie seufzte: »Ich versuche ihm das nötige auf den Lebensweg mitzugeben. Ich bin überzeugt, er würde niemandem etwas zuleide tun. Aber wahrscheinlich hören sie das oft von Müttern. Wenn ihm nur mein Ex-Mann nicht immer alles durchgehen ließe, sondern ernsthaft mithülfe, aus ihm einen anständigen Menschen zu machen«, rutschte ihr heraus, bevor sie es zurücknehmen konnte.

Kranz runzelte die Stirn: »Ich rate Ihnen, den Vorfall ausführlich mit Robin zu diskutieren. Er sollte etwas daraus lernen.« Nach einer Pause fuhr er fort. »Bezüglich des gesprengten Briefkastens deutet alles darauf hin, dass es keine Schwärmer waren, sondern eine professionelle Briefbombe gezündet wurde. Ihr Junge und sein Freund sind also entlastet. Oder bastelt er auch gerne Bomben?«

»Meine Güte, wo denken sie hin. Ich hätte keine ruhige Minute«, versicherte sie.

Auf dem nach Hause Weg liefen Mutter und Sohn in Gedanken versunken nebeneinander her. Marlene fragte sich, warum ihr die Bemerkung über ihren Ex-Mann herausgerutscht war. Wie kam sie dazu? Was würde der Kommissar von ihr halten? Dass sie ihr Herz auf der Zunge trug. Es war ihr rückblickend äußerst peinlich. Überhaupt, er hatte die Ruhe weg, und sie benahm sich wie ein Teenager. Es fehlte nur noch, dass sie verlegen rot anlief.

Besagter Kommissar war vor die Tür getreten und hatte sich mit bebenden Fingern eine Zigarette angesteckt. Er war bei weitem nicht so gelassen, wie er den Anschein gab. Er sog den Rauch tief in die Lungen und schaute den beiden nachdenklich nach.

Die Frau hatte in ihm eine längst verloren geglaubte Sehnsucht geweckt. Er bedauerte, dass er sie nicht außerhalb seines Dienstes kennengelernt hatte. Als junger Polizist hatte er einige schmerzhafte Erfahrungen gemacht. Er wusste, dass es nicht ratsam war Bekanntschaften in Ausübung seines Berufs zu knüpfen. Die meisten, mit denen er zu tun hatte, wandten sich Hilfe suchend an ihn, an den Hüter des Gesetzes. Sie befanden sich in einer Ausnahmesituation und er begleitete sie in einer, für sie schwierigen, schicksalshaften Zeit.

Besser, daraus nicht mehr machen zu wollen als tatsächlich war. Denn sobald ein Fall abgeschlossen war, wollte die Betroffenen auch mit ihm nichts mehr weiter zu tun haben. Die einen, weil er sie an ein schreckliches Ereignis erinnerte, das sie zu vergessen suchten. Die anderen, weil er sie ins Gefängnis gebracht hatte.

Meistens fiel es ihm leicht, diese Regel zu befolgen, aber nicht diesmal.

19.

Da war es wieder, das Kribbeln in Harrys Bauch, beim Klang ihrer Stimme am anderen Ende der Leitung. Er hatte den Vermittlerservice von Babsi kontaktiert, um ihre Nummer zu erhalten. Natürlich ging es darum, herauszufinden, was sie mit Lacroix zu schaffen hatte. Die Indizien, die er in seiner Wohnung gesichert hatte, waren brisant, die Auswertung inklusive der Sicherstellung von dubiosen Kontakten waren in vollem Gange. Doch wie passte da Babsi ins Bild?

Er wollte sie treffen. Wenn er sie am Telefon befragte, konnte sie, ohne zu antworten, einhängen und wäre dazu noch vorgewarnt. Also war sein Plan, ein Date mit ihr zu arrangieren. Dazu schlüpfte er in die Rolle eines Verehrers. Bloß, was sagte so jemand in dieser Situation? Er überlegte und räusperte sich, denn sein Mund schien plötzlich wie ausgetrocknet zu sein.

»Hallo! Ist da jemand?«, fragte die Stimme am anderen Ende.

Ihr Timbre jagte ihm ein angenehmer Schauer über den Rücken. Er fragte sich, warum er auf sie so intensiv reagierte. Sie war nicht mal sein Typ. Er stand mehr auf kleine, kompaktere Damen.

»Hallo? Nicht wieder so ein Spinner«, sie entfernte sich.

Bevor sie auflegte, hüstelte er in den Hörer: »Ja, Hallo!«

»Da sind Sie ja! Ich hatte schon befürchtet...«

Um nicht erkannt zu werden, sprach Harry mit heiserer Stimme. Nach und nach entspannte er sich und die Unterhaltung kam in Schwung. Sie tauschten sich aus über ihre Lieblingsspeisen, ihre Hobbys, Bücher, die sie gelesen hatten und Filme, die ihnen gefallen haben und plauderten, bis ihnen nichts mehr einfiel. Schließlich machte Harry den Vorschlag, sich zu treffen. Liz alias Babsi war einverstanden, am liebsten bald.

»Heute? Um welche Zeit?«

»Wie wäre es in zwei Stunden?«

»Gut, ich freue mich. Bis gleich.«

Harry legte auf. Er fragte sich, was das für Leute waren, die eine Vermittlung bemühten. Waren sie zu unbeholfen und einfallslos, um jemanden kennenzulernen? Oder hatten sie schlicht keine Zeit und wollten mit minimalem Einsatz, maximalen Erfolg erzielen? Er persönlich hielt nichts davon. Man hatte keine Ahnung, wie derjenige, am anderen Ende der Leitung aussah. Hier wusste er, wer Babsi war. Dagegen war er für sie ein Blindflug. Ihm würde das niemals einfallen, dafür flirtete er viel zu gerne.

Doch zurzeit war ihm sowieso nicht danach. Sein letztes Liebesabenteuer war vor nicht allzulanger Zeit zerbrochen. Davor waren die knapp neunzig Tage mit Audrey intensiv gewesen und hatten ihn enttäuscht und ausgebrannt zurückgelassen. Natürlich ahnte er nicht, worauf er sich einließ, als er sie zum ersten Mal sah. Sie sah umwerfend aus, war superschlank, hatte lange, kastanienbraune Haare und ein Gesicht, das von großen, bezaubernden Augen beherrscht wurde und einem Kussmund. Zusammen mit ihrer lebenslustigen Art war das eine unwiderstehliche Kombination. Er verliebte sich Hals über Kopf.

Später, nach der Trennung und vielen Stunden, in denen er mit den Freunden darüber sinniert hatte, erklärte er es damit, dass Audrey von einem unersättlichen Lebenshunger getrieben war, und mit ihrem Charme und ihrer Ausgelassenheit darüber hinwegtäuschen wollte. Sie walzte das Leben flach und presste es aus wie eine Zitrone. Das war die tiefere Erkenntnis danach, vorerst war ihr Sexleben, heiß und leidenschaftlich. Wobei sie ständig auf der Suche nach einem stärkeren Kick war. Dieser Hang zur Übertreibung begann die Beziehung auszuleiern und es zeigten sich erste Risse wie in einem übernutzten Gebäude.

Nicht nur ihre Vorwürfe häuften sich, dass er zu viel arbeite, sein Handtuch im Bad nicht wegräumte, und so weiter. Sie sah überall Anzeichen dafür, dass er sie zu wenig liebte und sie ihn dauernd anrief und überprüfte, ob er auch wirklich da aufhielt, und das tat, was er ihr gesagt hatte.

Als er sie eines Tages mit seinem Nachbarn im Bett erwischte, war für ihn eine Welt zusammengebrochen und wozu die Kontrolle diente. Sein Vertrauen war unwiederbringlich dahin, und sie trennten sich in einem tränenreichen Streit.

Seither genoss er sein single Dasein. Manchmal sann er darüber nach, ob er so gefühlskalt war, wie sie ihm vorgeworfen hatte, denn er hatte sie seither nicht sehr vermisst. Nur ab und zu, an arbeitsreichen Tagen, wenn hinter ihm die Tür ins Schloss fiel und es in dem großen, Loft leer hallte, fragte er sich, ob er je eine Lebensgefährtin finden würde. Oder ob das Leben für ihn so weiterging, bis er einsam starb. War das schon alles? Fehlte dem Ganzen nicht ein wichtiges Element, das all dem mehr Sinn verlieh? Und wenn ja, was soll das sein? Eine Familie gründen? Wie spießig! Solche und ähnliche Weltanschauungen wälzte er zusammen mit seinen Freunden. Trotz des mutmachenden, gegenseitigen Schultern Klopfens, schlichen sich bei ihm zwischendurch Zweifel ein. Was, wenn sich das Leben wie ein Dieb an ihm vorbeistahl?

Liz alias Babsi hängte auf der anderen Seite der Leitung ein und war gleichwohl hin und her gerissen. Herr Bennet hörte ihr aufmerksam zu und schien sehr sympathisch. Aber würde sie ihn mit ihrer Idee überzeugen können und ihr Geld ausleihen oder so ähnlich?

Sie hatte die zweite Adresse von »Willi23« gleich nach dem Reinfall mit Lacroix weggeworfen und den Vorfall gemeldet. Der Vermittler konnte sich auch nicht erklären, wie das mit dem falschen Mann in der

Wohnung passieren konnte. Er bat sie, ihn das Malheur wieder gutmachen zu lassen und schenkte ihr eine neue Adresse. Wie es der Zufall wollte, hatte sich soeben eine super Gelegenheit ergeben. Es hatte sich bei ihm ein Neuzugang gemeldet, der wie für sie geschaffen schien. Eigentlich wollte sie ablehnen, ließ sich dann aber doch überreden. Und nun, hoffte sie, dass ihr Vorhaben diesen Abend irgendwie gelang.

Bis dahin blieb ihr nicht mehr viel Zeit, um sich zurechtzumachen. Wie immer, wurde sie von einer Spannung vor dem Ungewissen erfasst, der sie sich nicht entziehen konnte. Also. Was sollte sie anziehen? Kritisch schob sie die Kleider im Schrank hin und her, betrachtete dies, begutachtete das und entschied sich für ein locker fallendes Kleid, das kurz über dem Knie endete. Dazu zog sie ihre Haare zu einem Pferdeschwanz zusammen und steckte sich große silbrige Kreolen an. Sie wählte dazu die roten Stilettos, den roten Lackledermantel und eine passende Handtasche. Deren Inhalt ergänzte sie nebst den üblichen Utensilien mit dem Pfefferspray. Doch sie mahnte sich, auch der nützte nichts, wenn sie sich nicht besser unter Kontrolle hatte als beim letzten Mal. Dieser Fehler würde ihr nicht nochmal passieren. Zum Glück hatte sie flüchten können. Wer weiß, was Lacroix alles verlangt hätte?

Weshalb sie anstelle von Lacroix diesen aufgeblasenen Popanz in dessen Wohnung antraf, kapierte sie bis heute nicht. Der war bestimmt schlimmer als der Monsieur und gab sich gerne als jemand anderen aus. Und das Gerede übers Saubermachen? Vielleicht war das einer dieser Psychopathen, ein Putzlappen-Fetischist, oder ein Putzmittelschnüffler?

An ihr eigenes Verhalten und wohin es geführt hätte, wenn sie nicht unterbrochen worden wären, mochte sie gar nicht denken. War sie so verzweifelt? Es war ihr absoluter Tiefpunkt! Was hatte sie sich bloß dabei gedacht! Genau das war eben das Problem. Seine Berührungen schalteten ihren Verstand aus und ihr Körper begann ein Eigenleben zu führen. Aber wie war das möglich? Sie hatte doch sonst alles unter Kontrolle. Er musste sie verhext haben. Mit dem Mann stimmte etwas nicht. Sie war heilfroh, ihm nie mehr begegnen zu müssen.

Dagegen traf sie heute Abend jemanden, der richtig nett war, und der sie, in null Komma nichts, diesen komischen Psycho vergessen lassen wird. Ihr Herz war sowieso ein unzuverlässiges Organ. Es hatte sie auch für Arnie schwärmen lassen und wohin hatte sie das gebracht? Genau! In die Situation, in der sie heute steckte. Das sagte doch alles.

In Gedanken über ihre Zukunft und ihre Vergangenheit, verflog die Zeit im nu. Am Ende brach bei ihr die Hektik aus. Noch kurz einen kritischen Blick in den Spiegel bevor sie ging, dann brach sie beschwingt auf.

An diesem lauen Sommerabend herrschte ungewöhnlich viel Verkehr und nach einigen hundert Metern kam sie mit ihrem Fiat nur im Kriechgang voran. Nachdem sie an einem Auffahrunfall vorbei defiliert wurde, ging es zügiger. Ihr Ziel war ein Stadtteil, wo sich Neubauten unter nüchterne Fabrikhallen mischten und moderne Lofts entstanden waren. Nicht gerade ein lauschiges Quartier, dachte sie. Junge und unternehmungslustige Menschen, die sich gerne ins Nachtleben stürzten, bevorzugten diese Wohngegend. Sie parkte vor einer ehemaligen Knopffabrik, betrat sie und fuhr im Fahrstuhl in die dritte Etage. Die Wohnung von Bennet war der vierte Eingang, auf der linken Seite. Sie klingelte.

Die Tür wurde aufgerissen, als hätte er dahinter auf sie gewartet und Liz wurde in die Diele gezogen. Sprachlos stand sie dem Putz-Psycho gegenüber und starrte ihn an. Wie kam der hierher? War er ihr wieder zuvorgekommen und hatte sich anstelle des netten Herrn Bennet hier eingeschlichen? Na warte, diesem »Willi23« wird sie was flüstern!

Sie holte Luft, um dem Spinner unmissverständlich mitzuteilen, was sie von seinen Spielchen hielt, als sich ein Metall um ihr Handgelenk schloss. Verwundert schaute sie es an. Handschellen! Wieso? Was nun? Sie zwang sich, kühl zu bleiben. Den Geisteskranken jetzt nur nicht provozieren. Wer weiß, was er mit ihr vorhatte? Stopp! Nicht weiterdenken!

Gerade das war es, woraus diese Psychos ihre Befriedigung zogen, wenn ihr Opfer um Gnade bettelte und weinend zusammenbrach. Sie musste unbedingt die Kontrolle behalten.

»Sie haben mich aber erschreckt«, zwang sie sich, mit einer tiefen Sexy Stimme zu sagen. Im Gegensatz dazu raste ihr Herz. Ihr Gegenüber strahlte sie stolz an.

»Guten Abend Babsi. Das hätten sie nicht gedacht. Wie es scheint, meinte es das Schicksal gut mit uns.« Er deutete eine Verbeugung an. »Kleiner Scherz meinerseits«, grinste er. »Wie Sie sehen, liegt mir ihre Gesellschaft sehr am Herzen. Ich mag Sie gar nicht wieder gehen lassen. Sie sind sich Fesselungen sicher gewohnt, gehören sozusagen zum erweiterten Angebot ihrer Dienste. Damit wird der sexuelle Reiz gesteigert, habe ich mir sagen lassen.« Er war sichtlich zufrieden.

Babsi alias Liz überlegte fieberhaft, wie sie aus dieser Falle wieder rauskam! Sie schwor, wenn sie das hier überlebte, würde sie sich nie mehr vermitteln lassen. Mit all den Psychos, die frei herumliefen, war das lebensgefährlich. Zumal sie absolut ungeeignet für diesen Job zu sein schien.

»Kommt darauf an«, meinte sie doppeldeutig. »Jeder hat seine eigenen Vorlieben.« Sie zwang sich krampfhaft, locker zu wirken. »Wie soll es denn weitergehen?«, fragte sie mit Unterton und trat lächelnd näher. »Hatten Sie sich da etwas Bestimmtes vorgestellt?« Dann begann ihre Stimme zu beben und sie blickte ihn aus großen Augen an. »Oder möchten sie, dass ich mich vor ihnen fürchte, sie böser, böser Mann?«

Harry Bennet war fasziniert. In ihrem luftigen Kleid und dem roten Mantel haftete ihr ein Flair von Rotkäppchen an. Er wäre dann, der große, böse Wolf. Nein, die Rolle behagte ihm nicht, auch nicht im Spiel. Besser, er ließ das Geplänkel bei Seite und fragte sie, was er wissen wollte.

Doch da schlang Babsi alias Liz ihre Arme um seinen Hals, kraulte seinen Nacken und küsste ihn. Sie vertiefte den Kuss und die Umarmung wurde hemmungsloser. Sie schmiegte sich in einem erotischen Akt der Verschmelzung an ihn, streichelte und berührte seinen Körper und wand sich, mit allem was ihr zur Verfügung stand um ihn. Bis ihre und seine Glieder kaum mehr auseinanderzuhalten waren.

Harry hatte das Gefühl in eine Wäscheschleuder geraten zu sein und war unschlüssig, was er dazu beitragen konnte, ohne den Höhepunkt zu verpassen. Sie hatte einen kometenhaften Start hingelegt, während er aus dem Stand heraus kaum vom Boden abheben konnte. Nichtsdestoweniger löste ihre stürmische Art bei ihm einschlägige Reaktionen aus. Ihre flinken Finger schienen überall gleichzeitig zu sein, schlüpften unters Hemd, strichen über nackte Haut, öffneten Gürtel und kneteten Gesäßbacken. In seinen Gefühlen verstrickt schloss er genüsslich die Augen.

Zwar entwickelte sich das Treffen nicht ganz nach Plan, aber er musste zugeben, diese Richtung gefiel ihm auch nicht schlecht. Harry gab sich voll hinein, als er plötzlich ins Leere griff und kurz die Balance verlor. Leicht verträumt schaute er hoch, um den Grund für die Unterbrechung zu erfahren. Und sah es nicht kommen!

»Arschloch!« Ein Kinnhaken traf ihn genau da, wo es weh tat. Ächzend schüttelte er den Kopf, um den belämmerten Blick loszuwerden. Babsi alias Liz hatte sich in einen feuerspeienden Drachen verwandelt, dem der Zorn aus den Ohren quoll. Mit und ohne Mantel würde sie keiner mehr für Rotkäppchen halten. Sie klopfte ihm wütend vor die Brust »Spielen Sie allein! Ich zeige Sie an! Und sollte ich Sie jemals wieder treffen, erst recht!« Um ihrer Drohung den nötigen Nachdruck zu verleihen, trat sie ihm vors Schienbein und stürmte Türe knallend davon. Harry fluchte und hüpfte vor Schmerz.

Das alias Babsi, war ein für alle Mal gestorben.

Harry staunte, was für ein Abgang! Sie hatte etwas von einer Dramaqueen. Aber so einfach wollte er sie nicht ziehen lassen. Er eilte ihr nach und riss dabei einen Teil des Dielenschranks mit. Verdutzt stellte er fest, dass sie während des Küssens, die Handschellen, die er ihr angelegt hatte, aufgeschlossen hatte und ihn stattdessen angekettet hatte. Er hatte die Tür des Kastens gleich abgerissen. Als er sich endlich davon befreit hatte, stolperte er über seine Hose, die ihm auf die Knöchel heruntergerutscht waren.

Kopf schüttelnd sah er sich an. Sie hat es wieder geschafft! Diese perfide Sirene hatte ihn kaltlächelnd ausgetrickst, ihm einen Gefühlstornado vorgespielt, war auf seinen Gefühlen herumgetrampelt und hatte ihn zum Deppen gemacht. Sein Charme, mit dem er sonst erfolgreich bei den Frauen landen konnte, schien an ihr abzuperlen. Er im Gegensatz dazu, verlor jedes Mal komplett den Kopf. Wahrscheinlich war sie kalt wie eine Hundeschnauze und zu echten Emotionen gar nicht fähig.

Er konnte doch nicht ahnen, dass sie bei dem Scherz mit den Handschellen gleich durchdrehen würde. Tief in seinem Stolz getroffen, rieb er sich sein Schienbein und schwor ihr das bei Gelegenheit heimzuzahlen.

20.

»Das waren bestimmt diese Jugendlichen, die den Briefkasten gesprengt haben «, schimpfte der Juwelier van Hohenstett. »Die Polizei
wird sich wundern, was für ein Pack in der Gegend wohnt.« Bemüht seiner Behauptung mehr Gehalt als offensichtlich war zu verleihen, klopfte
er dazu auf den Küchentisch. Es war Feierabend, und nach zwei Bier-
chen saß ihm die Zunge etwas lockerer. Seine Frau mochte das wieder-
kehrende Gezeter über die Jungen nicht mehr hören, und stellte ihre
Ohren auf Durchzug. Ihr Mann wetterte dauernd über den oder jenen,
der ihm nicht passte. Sie hatte schon vor langer Zeit die Hoffnung aufgegeben, dass sie mit den Nachbarn in Eintracht leben könnten. Als er
Luft holte, wappnete sie sich innerlich gegen den nächsten wüsten Re-
deschwall.

Doch da unterbrach ihn das Klingeln des Telefons. Sie blickten einander fragend an. Wer würde um diese Zeit anrufen? »Vielleicht einer der
Täter, der sich entschuldigen will. Oder ein Polizist, der nach dem Weg
fragt«, versuchte er zu scherzen und tappte hin, um abzuheben. Er
wirkte heute seltsam kraftlos, als ob er über Nacht um Jahre gealtert war.

»Ja!«, blaffte er in die Muschel.

Am anderen Ende forderte eine heisere Stimme: »Wir wollen die Diamanten! Schnell! Sonst werden wir eine größere Bombe legen. Und Du
bist tot.«

Van Hohenstett riss das Telefon vom Ohr, als hätte ihn eine Schlange
gebissen.

Lange, nachdem längst das Freizeichen ertönte, stand er noch immer
da, den Hörer verloren in der Hand.

»Wer war es?«, fragte seine Frau.

Er blickte sie an, als sähe er sie zum ersten Mal. »Ähem,« räusperte er sich. Die Drohung hatte ihm die Stimme verschlagen. »Hat aufgelegt – falsch verbunden.«

Seufzend ging er zurück, setzte sich aufs Sofa und stützte die Hände auf die Knie, um das Zittern, das seinen ganzen Körper erfasst hatte zu überspielen.

Seiner Frau war nicht entgangen, dass er erschüttert schien, aber wie so oft, wollte er sie nicht ins Vertrauen ziehen. Resigniert ging sie in die Küche. Wenn er diesen verbissenen Zug um den Mund hatte, war nichts aus ihm heraus zu bekommen. Er würde sie nur belügen.

Im Wohnzimmer starrte van Hohenstett vor sich hin. Nun wusste er, wer die Urheber der Explosion waren. Nicht die Jungs aus der Nachbarschaft, seine Glaubensbrüder des Phalaeonopsis Ordens waren es gewesen. Er hatte ihnen vor Wochen eine Spende in Millionenhöhe versprochen. Sie wurden zunehmend ungeduldiger, denn sie hatten mit dem Geld für die Realisierung ihrer Pläne fest gerechnet. Die Bombe war eine Warnung gewesen und eine Aufforderung vorwärtszumachen.

Aber er konnte nicht, er war nach dem Einbruch pleite. Erst wenn die Versicherung gezahlt hat, und das würde dauern. Sie mussten das verstehen, eine so hohe Spende stand nun völlig außer Frage.

Doch ihre Drohung war unmissverständlich gewesen. Er war in Gefahr. Der Phalaeonopsis Orden befürchtete, dass er es sich anders überlegt hatte und setzte Druck auf. Die Brüder erwarteten, dass er zu seinem Wort stand. Er musste ihnen die Sachlage erklären, und zwar schnell. Er würde wirklich gerne spenden, aber der Orden musste sich etwas gedulden.

Er hätte nie gedacht, dass seine Glaubensbrüder so weit gehen würden und ihm sogar nach dem Leben trachteten. Von Unruhe erfasst, schaute er sich um. Wurde er bereits beschattet? Vielleicht saß er in seinem Haus auf einer Bombe? Kalter Schweiß brach ihm aus. Er sprang auf, zerrte in der Diele den Regenmantel vom Bügel und rief in die Küche: »Ich gehe schnell auf ein Bier. Warte nicht auf mich. Es wird spät.« Bevor seine Frau antworten konnte, fiel die Tür hinter ihm zu.

»Ich wünsche dir auch einen schönen Abend«, antwortete sie etwas lakonisch, in die verbleibende Leere. Na ja, dachte sie: Jedem das seine. Das kam ihr nicht ungelegen. Schon den ganzen Abend wartete sie auf eine Gelegenheit, wie sie von ihm unbemerkt den Computer einschalten konnte. Sie hatte ein Kontaktinserat am Laufen und vielleicht hatte jemand geantwortet. Oder jemandem unterhielt sich mit ihr über den Chat. In den letzten Wochen war ihr das zur Lieblingsbeschäftigung geworden. Vor allem, wenn der, sie 'innig liebende' Ehemann allein zu Hause sitzen ließ. Einer der Kontakte war überraschend interessant ausgefallen. Sie hatte sich mit einem Typen aus dem Milieu auf ein Abenteuer eingelassen. Mit etwas Glück ergab sich vielleicht bald ein nächstes Treffen.

21.

Endlich zu Hause, legte Liz seufzend ihren Mantel mit der Handtasche ab. Nach ihrem Weggang aus der Loftwohnung mit dem Psycho war sie, in einer Art Schockzustand kreuz und quer in der Stadt herumgefahren. Schluss mit den blöden Kontaktadressen. Es musste einen anderen Weg geben, um das fehlende Geld zu beschaffen.

Sie schlüpfte aus dem Kleid und tauschte es gegen einen bequemen Hausdress. Noch immer aufgedreht, suchte sie nach einer Beschäftigung, um sich abzuregen. Ein Blick in die Runde genügte und ihr war klar, wie. Sie streifte sich Gummihandschuhe über und begann mit der Reinigungstour durch ihre vier Wände.

Tief in die Aufgabe versunken, schreckte sie die Klingel hoch. Durch den Spion sah sie einen Fremden, mittelgroß, mit rundem Kopf und dem Ansatz einer Glatze. Er schaute direkt in die Linse und Liz zuckte ertappt zurück. Er sah zwar nicht aus wie ein Nachbar, der sich Zucker borgen wollte, aber man wusste nie.

Entschlossen öffnete sie.

»Guten Abend. Sind Sie Elisabeth Bardi, Arnies Ex-Frau?« Der Mann kam näher und legte seine Hand lässig in den Türrahmen.

»Warum fragen Sie?« Mit Arnies Freunden wollte sie nichts zu tun haben.

»Er hat etwas gemopst, was eigentlich nicht ihm gehört. Ich war schon bei ihm, aber da war Nichts. Vielleicht hat er es ja bei ihnen deponiert.« Mit jedem Wort kam er näher, während sie zurückwich.

»Wie kommen Sie darauf? Ich habe mit Arnie nichts mehr zu tun. Gehen Sie zu ihm.«

»Das ist leider nicht möglich«, meinte er schulterzuckend.

Arnie scheint tatsächlich abgehauen zu sein, dachte Liz. Der Fremde war eingetreten und stand in ihrem Gang wie ein Berg. Mit seinen über hundert Kilo Lebendgewicht war er fast doppelt so breit wie sie.

»Am besten, ich sehe mich schnell um. Wer weiß, vielleicht hat er etwas liegengelassen.«

Das ging ihr entschieden zu weit: »Was glauben Sie eigentlich, wer sie sind!«

Mit einer Schnelligkeit, die sein gemütliches Äußeres Lügen strafte, packte er sie am Arm und drückte ihn auf den Rücken, bis es schmerzte. So schob er sie vor sich her in die Küche und fesselte ihre Handgelenke mit Kabelbinder an die Heizungsrohre. Gewissenhaft prüfte er sein Werk und meinte: »Hochnäsige Weiber kann ich nicht ausstehen. Ich habe nett gefragt, Mann.« Dann schlug er sie ins Gesicht und wiederholte seine Frage mit Nachdruck. »Wo sind die Diamanten, die Arnie gestohlen hat versteckt? Denk gut nach.«

Liz sah ihn verständnislos an: »Ich weiß nicht wovon Sie reden?« Ihre Wange brannte und in den Ohren pfiff es.

»Falsche Antwort.« Er schlug wieder zu, diesmal die andere Seite. »Noch mal: Wo sind die Klunker?«

Sie schüttelte den Kopf und versuchte das Pfeifen loszuwerden. »Hören Sie, wenn sie Geld brauchen. In der Handtasche im Flur ist es. Mehr habe ich nicht.«

Der Mann war mit zwei Schritten bei der Tasche, stülpte sie kurzerhand um, sodass der Inhalt auf den Boden fiel. Unbefriedigt kam er wütend wieder. »Willst du mich für blöd verkaufen?« Sein Faustschlag traf sie, obwohl sie versuchte auszuweichen. Ihr blieb die Luft weg. Er beugte sich zu ihr vor, bis sie seinen Atem im Gesicht spürte. »Du bist keine große Hilfe. Ich werde mich mal kurz umsehen. Inzwischen bist du mäuschenstill!« Er packte ihr Kinn. Erst als sie nickte, ließ er los. Kurz darauf hörte sie, wie er ihre Möbel auseinandernahm, Schränke aufriss, Schubladen auskippte und Regale umwarf. Besser, sie dachte nicht daran.

Sie richtete sich auf und sah sich um. Hier musste doch ein Werkzeug zu finden sein, mit dem sie die Fesseln aufschneiden konnte. Was für ein Pech, dass sie kurz zuvor die Küche aufgeräumt hatte. Alle Messer waren in der Schublade, und diese befand sich eineinhalb Meter von ihr entfernt. Und war damit fast unerreichbar. Trotzdem, ein Versuch war es wert.

Sie lehnte nach vorne und streckte ihr Bein so weit aus, dass sie mit den Zehen an die gewünschte Lade kam. Sie zog sie sorgfältig, unter Aufbieten all ihrer akrobatischen Fähigkeiten auf und tastete nach einem Schneidewerkzeug. Mit angehaltenem Atem konzentrierte sie sich darauf, ein Rüstmesser mit den Zehen festzuhalten. Geschafft! Leise triumphierend balancierte sie es heran. War es die Schwerkraft oder die fehlende Muskelkraft? Es rutschte plötzlich davon und fiel klimpernd auf den Steinboden. Liz erschrak und lauschte. Hatte der Fremde etwas gehört? Ihr klopfte das Herz bis in den Hals. Er eilte herbei und blieb keuchend vor ihr stehen.

»Schau an. Was willst du denn damit?« Er bückte sich und hob das Küchenmesser auf. Sein forscher Blick wich einem hämischen Grinsen. Er lächelte wie ein Kind, das zum Mitspielen eingeladen wurde. »Das bringt mich auf eine Idee«, und begann sich in aller Ruhe, mit der Klinge die Fingernägel zu reinigen. »Immer arbeiten, Mann, das ist voll öde! Wo bleibt da der Spaß?«

Liz hatte sich innerlich für den nächsten Angriff gewappnet, doch zu ihrer Überraschung wollte er sie küssen. Angeekelt wandte sie sich ab und zog aus einem Reflex heraus ihr Knie hoch. Das saß. Er klappte jaulend vornüber und hielt sich die schmerzende Stelle.

»Du scheiß Nutte! Das werde ich dir heimzahlen«, schwor er durch zusammengebissene Zähne. Als die Röte in seinem Gesicht wieder etwas nachließ, packte er ihre Beine und fesselte auch sie an die vertikal verlaufende Leitung. Dann griff er in ihre Haare und zog ihr Gesicht nahe zu sich heran. »Genug geblödelt. Wo sind die Diamanten? Rede!«

Mit vor Schmerz tränenden Augen, schrie sie: »Ich weiß es nicht.«

»Gib dir gefälligst etwas Mühe! Erinnere dich! Hat er dir ein Säckchen gegeben?«

Liz verdrehte verzweifelt die Augen. Wie konnte sie nur diesen Neandertaler überzeugen? Wenn sie gewusst hätte, wo die Diamanten wären, hätte sie es ihm, ohne zu zögern gesagt. Da sie keine Ahnung hatte, wird er sie schlagen und quälen, bis sie tot war, um das herauszufinden. Das schien zur üblichen Ausführung seiner Aufträge zu gehören. Trotzdem versuchte sie, ihn erneut zu überzeugen: »Ich habe mit Arnie nichts zu tun. Wir sind schon viele Jahre geschieden.«

Das Messer in seiner Hand kam bedrohlich näher. »Falsch! Du lügst. Man hat euch zusammen gesehen. Hatte er da die Diamanten dabei? Denk nach!«

Liz schluchzte auf und riss an ihren Fesseln, die so festsaßen, dass ihre Hände gefühllos geworden sind. »Wir waren bei der alten Fabrik vor der Stadt.«

»Und, weiter!«, die Klinge kam immer näher.

»Er wollte noch am gleichen Abend weg, ins Ausland. Ich weiß nicht wohin. Das müssen Sie mir glauben.« Die glänzende Spitze hielt kurz an. »Bitte, tun Sie mir nicht weh.«

Aber er dachte nicht daran sie zu schonen. Mit einem Grinsen stach er zu. »Mann. Wenn Du mich schon so nett bittest.« Die Klinge fuhr siedend heiß über ihren Arm, Blut tropfe auf den Fußboden. Liz weinte und zitterte und ihre letzte Kraft, drohte sie verlassen. Würde er sie grausam verstümmeln? Sogar wenn sie sich nicht mehr regte? Mitten in diesen Alptraum vernahm sie die Türglocke. Fast schien es so, als würde sie aus einer anderen Welt zu ihr hinüberschwappen. Von neuer Hoffnung erfüllt horchte sie. Kein Zweifel, da klingelte jemand.

Nun hatte es auch der Schläger gehört. »Fuck, Mann! Kein Wort, hörst du!«, flüsterte er und drohte ihr sonst mit dem Messer die Gurgel durchzuschneiden.

Wieder läutete es. Da nichts geschah, klopfte der hartnäckige Besucher an die Tür. »Hallo! Ist da jemand zu Hause?«

Der Fremde riss ihr Kopf an den Haaren zu sicher heran und zischte: »Suche und besorge die Steine, sonst...!«, wieder das Zeichen ihr die Gurgel durchzuschneiden. »Ich hole sie mir später«, und verschwand lautlos. Als hätte eine dunkle Macht sich verzogen, hellte sich die Küche gleich danach auf.

Am Eingang klingelte und hämmerte es weiter. Liz riss sich zusammen und mit aller Kraft rief sie: »Hilfe! Helfen Sie mir!« Doch es war wie in einem Alptraum. Die Angst schnürte ihr die Kehle zu, heraus kam nur mehr ein Krächzen. Um sich trotzdem bemerkbar zu machen, stampfte sie ein paar Mal fest auf den Boden.

»Hallo? Ist da jemand?«, fragte einer vor der Tür.

»Hilfe! Helfen Sie mir!« Sie sammelte Speichel, um ihre Stimmbänder zu befeuchten, und schrie, so laut sie konnte. »Hilfe! Ich bin gefesselt.«

»Verstanden. Achtung, wir kommen rein.«

Ein dumpfer Schlag, dann hörte sie knirschend das Holz splittern und schließlich flog die Tür auf. Zwei Polizisten sprangen mit gezückter Waffe herein und sicherten nach allen Seiten. Vorsichtig schauten sie sich um. »Hallo? Wo sind Sie?«

»In der Küche!«, wimmerte Liz.

Ein großer Mann im Anzug und ohne Haare trat zu ihr. In der Zwischenzeit durchsuchte sein Kollege die Wohnung.

»Warten Sie, das haben wir gleich.« Er zückte ein Jagdmesser, doch als er sah, wie sie davor zurückschrak, suchte er eine Schere und durchtrennte damit die Fesseln. Er zeigt ihr seinen Ausweis, Kommissar Walo Kranz. Erleichtert begutachtete sie ihre Schnittwunde am Arm, die zum Glück nicht sehr tief war, ein paar Peri Strip würden sie zusammenhalten.

Kommissar Kranz legte ihr besorgt seine Jack um die Schultern. Dankbar nickte Liz und zog sie fest um sich, während Tränen der Erleichterung ihr über die Wangen rannen.

22.

»Das war in letzter Minute. Vielen Dank.« Liz schaute Kommissar Kranz durch einen Tränenschleier an. Sie zitterte am ganzen Körper, als Reaktion auf den brutalen Überfall.

»Setzen Sie sich. Möchten Sie einen Tee?«

Sie nickte mit klappernden Zähnen, sie begann zu frösteln. Walo Kranz hantierte in der Küche und stellte ein paar Minuten später eine dampfende Tasse vor sie auf den Küchentisch, in das er kräftig Zucker hinein häufte. Liz warf ihm einen dankbaren Blick zu und nahm das warme Gefäß in beide Hände. Zusammengesunken schlürfte sie andächtig. Dabei schien sie noch mehr zu schrumpfen, als würde sie am liebsten in das Geschirr kriechen. Der Kommissar ließ ihr Zeit und ging ins Wohnzimmer, um mit dem Kollegen die Verwüstung zu protokollieren.

Liz war trotzdem eiskalt, das Schlottern wollte nicht aufhören und so beschloss sie eine heiße Dusche zunehmen. Ihre Kleider packte sie für die Spurensicherung weg. Im Bad, mit dem warmen Wasser, das auf sie niederprasselte, kehrte langsam wieder Gefühl in ihren Körper zurück. Ihre Spannung löste sich nach und nach und sie konnte weinen. Eine Viertelstunde später trocknete sie sich ab, wickelte sich ein Badetuch um und lief in ihr Zimmer, um frische Kleider zu holen. Sie erschrak. Der Fremde hatte Schubladen herausgerissen und Regale umgekippt, alles lag auf dem Boden in einem riesigen Durcheinander. Schluchzend musste sie sich erstmal setzen.

Mit bebenden Fingern suchte sie aus dem Haufen etwas zum Anziehen. Sie schlüpfte in ein paar Leggins und ein T-Shirt und kehrte ins Wohnzimmer zurück.

Die Polizeibeamten warteten auf sie und hatten einige Fragen. »Wer hat das getan? Kennen Sie ihn?«

Sie antwortete müde. »Ich weiß nicht wer das war. Er klingelte, und als ich die Tür öffnete, überwältigte er mich und band mich an den Heizungsrohren in der Küche fest. Er suchte nach Diamanten, die mein Ex-Mann jemandem gestohlen haben soll. Er glaubte, dass Arnie, mein Ex, sie bei mir versteckt hat. Ich erklärte ihm, dass ich keine Ahnung habe. Aber er wollte mir nicht glauben. Er schlug mich, und wenn sie nicht gekommen...«, ihre Stimme versagte.

»Können Sie uns den Mann beschreiben?«, fragte der Kommissar.

»Er war wenig kleiner als ich, untersetzt und kräftig gebaut. Ein grober Typ, überall mit Haaren bedeckt, außer auf dem Kopf, die kämmte er über die Stirn. Er sprach mit einem Akzent, aber gut verständlich.«

»Am besten kommen Sie anschließend mit auf den Polizeiposten und sehen die Verbrecherkartei durch. Vielleicht erkennen Sie ihn.«

»Hätte das nicht bis morgen Zeit?«, bat sie. Die Erschöpfung stand ihr im Gesicht geschrieben.

»Okay. Der Täter, hat er... Hat er Sie sexuell bedrängt?«

»Nebst den Edelsteinen, wollte er noch etwas Spaß mit mir haben. Als ich ihn zurückwies, hat er mich geschlagen, mir beinahe die Haare ausgerissen und hatte vor mich mit dem Messer gefügig zu machen.«

»Wie sagten Sie, kam er herein?«

»Er klingelte.«

Die beiden Polizisten tauschten einen wissenden Blick über ihren Kopf hinweg. »Warum haben Sie ihn hereingebeten?«

»Das tat ich nicht. Er drängt sich zur Tür herein.«

»Könnte es sein, dass ihre Ablehnung so formuliert war, dass er sie missverstand. Vielleicht waren sie zu Beginn damit einverstanden? Das

Spiel wurde heißer, mit Fesseln und so, doch plötzlich wurde ihnen dann zu grob?«

»Geht's noch! Ich würde mich nie freiwillig festbinden lassen, schon gar nicht von einem Fremden.«

Darauf folgte betretenes Schweigen, Kranz studierte das Teppichmuster und sein Kollege fixierte einen Punkt an der Wand.

Was sollte das? Was unterstellten sie ihr?

»Das Allerletzte!«, schäumte sie. Dachten die beiden tatsächlich, sie hätte das Ganze selbst herbeigeführt? Mit erhobenem Kopf, stelzte sie zur Tür: »War es das? Dann gehen Sie jetzt bitte! Und nochmal herzlichen Dank für die Rettung.«

Selbst nach diesem offenen Rauswurf machten die Polizisten keine Anstalten aufzustehen. Liz fragte sich, ob sie schwer von Begriff waren, oder was ihr Problem war.

»Sie werben im Internet für einen Begleitservice«, lieferte der Kommissar einen Beweggrund.

»Was tue ich?«, explodierte sie. »Was für eine Frechheit!« Ihr war sofort klar, dahinter steckte »Willi23«, mit ihm hatte sie sowieso noch ein Hühnchen zu rupfen.

»Sehen Sie, die Sache ist die: Solange Sie gegen kein Gesetz verstoßen, geht uns das nichts an. Natürlich können Sie eine Anzeige machen, aber wir können nur handeln, wenn wir wissen, worum es geht. Dazu müssen Sie solche Fragen schon beantworten.«

»Auf keinen Fall!« Für heute reichte es ihr. »Keine Anzeige, das hat sich soeben erledigt. Nochmal, Danke und auf Wiedersehen!«

»Ihre Entscheidung. Bedenken Sie doch: Ohne Anzeige kann von Gesetzes wegen, der Überfall nicht geahndet werden.« Der Kommissar sah sie fest an. »Der Schläger könnte wiederkommen und weitermachen, wo wir ihn unterbrochen haben.«

Liz bekam nur schon bei der Vorstellung Gänsehaut. Der Brutalo hatte ihr genau das angedroht.

»Am besten, Sie schlafen darüber. Am Morgen sieht die Welt oft anders aus.«

Sie nickte hölzern und riss die Klinke herunter. Aber zu ihrem Unmut kamen die beiden immer noch nicht in die Gänge. Waren alle Beamten so unhöflich?

»Das wäre das. Nun zu etwas anderem.« Kranz blätterte in seinen Notizen.

»Verzeihung. Das können wir doch bestimmt auch morgen besprechen, nicht? Ich bin wirklich sehr, sehr erschöpft.«

Der Kommissar sah ihr wieder fest in die Augen. »Der Grund, weshalb wir hier sind ist: Wir müssen ihnen mitteilen, dass ihr Ex-Mann Arnold Wyler gestern tot aufgefunden wurde. Erschossen.«

Sie starrte ihn an, als wären ihm soeben Hörner gewachsen.

»Aus den Akten entnahmen wir, dass Arnold Wyler der Vater ihrer Kinder ist. War ihr Kontakt zu ihm ungetrübt?«

»So würde ich das nicht nennen. Wir sahen uns selten und unregelmäßig.« Liz zog schaudernd die Schultern hoch und begann auf und ab zu gehen. »Ich mied ihn, wenn immer möglich. Er konnte mit den Kindern nichts anfangen. Sein Interesse galt im Allgemeinen mehr den Beziehungen, aus denen er Kapital schlagen konnte. Dagegen mied er jene, die ihn kosteten.«

»Hatten Sie in dem Fall Streit mit Wyler, zum Beispiel wegen der Besuchszeiten der Kinder oder den Unterhaltzahlungen?«

»Ich würde das nicht unbedingt so formulieren. Arnie war im günstigsten Fall anstrengend, sonst trieb er jeden zur Weißglut. Aber, wo läuft schon alles harmonisch? Ja, es kam vor, dass wir stritten.«

»Wussten Sie, ob Wyler in finanziellen Schwierigkeiten steckt?«

In ihrem Gesicht lockerte ein Lächeln ihre verspannten Züge: »Arnie war immer in Schwierigkeiten, finanzieller und anderer Natur. Als seine Ex-Frau, also als diejenige, die nie einen Rappen Unterhalt von ihm erhalten hat, kann ich ihnen versichern: Er wird erst mit seinem Tod keine Schwierigkeiten mehr haben.«

Die Beamten konnten sich ein Grinsen nicht verkneifen. »Der Fundort von Wylers Leiche, ein Acker, ist ziemlich sicher nicht der Tatort. Dazu haben wir an einem abgelegenen Ort Spuren sichergestellt, der als Tatort infrage käme. Dort wurde auch das ausgebrannte Auto des Opfers sichergestellt sowie viele verschossene Kugeln. Es sieht so aus, als wurde da wild herumgeballert. Kennen Sie das verlassene Fabrikgebäude im Industriegebiet?«

Sie nickte.

»Waren Sie in letzter Zeit aus irgendeinem Grund auf dem Fabrikareal?«

»Nein.«

»Wo waren Sie, am Mittwochabend, des 12. Junis, zwischen sieben und zehn Uhr abends?«

Liz überlegte kurz: »Ich bin nach der Arbeit nach Hause gegangen. Ich habe den Abend vor dem Computer verbracht, ich musste meine Mails neu ordnen. Danach bin ich schlafen gegangen.«

»Auf welche Art Anfragen antworten Sie? Sind das Kontakte des Begleitservices oder schreiben sie auf Anzeigen im Sex-Anzeiger?«, fragte Kommissar Kranz.

»Ich schreibe nur auf normale Partnerinserate.«

»Sie melden sich also auf normale Partnerinserate, um nach potenziellen Kunden zu fischen? Finden Sie das fair, gegenüber jenen, die eine ehrliche Freundschaft suchen?«, merkte sein Kollege an.

»Nein! Bitte zum Mitschreiben: Das tue ich nicht! Aber, schauen sie doch selbst. Und wissen Sie, unter uns gesagt, tummeln sich auf diesen Plattformen auch ohne Professionelle viele Leute, die lügen und betrügen, dass sich die Balken biegen.«

Er hob skeptisch die Brauen. »Zurück zu Wyler: Haben Sie einen Verdacht, wer ihn umgebracht haben könnte?«

»Nein. Ich weiß nicht, mit wem er verkehrte. Keine Ahnung. Als ich ihn das letzte Mal sprach, wollte er das Land verlassen.«

Der Kommissar klappte sein Notizbuch zu und er und sein Kollege erhoben sich. »Bitte kommen Sie morgen auf den Polizeiposten, um diese Aussage zu unterzeichnen. Falls ihnen später noch etwas einfällt, zögern Sie nicht, uns das mitzuteilen.«

Nachdem sie gegangen waren, schloss Liz die Tür, so gut es ging und blockierte sie, indem sie einen Stuhl zwischen Klinke und Boden klemmte.

Ihre Gedanken wanderten zurück zu ihrem Ex und seinem tragischen Tod. Sie hätte Arnie ein friedlicheres Ende gewünscht. Rückblickend bedauerte sie es, dass keine bessere Beziehung mit ihm möglich gewesen war.

Erschöpft legte sie sich ins Bett, und schlief ein, kaum dass ihr Kopf das Kissen berührte.

23.

Juwelier van Hohenstett hastete durch die Straßen und fragte sich zum wiederholten Male, wie er sich bloß in solch eine gefährliche Lage bringen konnte.

Alles hatte damit begonnen, dass sein Geschäft auf Grund der rezessiven Wirtschaftslage immer schlechter lief. Jedes Jahr musste er mehr Geld aus seinem Privatvermögen zuschießen. Vor einem Monat dann, wurde ihm obendrein ein Einschätzungsentscheid der Steuerbehörde zugestellt, worin er zu einer Nachzahlung von hunderttausend Franken aufgefordert wurde. Wie sollte er eine solche Summe aufbringen? Seine Rücklagen schmolzen bereits wie Butter an der Sonne. Diese Nachverrechnung bedeutete für ihn und seinen Laden die sichere Pleite.

Verzweifelt hatte er nach einem Ausweg gesucht und war auf die Idee mit dem Versicherungsbetrug gekommen. Je länger er darüber nachdachte, desto klarer sah er darin die Lösung, sich auf einen Schlag all seiner Sorgen zu entledigen. Das Juweliergeschäft war hoch versichert. Er könnte einen Einbruch vortäuschen lassen und die Schadensumme kassieren. Das auf diese Art gewonnene Kapital könnte er wieder investieren und sich, damit über Wasser halten, bis sich die Wirtschaftslage entspannt hatte.

Die Versicherung würde Belege sehen wollen oder einige Rechnungen, die Wert der Diamanten bewiesen. Also bestellte er Diamanten beim Großhändler, im Wert von über zehn Millionen, für die nächste Ausstellung. Wie immer wurde exakt aufgelistet was bestellt worden war, darauf eine Rechnung ausgestellt und eine Anzahlung verlangt. Ohne Vorauszahlung, keine Ware. Aber egal, er widerrief den ganzen Auftrag.

Er dachte, wenn er schon abkassierte, dann wenigstens richtig. Er räumte darum auch die verbliebenen Diamanten aus dem Tresor im Untergeschoss und verstaute sie im geheimen Safe, der in den Boden in seinem Büro eingebaut worden war, und von dessen Existenz nur er wusste.

Als dann der Phalaeonopsis-Orden wieder einmal ihre Mitglieder zu Spenden aufrief, versprach er großzügig einen Millionenbeitrag. Was sein Ansehen unter den Brüdern um hundert Prozent gesteigert hatte. Zugegeben, das war etwas voreilig gewesen. Wahrscheinlich wollte er damit sein Gewissen beruhigen. Aber, schließlich war es sein erster Betrug und er rechnete mit dem doppelten Geldsegen. Die Versicherung würde die vermeintlich gestohlenen Diamanten ersetzen, die ihm jedoch gar nicht wirklich fehlten.

Dann hing er abends betrunken-mimend in düsteren Bars herum und witzelte darüber, dass seine Diamanten absolut sicher seien, weil sein Tresor niemand knacken konnte. So dauerte es nicht lange und die Gauner brachen wie geplant bei ihm ein und knackten den Geldschrank. Nur, zu der Zeit war der leer gewesen.

Aber irgendwas war danach schiefgelaufen. Er konnte sich nicht erklären, wie Einbrecher von dem geheimen Safe im Boden seines Büros wissen konnten. Denn sie hatten diesen ebenfalls aufgebrochen und seine Diamanten daraus gestohlen. Am Ende hatte er nun nicht den doppelten Gewinn, sondern die doppelte Pleite. Er musste warten, bis die Versicherung zahlte und das konnte dauern.

Dass sein sorgsam eingefädelter Betrug nicht funktionieren wollte, wie er es geplant hatte, das war schlimm. Doch das alles verblasste, angesichts der unverhohlenen Drohung der Ordensbrüder. Wenn er doch nur an der letzten Messe den Mund gehalten hätte und nicht vor den versammelten Gläubigen versprochen hätte eine ganze Million zu spenden. Alles nur, um dem Wunder mittels Bomben, die notwendige Basis zu verleihen. Die Explosion galt als die höchste Ebene der Erkenntnis. Die Phalaeonopsisten wollten sich mit einer Riesendetonation ins Paradies zu transferieren. Dies galt als ihr höchstes Ziel, und sie waren überzeugt, dass sie auf diese Weise dem bevorstehenden Weltuntergang entgehen würden.

Van Hohenstett musste deshalb dringend mit dem Führer sprechen und bat ihn um eine Unterredung. Nun war er auf dem Weg dahin. Ihr Ordenstempel befand sich im Stadtkern, umgeben von Kunstgalerien und Antiquitätenhändlern.

Wenige Passanten waren unterwegs in den engen Gassen, als der Juwelier ängstlich von Tür zu Tür huschte. Er hatte sich zur Sicherheit seine Pistole eingesteckt, doch das machte ihn nur umso nervöser. Bange warf er einen Blick über die Schultern. Erst war ihm die Stille zu unheimlich, dann glaubte er, Schritte zu hören. Er drückte sich Schutz suchend in eine Ecke und horchte. Nichts! Erleichtert drehte er sich um. Da klopfte ihm jemand auf den Rücken. Sein Herz blieb beinahe stehen. Vor ihm stand eine Gestalt. Nach und nach konnte er die Gesichtszüge des andern unter der Kapuze erkennen.

»Führer! Sie haben mich zu Tode erschreckt.« Mit weichen Knien folgte er ihm in den Tempel. Im Erdgeschoss führte eine breite Treppe hinab zu den anderen Räumen. Sie betraten den zweiten Raum von links, er war zur Transferierung bestimmt. Als der Lichtschalter ange-dreht wurde, sah sich van Hohenstett von einer Gruppe vermummter Gestalten umgeben. Sie alle trugen über der traditionellen weißen Tu-nika, einen dunklen Umhang mit Kapuze.

»Hast du die Diamanten?«, fragte der Führer ungeduldig.

»Nein. Die Einbrecher haben mir alles gestohlen.«

»Du sagtest doch, du bist schlauer als die Gauner. Wir brauchen jetzt die Ware! Die Soeur Detonation muss die Ausrüstung für die Bomben beschaffen. Es eilt. Mit jedem Tag wird die Bedrohung durch den bevor-stehenden Weltuntergang grösser.«

Van Hohenstett erklärte hastig: »Die Sache ist: Mein Plan ist schiefgelaufen. Es ist alles weg. Die Diebe haben mir auch jene Diamanten geraubt, die ich euch schenken wollte. Ich bin ruiniert.«

»Du lügst!«, herrschte ihn der Führer an.

»Ich schwör es. Das ist die Wahrheit. Es ist alles weg. Bitte, glaubt mir.«

»Genug! Bring die Diamanten, oder Du bist tot!«

Der Juwelier flehte: »Aber, ich habe nichts mehr. Glaubt mir doch. Bitte!«

»Ha, ha!« Ein bellendes Lachen ertönte. Die Menge teilte sich, um der Sprecherin Platz zu machen. Die Soeur Detonation stand mit gesenktem Kopf da und strich mit ihrem Daumen prüfend über die Klinge ihres Nahkampfmessers. »Lacht Freunde! Unser Bruder ist ein Clown.« Sie hob theatralisch die Arme und rief: »Ha!« Im nächsten Augenblick sprang sie ihn mit der Klinge im Anschlag an. Der Führer trat entschieden dazwischen und schüttelte den Kopf. Und an den Juwelier gewandt: »Bring die Diamanten. Wir zählen darauf!«

Van Hohenstett schaute verzweifelt von einem zum anderen, aber seine Brüder zeigten kein Mitleid. Nur weg hier! Wie von Hunden gehetzt rannte er aus dem Tempel.

Wie lange er danach durch die Straßen geirrt war, konnte er später nicht sagen. Durchnässt vom Regen, verschwitzt und mit schmerzenden Füssen, blieb er schließlich erschöpft stehen. Es half alles nichts. Er konnte rennen, solange er wollte, seine Brüder wussten, wo er zu Hause war.

Wie konnte er sie überzeugen? Wo war er in Sicherheit? Er musste eine Lösung finden. Nur was? Müde schleppte er sich weiter, die Straße hinunter, bis er zu einem großen Postgebäude kam. Durch die vergitterten Fenster fiel warmes Licht auf den Gehsteig.

Kurzerhand rückte van Hohenstett seinen Hut zurecht und trat ein. In der Eingangshalle herrschte zu dieser Zeit geschäftiges Treiben. Er schüttelte die Nässe ab und wartete. Als ein Schalter frei wurde, trat er hinzu.

»Guten Abend«, begrüßte ihn die Beamtin.

Van Hohenstett nickte und hielt der verdutzten Frau seine Pistole vor das Gesicht: »Geld her! Sofort!« Er deutete auf die Kasse vor ihr. »Alles was da ist. Los!«

Die Postbeamtin erschrak und wagte kaum zu atmen. War es die Verwirrung oder der Schock: Anders als befohlen, hob sie langsam die Hände. Hinter ihr und außerhalb seines Blickwinkels, fiel etwas scheppernd zu Boden.

»Los! Beeilung!«, drängte er.

Die Frau schluckte krampfhaft und begann unkontrolliert zu zittern.

»Machen Sie schon! Das Geld in einen Sack, los!«, herrschte er sie an.

»Haben Sie denn einen?«, fragte sie mit hoher Stimme.

»Was?«, fragte er genervt.

»Na, einen Sack. Haben sie einen?«, wiederholte sie.

»Was soll ich?« Er wurde immer nervöser.

»Na, den Sack. Haben sie?« Ihre Stimme überschlug sich.

»Verdammt! Habe ich nicht. Sie haben da hinten sicher einen!«, wies er mit der Waffe an, und reckte suchend seinen Hals.

»Eben nicht!«, heulte die Bedrohte auf. Doch dann, war sie plötzlich weg. Abgetaucht. Aber wohin?

Van Hohenstett drückte sich an die Trennscheibe, um besser sehen zu können, konnte sie jedoch nirgends entdecken. Wütend ballerte er blindwütig in die Schutzscheibe.

Der Hall im Postgebäude war Ohren betäubend. Das Spezialglas des Schalters hielt den Kugeln stand und sie stoben als Querschläger in alle Richtungen davon. Eine dieser umgelenkten Geschosse traf den Räuber selbst. Mit einem Schrei ließ er die Pistole fallen und krümmte sich vor Schmerz.

Die Angestellten hatten sich hinter einem massiven Eichenpult verschanzt und trauten sich nur zu flüstern. Gleich zu Beginn hatten sie den Alarmknopf gedrückt und damit wurden auch gleich die großen Eingangstüren automatisch verriegelt.

Jeden Augenblick wird das Überfallkommando der Polizei eintreffen, ihre Sirene war bereits zu hören. Wenig später stürmte die schwer bewaffnete Spezialeinheit in die Schalterhalle. Sie sammelten den verunglückten, sich am Boden wälzenden van Hohenstett auf und brachten ihn ins Gefängnis

24.

Ein Knirschen schreckte Liz aus dem Halbschlaf. Was war das? Es hatte sich angehört, als würde jemand ums Haus schleichen. Angestrengt horchte sie, doch es blieb still. Ihre Nerven spielten verrückt. Was nicht verwunderlich war, nach diesem Tag und allem, was ihr geschah. Seufzend drehte sie sich auf die andere Seite. Der Überfall bei sich zu Hause raubte ihr die innere Ruhe. Zudem trug die Tatsache, dass sich ihre Wohnungstür nicht mehr richtig verschließen ließ, nachdem die Polizei sie eingetreten hatte, nichts dazu bei, dass sie sich sicher fühlte.

Besorgt und aufgewühlt wälzte sie sich im Bett hin und her. Und Arnies tragischer Tod war ebenfalls beunruhigend. Obwohl sie ihm am Schluss wenig, eigentlich gar kein Verständnis entgegenbringen konnte, hätte sie ihm ein längeres Leben gegönnt. Immerhin, fielen nun wenigstens seine Erpressungen weg. Aber, in was für eine Geschichte mit Diamanten war er da verwickelt? Es passte zu ihm, dass er seine Komplizen darum betrogen hatte. Doch wie, um alles in der Welt kamen sie darauf, dass sie die Beute habe? Der Schläger wollte deshalb wiederkommen. Was sie erneut erschauern ließ.

Sie brauchte Hilfe. Nur, wem konnte sie trauen? Die Polizei wollte sie nicht ins Vertrauen ziehen. Bei ihnen wusste man nie, woran man war. Ehe man sich versah, fiel der Verdacht auf einem zurück. Am Ende würde man ihr noch unterstellen, mit ihrem Ex-Mann gemeinsame Sache gemacht zu haben. Das hatte sie schon mal erlebt, das hatte ihr für alle Zeiten gereicht.

Ihre letzte Hoffnung waren ihre Eltern. Kurz entschlossen griff sie zum Telefon. Trotz der vorgerückten Stunde hob ihre Mutter nach dem dritten Ton ab. »Hallo Mamita.«

»Lissa, wie geht es dir?«, begrüßte sie ihre Tochter mit dem Kosenamen von früher.

»Geht so. Entschuldige, dass ich so spät in der Nacht anrufe. Schlaft ihr schon?«

»Ach wo. Wir schauen fern, eine dieser Krimiserien. Was hast du denn? Ist etwas passiert?«

»Ich kann nicht schlafen, ich habe Angst. Hast du gehört, Arnie ist gestorben«, erzählte sie.

»Arnold, der war doch noch nicht alt. Und warum hast du Angst?«

»Ich bin überfallen worden. Ein Fremder hat meine Wohnung verwüstet, die Regale umgeschmissen und Sachen aus dem Schrank herausgerissen.« Liz schaute sich unsicher um. Was war das für ein trügerischer Schatten in der Ecke?

»Oh, poverina, armes Kind. Du musst das sofort der Polizei melden! Solche Leute gehören eingesperrt.«

»Das habe ich. Bei der Gelegenheit erfuhr ich, dass Arnie um Leben gekommen ist.«

Die Mutter schlug vor, sie solle die Nacht bei ihnen verbringen. Bei den Bardis würde niemand wagen, sie zu belästigen, und sie könnte in Ruhe schlafen. Das ließ sich Liz nicht zweimal sagen. Sie packte schnell etwas zum Umziehen ein und machte sich auf den Weg. Ihre Eltern wohnten in einer kleinen Mietwohnung am Stadtrand. Vor über dreißig Jahren waren sie aus Süditalien eingewandert und hatten sich hier ein zu Hause geschaffen.

Die Mutter war sehr katholisch. Pflichtbewusst versuchte sie, jeden zu bekehren, und verteilte ihren Bekannten und Verwandten regelmäßig kleine Heiligenbilder. Zudem glaubte sie fest an die Weissagungen des »Beppi«, ein gläubiger Seher und selbsternanntes Sprachrohr der Muttergottes Maria. Sie stürzte ihre Familie in eine Krise, als der Seher den baldigen Kollaps der Großbanken voraussagte. Die Mutter wollte ihr Erspartes keiner Bank mehr anvertrauen, sondern die Notenbündel im Dachstock aufbewahren. Unter Aufbietung all ihrer Überredungskünste konnten der Vater und Liz sie überzeugen, das Geld wenigstens auf die Staatsbank zu bringen. Wie die Geschichte zeigte, sollte der Seher recht behalten, viele Banken liefen bankrott, doch ihr Geld war auf der Staatsbank sicher.

Liz' Vater war ein, aus der Mode gekommener Macho, der sich im Zeitalter der Gleichberechtigung nur mit Hilfe seiner Frau zurechtfinden konnte. Mit wachsender Besorgnis merkte er, wie seine Autorität bröckelte, aber sie reichte immer noch für seine Frau und deren Freundinnen. Sie waren bescheidene Leute, hatten ein großes Herz und freuten sich, wenn die Tochter mit den Enkeln zu Besuch kam.

Als Teenager hatte sich Liz intensiv mit den strengen Glaubensvorstellungen ihrer Mutter befasst und sich davon emanzipiert. Es reizte sie, einige der religiösen Tabus zu brechen und Arnie war genau der richtige Gegenpol, um neue Wege zu gehen. Sehr zum Leidwesen ihrer Eltern. Sie hatten ihre Tochter gewarnt, sie hielten ihn für einen Taugenichts, der ihr den Kopf verdrehte. Die Zeit hatte ihnen recht gegeben. Wie befürchtet hatte er sie mit den Kindern sitzen gelassen. Aber das war kein Trost.

Liz traf kurz vor Mitternacht bei ihnen ein. Ihr Vater öffnete nur eine Handbreit und flüsterte: »Komm schnell.« Mit einem alten Karabiner im Anschlag sicherte er nach allen Seiten und zog sie herein.

»Meine Güte, Paps! Was willst du denn mit dem Gewehr?«, fragte sie und küsste ihn auf die Wange.

»Cara Principessa. Reine Vorsichtsmaßnahme. Ich bin für den Ernst-
fall gewappnet. Wenn jemand an dich ran will, dann nur über meine Leiche.«

Liz wusste nicht, ob sie lachen oder weinen sollte. Es war lieb von ihm.
Aber sie wollte auf keinen Fall ihre Eltern da hineinziehen. Sie umarmte
und küsste ihre Mutter. »Ciao Mamita.«

»Was sagst du dazu? Wir befinden uns im Ausnahmezustand. Dein
Vater will jeden Eindringling sofort erschießen und hinterher erst Fragen
stellen. Was wenn der Nachbar sich ein Ei ausleihen will und mit dem
Gewehr vor der Nase begrüßt wird? Der denkt doch, dass dein Paps
Amok läuft und seine Familie auslöschen will!« Ihre Mutter schüttelte den
Kopf. »In was für Zeiten leben wir! Ah, Madre de dio!«

Liz stellte ihre Tasche in der Diele ab. »Ich setze uns einen Tee auf«,
schlug sie vor. Ihre Eltern nickten. Der Vater folgte ihr mit dem Gewehr
in die Küche. »Bitte Papa, tu das Gewehr weg. Du machst mich damit
nervös. Am Ende verletzt Du aus Versehen noch jemanden.«

Er schaute sie leicht gekränkt an, wollte etwas entgegnen, überlegte
es sich anders und stellte das Gewehr griffbereit in den Flur. »Man muss
wachsam sein, der Feind darf uns nicht überraschen. Schon mancher
wachhabende Soldat hat seinen eigenen Tod verschlafen. Das wird mir
nicht passieren!«, mahnte er mit erhobenem Zeigefinger. »Sag, wie geht
es den Kindern?«

»Die Jungs sind munter und für zwei Wochen im Sommerlager«, be-
richtete sie, während sie den Tee aufbrühte und Tassen und Kekse auf
ein Tablett stellte. Sie trug alles ins Wohnzimmer, alle setzten sich und
griffen zu.

Nun wollte ihre Mutter wissen, warum Liz überfallen worden sei und
was der Kerl von ihr gewollt hatte. Liz seufzte und blickte in ihre Tasse,
als könnte sie dort die Antwort finden. Was konnte sie ihnen erzählen,

ohne ihnen Sorgen zu bereiten, und was würde sie besser verschweigen? Ihre Eltern würden sie nie im Stich lassen, aber sie würden unangenehme Fragen stellen. Und wie sie sie kannte, werden sie sich einmischen wollen. Auf Arnie waren sie nie gut zu sprechen gewesen und von ihrer Idee mit dem Begleitservice durften sie unter keinen Umständen etwas erfahren. Doch sie musste vorsichtig sein, denn ihre Eltern schienen einen sechsten Sinn dafür haben, wenn sie log.

Mehr denn je, brauchte sie aber jemanden, dem sie sich anvertrauen konnte. So begann sie ihnen, erst stockend und immer wieder mit Tränen kämpfend, ihre unsägliche Verstrickung darzulegen. Dass ihr Ex-Mann sie seit Jahren erpresst hatte, dass ihre Handtasche mit dem Schutzgeld für die Kinder gestohlen wurde, und schließlich vom Fremden, der sie gefesselt und geschlagen hatte. Erschöpft ließ sie ihren Kopf hängen.

»Oh, poverina, mein armes Kind«. Ihre Mutter umarmte sie und wiegte sie tröstend. Sie versicherten ihr, dass sie ihr natürlich helfen werden. Aber warum hatte sie ihnen nie etwas davon gesagt? Darauf erklärte ihnen Liz, ihrer Ansicht nach habe sie sich damals für Arnie und gegen ihre Eltern entschieden. Also sei es nur gerecht, dass sie nun selbst dafür sorge, sich aus dieser misslichen Lage zu befreien. Außerdem wollte sie sie nicht damit belasten. Arnie hatte auch jedes Mal versprochen, er werde sie nach der Geldübergabe in Ruhe lassen. Sodass sie jeweils die Hoffnung pflegte, es wäre das letzte Mal. Was leider nicht zutraf.

Papperlapapp, meinten ihre Eltern und wollten davon nichts wissen. Ihr Vater war, während sie sprach aufgesprungen und tigerte mit geballten Fäusten wie ein Raubtier auf und ab. Er wünschte, ihr Ex wäre noch am Leben, damit er ihm eigenhändig den Hals umdrehen könnte. Und drohte, wenn er einen von denen in die Finger kriegen würde, dann....

Je mehr sich ihr Vater ereiferte, umso ruhiger wurde Liz und die Anspannung fiel langsam von ihr ab. Mit jemandem über ihre Probleme zu reden, tat gut, und obwohl lieber unabhängig, war ihr die angebotene Unterstützung hoch willkommen.

Nun war es spät geworden, der neue Tag war schon eine Stunde alt und sie waren zu müde, um jetzt eine gute Lösung zu finden. Die Mutter half ihr, das Gästebett mit ihrer geliebten Barbie-Bettwäsche zu beziehen. Liz kuschelte sich darin ein, fühlte sich auf wundersame Weise geborgen und war nach wenigen Minuten eingeschlafen.

25.

Liz war kein Morgenmensch, mehr ein Morgenmuffel. Das war einer der Pluspunkte, den sie am Verkaufsberuf schätzte. Die Ladenöffnungszeiten waren erst um neun. So blieb ihr genug Zeit, um in Schwung zu kommen. Samuel und Johnny waren es gewohnt, dass ihre Mutter beim Frühstück nur das Wichtigste des Tagesprogrammes besprach.

An diesem Morgen, bei ihren Eltern, schlich sie in Pantoffeln und Morgenmantel in die Küche, dem Geruch von frischem Kaffee folgend. Ihre Mutter war mit der Zubereitung des Frühstücks beschäftigt.

»Guten Morgen. Gut geschlafen?«, begrüßte sie sie munter.

»Morgen. Hm, hm«, grüßte sie und sah sich nach einer Tasse um, an der sie sich festhalten konnte. Sie hatte einen zauberhaften Traum und wollte noch gerne etwas darin schwelgen.

Ihr Vater setzte sich mit einer Zeitung in der Hand dazu. Auch er, war eher wortkarg. Ihr Vater setzte sich mit einer Zeitung in der Hand dazu. Auch er, war eher wortkarg. Im Gegensatz zu ihnen schwang die Mutter gut gelaunt den Kochlöffel, zur Musik aus dem Radio. Dann drehte sie den Ton etwas leiser und sagte zu Liz: »Du benötigst einen juristischen Rat von einem, der etwas davon versteht, der sich auskennt mit Gesetzen und Verbrechern.«

Liz und ihr Vater schauten interessiert hoch.

»Da gäbe es diese Gelegenheit. Ich putze doch nebenbei. Samstags reinige ich die Büros der Staatsanwaltschaft, also heute. Wie wäre es, einen von denen zu fragen? Einer der Staatsanwälte ist sehr nett und grüßt mich immer freundlich. An so einem Samstag wie heute, ist er immer an der Arbeit. Der hat wahrscheinlich weder Frau noch Kinder, sonst hätte er am Wochenende keine Zeit«, folgerte sie und machte eine bedeutungsvolle Pause. »Wir könnten ihn fragen. Er ist ein Bisschen verstockt und ehrgeizig, aber sympathisch, und so in deinem Alter Lissa. Der wäre eine gute Partie für dich.« Sie zwinkerte ihrer Tochter unternehmungslustig zu.

Liz verdrehte die Augen, die Versuche ihrer Mutter sie zu verkuppeln waren ihr vertraut und sie parierte sie blind. »Mamita, bitte spar dir das für ein andermal auf. Ich brauche jetzt einen hilfreichen Rat und keine ‚gute Partie'.«

Die Mutter warf ihre Hände in einer Geste der Hoffnungslosigkeit in die Luft. »Wie du meinst. Aber ich könnte ihn zumindest fragen. Er weiß bestimmt was zu tun ist.«

Liz faltete ihre Stirn: »Ich weiß nicht. Ein Staatsanwalt. Meinst du, hört der einer Putzfrau überhaupt zu?«

Und der Vater doppelte nach: »Am Ende beklagt er sich über dich bei deinem Chef und du wirst rausgeschmissen und Lissa landet im Gefängnis. Nein, es muss eine bessere Lösung geben.«

Alle sannen darüber nach, und in der Küche war für einen Moment nur das Radio zu hören. »Wenn du die sechstausend Franken einfach wieder in die Kasse zurücklegst, würde das jemand merken?«

»Wenn ich es geschickt anstelle, glaube ich nicht.« Liz schüttelte den Kopf.

»Und die Waffe, hast du die noch?«, fragte ihr Vater.

Sie nickte: »In meiner Handtasche. Ich lasse mich kein zweites Mal überfallen.«

»Du meine Güte. Wir haben ein ganzes Waffenarsenal hier. In was für Zeiten leben wir!« Ihre Mutter reckte ihre Hände flehend zum Himmel.

Ihr Gatte war da mehr praktisch veranlagte, sie konnten nicht auf ein Wunder warten. Und obwohl er dem Vorschlag kritisch gegenüber stand, schlug er vor: »Wie wäre es, wenn du gleich mit Mamita mitgehen würdest? Nimm dir einen Tag frei. Du kannst ihr bei der Reinigung der Büros helfen und nebenbei fragen.«

»Und wenn der Staatsanwalt doch nicht da ist?«, warf Liz ein.

»Ach, er ist praktisch immer da. Es wäre eine Möglichkeit. Du hast nichts zu verlieren. Na los, nur Mut! Das wird schon.«, meinte sie. Außerdem würde sie bei der Gelegenheit, dem Staatsanwalt ihre hübsche Tochter vorstellen können.

Liz erhob sich seufzend. Sie glaubt nicht daran. Aber sie würde dafür Sorge tragen, dass ihre Mutter deswegen keine Scherereien bekam. Also rief sie im Warenhaus an und organisierte sich einen freien Tag.

»Lissa, beeil dich!«, wurde sie ermahnt. Schnell schlüpfte sie in eine Jeans, knöpfte sich eine Bluse zu, zog Turnschuhe und Jacke an und hängte die Handtasche um. Es konnte losgehen.

Sie fuhren mit ihrem Fiat ins Stadtzentrum, wo sie vor einem gleißenden Bürokomplex parkten, der an diesem Samstag verlassen wirkte. Die Mutter öffnete mit dem Schlüssel und sie traten durch den Personaleingang ein. Im Erdgeschoss rüsteten sie sich im Putzraum mit je einem Gerätewagen aus, der mit Reinigungsmitteln bestückt war, allerlei Lappen, Handtücher und einem aufgespannten, sechzig Liter Abfallsack. Damit begaben sie sich zum Lift und fuhren in die dritte Etage.

Sie schoben ihre Wagen einen langen Flur entlang. An den Wänden hingen Lithografien zeitgenössischer Kunst und links und rechts gingen Türen ab zu den Büros. Die Mutter schwenkte gleich bei der ersten Tür ein, schloss auf und begann mit ihrer Routine. Sie leerte den Papierkorb, wischte Staub und reinigte Aschenbecher. Liz sah ihr aufmerksam zu, dann half sie mit. Sobald alles sauber war, verschlossen sie das Büro wieder und nahmen sich das nächste vor. Um keinen Ärger zu bekommen, hatten sie besprochen, dass sie sich wie immer durch die Räume arbeiteten, bis sie zu demjenigen des gefragten Staatsanwaltes kamen. Sie legten los und reinigten Hand in Hand wie ein eingespieltes Team.

Es herrschte fast kein Betrieb. Nur aus einem der Büros, weiter unten hörten sie, wie jemand telefonierte. War das der Staatsanwalt, den sie um einen Rat bitten wollten? Liz sah neugierig ihre Mutter an, aber die wischte geschäftig weiter. Schließlich standen sie vor der betreffenden Tür, sie klopften an und warteten darauf, dass der Anrufer ihnen zu verstehen gab, dass sie mit Sauber machen fortfahren konnten. Doch ohne das Gespräch zu unterbrechen, hob er nur stumm eine Hand zum Gruß, drehte ihnen den Rücken zu und schaute aus dem Fenster.

Liz, trat hinter dem Rücken ihrer Mutter hervor. Das Gesicht des Mannes konnte sie nicht sehen, doch seine Haltung kam ihr bekannt vor. Neugierig arbeitete sie sich mit dem Staubwedel vor, um einen Blick auf ihn zu erhaschen. Ihr stockte der Atem. »Willi23«! Das hatte ihr noch gefehlt! Wie kam der hierher? Er durfte sie auf keinen Fall entdecken. Das wäre eine Katastrophe! Sie konnte das ihrer Mutter niemals erklären.

Liz wandte sich abrupt um, und schlich so unauffällig wie möglich weg. »Ähm, Fräulein? Könnten Sie die leeren Tassen gleich abräumen?«, rief er ihr nach. Ihr Rücken versteifte sich. Sie schnappte nach Luft und stürzte aus dem Raum.

Der Mann sah verdutzt drein und blickte die Mutter fragend an. Diese lächelte ihm beschwichtigend zu und stapelte das Geschirr mit ruhiger Hand auf das Tablett ihres Wagens.

Liz eilte den Gang hinunter. Sie suchte eine Ecke, in die sie sich verkriechen konnte. Doch nach einigen Schritten musste sie sich Atem ringend an die Wand stützen.

Ihre Mutter hatte ihr besorgt nachgesehen. Sie verstand nicht, was in Liz gefahren war. Und jetzt hyperventilierte ihre Tochter auch noch. In letzter Zeit kannte sie sich bei ihr nicht mehr aus. Schnell riss sie eine Abfalltüte von der Rolle, schob den Putzwagen zur Seite und eilte zu ihr.

»Was ist denn?«, raunte sie und hielt ihr den Beutel hin. »Du siehst aus, als wärest du einem Geist begegnet.«

Liz nickte dankbar und hielt sich den Plastiksack an den Mund und zwang sich ein- und auszuatmen.

»Hier um die Ecke ist ein Pausenraum, da steht ein Liegestuhl. Leg dich einen Moment hin.« Sie hakte sie unter. Der bewusste Raum war mit einer Einbauküche ausgestattet, einer Kaffeemaschine, ein paar Tischen und in der Ecke stand eine Liege. Liz setzte sich, doch ihre Mutter bestand darauf, dass sie sich hinzulegen. Nachdem sie sich versichert hatte, dass sich ihre Tochter etwas beruhigt hatte, kehrte sie wieder zu ihrer Putzarbeit zurück. Dabei kam sie an der verschlossenen Tür des Staatsanwaltes vorbei, desjenigen den sie um Rat fragen wollten. Ausgerechnet! Vielleicht kam er heute später. Es blieb noch Zeit, bis sie mit allen Räumen fertig waren.

Liz konzentrierte sich darauf sich zu entspannen und ruhig zu atmen. Letzte Nacht war zu kurz gewesen, sie wurde von Müdigkeit übermannt und döste ein. Diesen Morgen war sie aus einem zauberhaften Traum gerissen worden, den sie gerne zu Ende träumen würde.

Das Gefühl, dass jemand anwesend war, ließ sie ihre Augen öffnen. Tatsächlich, da stand einer neben ihr. Erschrocken sprang sie auf, rutschte schlaftrunken ab und landete auf dem Allerwertesten.

»Was tun denn Sie hier? Haben Sie kein zu Hause, wo Sie schlafen können?«, brummte Harry sie überrascht an.

Liz rappelte sich hoch. Sie öffnete den Mund, aber kein Wort kam heraus. Was sollte sie dazu sagen? Sie schüttelte sprachlos den Kopf.

»Geht es dir besser, Lissa?« Beim Klang von Mutters Stimme fuhr sie ertappt herum. Sie, hatte sie ganz vergessen. »Ah – Guten Tag, Herr Staatsanwalt.«

Sie traute ihren Ohren nicht, als sie hörte, wie ihre Mutter diesen Armleuchter begrüßte.

»An so einem schönen Samstag arbeiten Sie? Eine Schande! Sie müssen den Verbrechern einmal eine Pause gönnen«, feixte sie gutgelaunt. »Darf ich Ihnen meine Tochter Elisabeth vorstellen? Sie hilft mir heute. Liebes, das ist Staatsanwalt Bennet, von dem ich dir erzählt habe«, und zwickte sie dabei verschwörerisch in den Arm. Die wiederum wirkte seltsam verlegen und wurde ganz rot. Komisch, was war bloß mit ihr los? Nahm sie etwa Drogen? Bei den jungen Leuten von heute wusste man nie.

Liz legte brav ihre Hand in diejenige Bennets und richtete ihre Augen flehend auf ihn, kombiniert mit einem verneinenden Zucken des Kopfes, nicht zu verraten, dass sie sich kannten. Und schon gar nicht woher.

Das zauberte ein amüsiertes, wenn auch leicht säuerliches Lächeln auf seine Lippen. Doch er hielt dicht und sie atmete auf. Mit weichen Knien folgte sie dann ihrer Mutter, um mit der Reinigung fortzufahren. Staatsanwalt, flüsterte sie ungläubig. Oder war das sein Zwillingsbruder? Vielleicht führte er ein Doppelleben? Ausgerechnet ihn wollten sie um Rat fragen! Was, wenn »Willi23« da, mit drinsteckte?

Mit rauchendem Kopf machte sie sich ans Putzen. Nach einer halben Stunde waren sie soweit, sie waren beim Büro von Staatsanwalt Bennet angelangt. Die Tür stand offen.

Harrys Blick war auf die Unterlagen in seiner Hand gerichtet, doch seit ihm die nette Putzfrau, Babsi als ihre Tochter Lissa vorgestellt hatte, konnte er sich kaum konzentrieren. Er tat so, als würde er lesen, bemerkte nach einiger Zeit aber, dass er die Papiere verkehrt herum hielt.

Er konnte sich nicht erinnern, jemals so verwirrt gewesen zu sein. Er wusste nicht, was er denken oder glauben sollte, und auf sein Gefühl war gar kein Verlass, wie die vergangenen Begegnungen gezeigt hatten. Wie kam es, dass Babsi alias Lissa nun Putzfrau war? Erst Vamp, dann Diebin und Callgirl und nun Reinigungsfachkraft. Bestimmt war das wieder eine dieser Fallen, wo er sich lächerlich machte und am Schluss mit herunter gelassenen Hosen dastand. Seine Gedanken wurden von der Ankunft der Putzequipe unterbrochen.

Geschäftig räumten sie den Müll weg und wischten um ihn herum alles sauber. Am Schluss blieb Liz' Mutter vor seinem Arbeitstisch stehen und wartete, bis er sie ansprach. »Bitte?«, fragte er schließlich.

»Herr Bennet, entschuldigen Sie. Ich weiß, Sie sind ein vielbeschäftigter Mann, aber hätten Sie vielleicht eine Minute Zeit? Ich wollte Sie um einen Rat bitten.«

»Aber gerne. Was kann ich für Sie tun?« Er bot ihr an sich in den Stuhl vor seinem Pult zu setzen, aber ihre Mutter blieb stehen.

»Es geht um meine Tochter, ihr ist etwas Schreckliches zugestoßen.« Sie beugte sich vor und meinte: »Sie kennen sich da besser aus. Sie haben jeden Tag mit Verbrechern zu tun. Lissa wurde zu Hause überfallen und geschlagen, und das Ungeheuer hat gedroht wiederzukommen. Nun hat sie schreckliche Angst. Sie lebt allein, mit ihren beiden Söhnen. Die Arme hat keinen Mann, der sie beschützen könnte.« Ihre Mutter rang verzweifelt ihre Hände. »Wissen Sie, wo sie sich vor dem gefährlichen Mann in Sicherheit bringen könnte?«

Harry runzelte die Stirn und empfahl: »Sie könnte für einige Zeit in einem Frauenhaus unterschlüpfen. Aber ich kann sie besser beraten, wenn sie mir erst mal der Reihe nach erzählen was genau geschehen ist, anschließend überlegen wir, was das Beste für sie wäre.«

Liz zögerte, doch ihre Mutter nickte an ihrer Stelle dankbar lächelnd.

Harry war gespannt, was für eine haarsträubende Geschichte sie ihm wohl diesmal auftischen würde. Sie faszinierte ihn auf eine Weise, die ihm fremd war. Und heute, als Raumpflegerin mit hochgesteckten Haaren, einer bestickten Bluse, die sie einfach in die Jeans gesteckt hatte, konnte es nicht an ihrem Aussehen liegen.

»Bitte, setzen Sie sich doch. Erzählen Sie. Was genau ist geschehen. Kennen Sie den Einbrecher? Was wollte er von ihnen?« Sein sachlicher Ton sollte über sein Streben nach Rache hinwegtäuschen. Er witterte seine Chance, sich für ihre Gemeinheiten zu revanchieren und für ausgleichende Gerechtigkeit zu sorgen. Diesmal würde er es nicht vermasseln. Das war sein Tag, er spürte es in der Magengegend.

Liz setzte sich mit einem mulmigen Gefühl zu ihm ans Pult. Sie bezweifelte, dass dieser Lügenkasper Staatsanwalt ihrer Geschichte Glauben schenken wird. Aber nun war es zu spät. Ihre Mutter hatte leise die Tür hinter sich geschlossen.

26.

Nachdem die Tür zu war saßen sich Harry und Liz stumm gegenüber. Um ihm nicht in die Augen sehen zu müssen, fixierte sie einen Punkt links, neben ihm, an der Wand.

Sie hatte es aufgegeben, seine wahre Identität zu ergründen. So selbstverständlich, wie er sich in dem Gebäude der Staatsanwaltschaft bewegte, schien er in seinem Element zu sein. Ihr dagegen war es nicht geheuer. Mutters Idee, den netten Herrn Staatsanwalt zu fragen, fand sie deshalb gar nicht mehr so toll. Auf jeden Fall nicht diesen.

Sein Blick glitt über sie. Ohne Make-up wirkte ihr Gesicht weicher und verletzlicher. Nichts erinnerte an den Vamp von gestern. Das passte nun nicht mehr so recht zu seinem Vorsatz, sich bei ihr zu revanchieren. Aber er würde sich auf keinen Fall ein weiteres Mal von ihr einwickeln zu lassen, und er wollte ihr eine Lektion erteilen. Vielleicht war ihr Hilferuf einmal mehr nur zum Schein. Deshalb war er entschlossen, der Sache ein für alle Mal auf den Grund zu gehen.

Er verzog seine Augen zu Schlitzen und knurrte böse:

»Ich sollte Sie rauswerfen, nach allem, was Sie sich erlaubt haben!« War das ein Zähnefletschen? »Der Grund, weshalb ich es nicht tue: Ich mag ihre Mutter. Wenn Sie mir jetzt aber mit einer weiteren haarsträubenden Geschichte kommen, fliegen sie raus. Und sobald ich das Gefühl habe, Sie wollen mir ein Märchen aufbinden, fliegen sie auch raus! Verstehen wir uns?« Harry gratulierte sich innerlich, das hatte hoffentlich gesessen.

Liz sah ihn unbeeindruckt an und fragte sich, wem er mehr beweisen musste, wie kompromisslos er war? Ihr oder sich selbst?

»Wenn ich geahnt hätte, dass sie es sind, den meine Mutter um Rat fragen wollte, hätte ich mich geweigert zu kommen. Aber da ich nun schon mal da bin. Ich mache es kurz, um sie nicht lange aufzuhalten.«

Sie legte ihre Stirn in Falten. »Wo soll ich anfangen? Gestern Abend wurde ich zu Hause überfallen. Ein Mann klingelte und stellte sich als Freund meines Ex-Mannes Arnie vor. Er meinte Arnie, habe ihm Diamanten gestohlen. Was nicht unmöglich erscheint, da er immer irgendein Ding am Laufen hatte. Weil nun dieser Freund beim Ex die Edelsteine nirgendwo fand, glaubte er, Arnie hätte sie bei mir versteckt. Obwohl ich ihm erklärte, dass das unmöglich sei, da Arnie und ich schon seit Jahren geschieden sind und getrennte Wege gehen, glaubte er mir nicht.«

»Sehen Sie, nicht jeder lässt sich an der Nase herumführen«, wie ich, fügte er in Gedanken dazu.

»Was? Sie sind gerade der Richtige. Jedes Mal, wenn ich Sie treffe, verwenden Sie einen anderen Namen. Ist das vielleicht ehrlich?« Er ging ihr mit seiner selbstgefälligen Rechthaberei sowas von, auf den Senkel. »Und was ist mit ihrem sauberen Büronachbar »Willi23«? Wer käme schon darauf, dass ein angesehener Staatsanwalt seinen Kollegen Damen zur Begleitung vermittelt? Ihr Rechtssystem ist krank. Sie alle sind krank!«, schrie sie außer sich. »Man kann nicht einmal mehr den Staatsanwälten trauen! Und wer sich sonst noch alles Vertreter des Rechtsstaates nennen darf.«

Ehe er sich versah, hatte sie die Positionen verdreht. Nun war plötzlich er der Schuldige und sie die Anklägerin.

»Kehren Sie erst mal vor der eigenen Tür, bevor Sie über andere urteilen«, empörte sie sich. »Wo war ich? Also, Arnies Freund ließ sich nicht abwimmeln. Als ich die Tür schließen wollte, schob er mich weg und drang einfach ein.«

»So – na ja. Er drang ein. Sie machen im Internet Werbung für einen Begleitservice und beklagen sich, wenn sie jemand beim Wort nimmt?«, fand er, um den Spieß umzudrehen.

»Verdammt!«, sie schoss auf und klopfte auf seinen Tisch. »Sie wollen es nicht verstehen. Können Sie diesen sexistischen Scheiß nicht beiseitelassen? Er drang in die Wohnung ein, wie, in die Privatsphäre eindringen!« Sie schnappte nach Luft und fuhr fort: »Er fesselte mich an die Heizungsrohre in der Küche. Als ich ihm nicht sagen konnte, wo die Diamanten sind, schlug er zu. Immer wieder!«

Die Erinnerung war noch zu frisch und spülte die ganze Verzweiflung und den Schmerz erneut in ihr hoch. Aber diesem höhnischen Bennet wollte sie ihre Verletzlichkeit nicht offenbaren, gerade ihm nicht. Sie stockte und strich sich eine Träne weg.

Harry blieb still. Es war offensichtlich, dass sie um Fassung rang. Er wartete und als sie nicht weitersprach, fragte er: »Konnten Sie ihm sagen, wo sich die Diamanten befanden, oder wie kamen Sie frei?«

Liz schaute ihn fest an. Sie zitterte, und es kostete sie viel Beherrschung, nicht zu weinen. Sie schluckte. Doch um den Kloß herum im Hals ging das nicht. Kurzerhand nahm sie das Glas Wasser, das vor ihm auf dem Tisch stand und trank.

Harry zog seine Augenbraue hoch, sagte jedoch nichts.

»Er hätte mich wahrscheinlich geschlagen bis ich tot gewesen wäre, hätte da nicht die Polizei geklingelt. Das hat ihn vertrieben. Doch bevor er verschwand, drohte er zurückzukommen. Ich soll die Diamanten bis dann bereithalten.« Mit bebenden Fingern strich sie eine Strähne aus dem Gesicht.

Harry schwieg und überlegte. Nicht Glitter-Glamy sondern Arnold Wyler hatte den spektakulären Einbruch durchgeführt. Er hatte doch gleich zu Beginn dieses Gefühl beim Taschendiebstahl, dass sie sich vor der Polizei fürchtete. Warum? Weil sie mit ihrem Ex unter einer Decke steckte.

Er schlug sich auf die Schenkel: »Die Polizei - dein Freund und Helfer! Wunderbar! Ein richtiges Happy End!« Er hatte es gewusst. Das war eine weitere, windige Geschichte, die sie frei erfunden hatte. Und, um ein Haar hätte sie es wieder geschafft. Er schaute demonstrativ auf die Uhr. Beinahe hätte sie ihn erneut eingewickelt, mit ihren großen, unschuldig blickenden Augen. »Gut. Frau Lissa Bardi oder soll ich sie Babsi nennen?«

»Liz. Mein Name ist Liz, nicht Babsi, das war mein Synonym im Internet. Und auch nicht Lissa, so nennen mich nur meine Eltern. Einfach Liz, bitte!«, stellte sie klar.

»Also Liz, wenn das dann alles war? Ich würde gerne weiter mit ihnen plaudern, aber«, er hob eine Akte hoch und zwinkerte ihr zu: »Die Arbeit ruft. Sie wissen schon, Verbrecher fangen und so.«

Aufgeräumt, ja frohlockend darüber, die Oberhand zu gewinnen, bevor er in ihrem Gefühlssumpf ersoff, wuchtete er sich aus dem Stuhl hoch, um sie zur Tür zu begleiten. »Ich wünsche ihnen einen schönen Tag und grüßen Sie ihre Frau Mama«, meinte er zum Abschied. Wobei er sich gratulierte, wie er sich astrein aus der Sache herausgezogen hatte. Sollte sie ruhig etwas schmoren. Er hatte weder Zeit noch Lust, sich mit den Sorgen eines Callgirls herumzuschlagen.

Liz, noch aufgewühlt von der Erinnerung an den schmerzhaften Vorfall, starrte ihn ungläubig an. Das konnte nicht wahr sein! Der grobe Klotz setzte sie vor die Tür. Von Ratschlag und Hilfe keine Spur! Sie hatte immer schon ihre Zweifel gehabt, doch ihre Mutter hatte große Stücke auf ihn gehalten und wird sicher sehr enttäuscht sein. Nun, hier zeigte sich sein wahres Gesicht. Diese Gefühlskälte! Wahrscheinlich floss in seinen Adern kein Blut, sondern Eiswasser. Er wollte sie abwimmeln. Aber sie würde das nicht zulassen, schon ihrer Mutter zuliebe. Sie weigerte sich!

»Sie glauben mir nicht?« Sie ballte ihre Hände. »Sie denken, ich habe das alles erfunden!« Mit einem Ruck riss sie ihre Bluse auf, dass die Knöpfe nach allen Seiten stoben. »Da! Überzeugen Sie sich selbst! Alles grün und blau von seinen Schlägen und von seinem Würgegriff. Glauben Sie jetzt immer noch, ich hätte das erfunden?« Liz präsentierte ihre Hämatome unbeirrt. Es kümmerte sie nicht, dass sie viel Haut zeigte. Hier stand ihre Glaubwürdigkeit auf dem Spiel.

Harrys wilde Entschlossenheit, sich aus dem Fall rauszuhalten schmolz dahin. Und obwohl sie ihm mit ihrer Offenheit nur die Echtheit ihrer Schilderung beweisen wollte, rief sie ihm damit in Erinnerung, dass sie bei einem ihrer Treffen zusammen im Bett gelandet waren, und wie sich da ihre Haut angefühlt hatte. Er trat darum sicherheitshalber einen Schritt zurück. Doch Liz folgte ihm. Sie wollte, dass er hinsah. Ihr Dekolleté war voller Blutergüsse.

»Glauben Sie mir!«, verlangte sie. »Dieses Tier hätte mich totgeschlagen, wenn die Polizeibeamten nicht dazwischen gekommen wären.« Nun war es um ihre Beherrschung geschehen und sie schluchzte auf.

Harry schwirrte der Kopf. Nur jetzt nicht weich werden, dachte er. Aber die verfärbten Flecken, wo sie malträtiert worden war, gaben ein wüstes Bild. Derjenige, der ihr das angetan hatte, war ein Dreckskerl, den er sich gerne mal persönlich vorknöpfen würde.

»Alles, worum ich Sie bitten wollte, ist ihr Verständnis und einen Tipp, wo ich sicherheitshalber unterkommen könnte.« Mit einer fahrigen Bewegung zog sie die Bluse wieder zu. Doch das furchtbare Bild ihres ihrer Verletzungen hatte sich in sein Gedächtnis eingeprägt. Harry würde es nicht so schnell wieder vergessen. Betroffen suchte er nach Gründen.

»Können Sie schwören, dass das nicht einer ihrer Kunden war, dessen Liebesspiel etwas außer Kontrolle geriet?«, warf er ein.

»Hätte ich mir eigentlich denken können, dass Sie gegen mich Partei ergreifen. Wo Sie sich doch selbst genauso idiotisch benommen haben. Wie ich sehe, verschwende ich hier nur meine Zeit.« Sie wies mit dem Daumen in die ungefähre Richtung des telefonierenden Staatsanwaltes: »Und ihr Kollege »Willi23«, grüßen sie ihn von mir, und richten Sie ihm aus, ich kündige!« Und als er sie nur verständnislos anschaute, doppelte sie nach: »Ausgerechnet Sie! Einer seiner Kunden wollen mich beschuldigen? Fahren sie doch zur Hölle!« Liz machte auf dem Absatz kehrt und stürmte aus seinem Büro.

Sie war wütend, am meisten auf sich selbst und ihre lausigen Menschenkenntnisse. Nur gut, dass sie rechtzeitig herausgefunden hatte, was für ein verlogener Heuchler er war. Und es bewies einmal mehr, dass sie immer auf dieselben Blödlinge hereinfiel. Jene Sorte, die auf ihren Körper reagierten und ihren Charakter nur als eine Knetmasse wahrnahmen, die man nach Belieben formen konnte. Immerhin hatte sie es frühzeitig bemerkt, bevor die Enttäuschung zu groß werden konnte. Einziger Trost war, dass sie nicht nur älter wurde, sondern auch klüger.

Harry rief ihr nach. »Warten Sie!«

»Lassen Sie mich!« Sie wollte nichts hören.

»Die Adresse des Frauenhauses, wo sie vor dem Fremden sicher wären. Ich habe sie ihnen aufgeschrieben.« Er kehrte zu seinem Schreibtisch zurück. »Da, hab sie.« Doch als er sich umdrehte war Liz weg. »Auf Nimmerwiedersehen«, brummte er und warf die Notiz in den Müll. Das war erledigt.

Mit einem tiefen Seufzer setzte er sich wieder an seinen Tisch und nahm einen der Polizeiberichte zur Hand. Systematisch las er sich in den

Mordfall Arnold Wyler ein. Je mehr er sich darin vertiefte, umso ungläubiger wurde er. Eine halbe Stunde später ließ er die Akte konsterniert sinken. »Ich werde verrückt! Das darf nicht wahr sein! Mist, verdammter!«

Im Untersuchungsbericht stand, dass Elisabeth Bardi also Liz, dringend der Tat verdächtigt wurde und unverzüglich zur Einvernahme in die Staatsanwaltschaft beordert werden musste. Die Spurensicherung hatte am Tatort, wo Wyler sehr wahrscheinlich erschossen wurde, mehrere Einschusslöcher und Kugel gefunden. Diese stammten zwar aus verschiedenen Waffen. Doch Elisabeth Bardi besaß eines der passenden Kaliber, der Revolver sollte sichergestellt werden und einer ballistischen Untersuchung unterzogen werden. Zudem hatte sich bei der Überprüfung des Alibis von Frau Bardi eine Unstimmigkeit ergeben. Eine Nachbarin gab zu Protokoll, sie habe sie am Mittwochabend erst um neun Uhr abends nach Hause kommen sehen. Gemäß Obduktionsbericht der Leiche war der Tod zwischen acht und zehn Uhr abends eingetreten. Darum hatte der Untersuchungsrichter gegen sie einen Haftbefehl erlassen.

Harry fluchte ansonsten selten. Aber im Moment war es geradezu dringend, dass er seiner Dummheit Luft verschaffte. Da hatte er die Hauptverdächtige quasi auf Armlänge und ahnte nichts davon.

Vielleicht war sie hier noch irgendwo beim Putzen.

Er hastete hinaus. Dann die Treppe hinunter in den unteren Stock. Er lief suchend über den Flur. Nichts! Er rannte in die nächsttiefere Ebene. Wieder nichts! »Scheiße. Scheiße!« Mit diesen Segenssprüchen auf den Lippen kam er schließlich beim Personaleingang an.

Da war sie! Liz und ihre Mutter räumten gerade den Gerätewagen weg. »Warten Sie!«, rief er.

Die beiden schauten verwundert hoch. Was denn noch? Liz verschränkte ihre Arme und stellte sich ihm in den Weg. Wollte er ihre Mutter anschnauzen?

»Halt! Kommen Sie bitte in mein Büro zurück. Ich muss ihnen ein paar Fragen stellen.«

»Sie können mir mal im Mondschein begegnen! Da drin, hatten sie gerade eben keine Zeit. Nun, das haben wir jetzt auch nicht. Wie sagten sie - Auf Nimmerwiedersehen!« Mit diesem Gruß wandte sie sich um und stapfte ihrer Mutter nach, zu ihrem geparkten Fiat.

27.

Liz kochte vor Wut. Sie lief zum Wagen und riss verärgert am Türgriff. Das war zu viel für das ältere Modell und das Schloss verklemmte sich. Vertraut mit seinen Macken, zählte sie bis drei und fasste nach. Diesmal funktionierte es und die Fahrzeugtür schwang auf. Im Begriff einzusteigen, legte sich unerwartet ein Männerarm um ihren Hals und zog sie rückwärts.

»Was?« Eh schon in Rage, explodierte sie förmlich. Sie stieß ihren Ellbogen in die Rippen des Armbesitzers hinter ihr, duckte sich und schlug ihre Zähne in das Muskelfleisch vor sich. Das zeigte Wirkung und der Griff lockerte sich. Das nutzte sie, wirbelte herum und fuhr ihm mit den Fingernägeln in die Augen. Beide schrien auf.

Ihr Gegner vor Schmerz. Sie aus Überraschung.

Denn da stand nicht wie angenommen Staatsanwalt Bennet, sondern der brutale Schläger, Arnies Komplize! Wie kam der hierher? Eine Schreckenssekunde später zog sie ihr Knie hoch und er kippte jaulend vornüber. Hier zahlte es sich nun aus, dass ihre Freundin sie zum Selbstverteidigungskurs mitgeschleppt hatte.

Um ihre Mutter nicht zu gefährden, rief sie ihr zu, ohne sie loszufahren. Sie selbst rannte Schutz suchend zurück ins Gebäude. Der Fremde würde es nicht wagen, ihr dahin zu folgen.

Doch sie täuschte sich. Vor Schmerz gekrümmt, mit schwingenden Armen galoppierte er ihr nach. Von Angst wie gelähmt, hatte sie das alptraumartige Gefühl, nicht schnell genug vorwärtszukommen. Nach Hilfe Ausschau haltend, lief sie den Flur hinunter bis zur Treppe und nahm die Stufen, immer zwei auf einmal in Sprüngen. Ihre einzige Hoffnung war Staatsanwalt Bennet. Er war doch gerade eben noch hier gewesen. Wo war nochmal sein Büro? War das im zweiten oder im dritten Stock?

Was sie sich an den Kopf geworfen hatten, war im Moment unwichtig. Er musste ihr beistehen, gegen den Schläger, der ihr auf den Fersen war.

Liz hetzte durch die leeren Gänge. Vorbei an Büros und Sitzungszimmern, die verlassen vor sich hin gähnten. Wo war Bennet? Sie konnte ihm den üblen Schläger gleich persönlich präsentieren. Sie stürmte die nächste Treppe hoch in die obere Etage. Ihre Kondition ging zur Neige und sie zog sich heftig atmend Hand über Hand am Geländer nach oben. Hinter ihr hörte sie das Keuchen ihres Verfolgers, das immer näher kam. Schneller! Um Luft japsend erreichte sie die dritte Ebene.

Was, wenn Bennet nach Hause gegangen war? Warum war sein Büro fast am Ende des Korridors? Endlich! Hier war es. Seine Tür war zu. Mit einem Stoßgebet auf den Lippen drückte sie die Klinke. Sie gab nach. Gehetzt warf sie einen Blick zurück. Ihr Verfolger war gleich in der Mitte des Flurs. Schnell! Sie knallte die Tür zu und wollte abschließen. »Wo ist der Schlüssel? Sperren Sie zu! Der Schläger von gestern ist hinter mir her. Schnell!« Hilfesuchend drehte sie sich um. Aber da war niemand.

Panik ergriff sie. Allein würde sie den Brutalo nicht bekämpfen können. Und als Antwort rüttelte er bereits an der Tür. Liz stemmte sich mit aller Kraft dagegen. Doch sie hatte nicht den Hauch einer Chance. Er schob sie einfach zur Seite.

Sie wich zurück und suchte verzweifelt etwas, um es als Waffe zu benutzen. Mangels Alternativen schmiss sie ihm das Wasserglas an den Kopf. Es fiel klirrend von ihm ab. Er wischte sich das Wasser weg und mit derselben fließenden Bewegung schlug er sie. Die Wucht schleuderte sie an die Wand.

»Bist du bescheuert, Mann! Hetzest du mich überall die Stockwerke, um mir am Ende Wasser ins Gesicht zu werfen?« Benommen schüttelte sie den Kopf, um das Läuten im Ohr loszuwerden. Er packte sie an den Haaren und drehte ihr dazu den Arm auf den Rücken. »Fertig. Mann, du hauest mir nicht mehr ab. Ich kenn ein Örtchen, wo wir uns ungestört unterhalten werden. Da zeigt dir Raschdi hier, mal wo der Hammer hängt.« Zu seiner Vorstellung rollte er mit den Augen und wackelte mit den Brauen. Das sah komisch aus, und unter anderen Umständen hätte Liz vielleicht gelacht, aber nicht mit dem schmerzvoll verdrehten Arm. Fest im Griff schob er sie in Richtung Ausgang.

Erst jetzt bemerkten sie, dass ihnen Staatsanwalt Bennet dort im Weg stand. Liz atmete auf.

»Mach 'ne Fliege, Bleichgesicht!«, herrschte Raschdi ihn an. Und, zu Liz' völliger Enttäuschung trat dieser zur Seite, um ihnen Platz zu machen. Der Schläger brummte zustimmend. Er hatte sich schon gedacht, dass sich der Büromensch zu fein war und sich nicht in eine Keilerei verwickeln lassen wollte. Also stieß er Liz vorwärts, und als sie bei Bennet vorbeikamen, blickte er ihn finster an und machte: »Buh!«

Anstelle seines blöden Grinsens trat ein Schrei der Überraschung. Auch Liz wusste nicht wie, plötzlich stürzte Raschdi auf die Knie. Bennet hatte ihn mit einem Tritt in die Kniekehle buchstäblich von den Füßen gefegt. Liz kam frei und rettete sich außer Reichweite.

Wütend sah der Schläger hoch, gerade rechtzeitig, um von einem Aufwärtshaken getroffen zurückgeschleudert zu werden. Bennet setzte nach und wuchtete einige, üble Schwinger in dessen Magengrube.

Raschdi grunzte. Der Schreibtischhengst wollte kämpfen, das war ihm auch recht! Er würde ihm eine Lektion erteilen. Er holte aus und schlug zu. Daneben. Wieder. Und noch einmal. Sein Gegner bot ihm keine Angriffsfläche. Er war entweder zu dünn oder zu wendig. Einmal war Raschdi sicher, ihm voll eins vor die Nase zu ballern, doch er schrammte nur daran vorbei. Ein geschickter Haken, den er auf die Leber zielte, versenkte er in die Wand dahinter, dass seine Knochen knirschten.

Der Schmerz und seine vergeblichen Versuche, den Gegner K.O. zu schlagen, brachten Raschdi zur Einsicht, dass das hier sinnlos war. Dazu war es gar nicht ratsam, einen Staatsanwalt zu verprügeln. Der Richter würde ihm ansonsten, wenn er beim nächsten Mal in den Bau einfuhr, das doppelte Strafmaß aufbrummen, zur Abschreckung, dass man Staatsanwälte nicht ungestraft vermöbelte. Wenn er die Tussi auf die Art nicht kriegen konnte, würde er sie ein andermal erwischen. Nichts wie weg! Raschdi gab Fersengeld.

Harry setzte ihm nach. Als er jedoch sah, wie der andere die Treppe hinunter und bereits im Erdgeschoss war, ließ er ihn ziehen. Seine nächste Sorge galt Liz, als er zurückkehrte, stand sie noch an derselben Stelle und hielt sich den Kopf.

»Ist er weg?«, fragte sie.

Schnaubend, nickte er.

»Glauben Sie mir jetzt? Er wollte mich an einen Ort bringen, wo er mich so lange verprügeln wollte, bis ich ihm sage, wo Arnie die Diamanten versteckt hat.« Sie erschauerte. »Wie kommt der auf die hirnrissige Idee, ich wüsste das?«

Harry Bennet war ebenso erstaunt und hatte auch keine Erklärung dafür. Es war eine verworrene Geschichte. Und als er dazukam, wie Liz von ihm geschlagen wurde, hätte er Raschdi am liebsten in Stücke gerissen.

»Mir reichts für heute.« Er räumte die Akten in eine Schublade und nahm sein Jackett. »Verschwinden wir hier?«

Sie war einverstanden. Er verschloss das Büro und machte folgenden Vorschlag: »Ich habe meinen Wagen in der Tiefgarage abgestellt. Mit dem Lift da vorne gelangen wir direkt zu ihm. Sie können mit mir hinaus-fahren. Ich kann Sie dann, wo es für Sie passt, absetzten.« Sie nickte dankbar. »Am besten bleiben wir dicht beieinander, falls der Schläger uns irgendwo auflauert.«

Ohne weitere Worte bestiegen sie den Fahrstuhl, der sie nach unten brachte. In der Parkebene war es dunkel. Die Autos lagen im Halbschat-ten, nur von der Ausfahrt her drang etwas Licht herein.

»Was war das?«, flüsterte er und zog sie zurück in die Liftkabine. Auf-merksam lauschend standen sie dicht beieinander. Nur einen Hauch vom andern getrennt. Gebannt horchten sie in die Stille, in der außer ihrem Atem nichts zu hören war.

Harry wagte nicht, sich zu bewegen. Ihr Kopf war direkt vor seinem Kinn. Ihr Duft raubte ihm die Sinne, er konnte nicht genug kriegen.

Auch Liz traute sich, kaum zu atmen. Sie nahm eine winzige Verände-rung wahr, ein Hauch strich federleicht über ihre Stirn. Sie rückte unbe-wusst näher. Ihr Hang, die Kontrolle aufrecht zu erhalten, bröckelte. Sie sah ihn an, hoffend, dass er verstand, wie sie sich danach sehnte bei ihm anzulehnen.

Ihre Blicke versanken ineinander. Ein Wimpernschlag und ein Atem-zug später, war die Magie verflogen. »Das war wohl nichts.«

Schwer seufzend bemühte sich auch Harry um Fassung. »Kommen Sie. Hier entlang.«

Sie traten in den Garagenraum und über den Bewegungsmelder schal-tete das Licht ein. Einen Moment lang geblendet und machte sich bald Ernüchterung breit. Harry wies auf sein silbergraues Cabriolet und öff-nete die Türen per Fernbedienung. Hastig stiegen sie ein. Er schloss das Verdeck und fuhr los.

Die ungewöhnliche Nähe im Innern des Wagens war Liz zu eng. Sie blieb während der Fahrt einsilbig. Da sie keine Anstalten machte und nicht mitteilte, wo sie aussteigen wollte und er es nicht wusste, hielt er kurzerhand an.

Er bemerkte ihr Zögern und sah sie fragend an. Doch ihre Kehle war wie zugeschnürt, Tränen schossen ihr in die Augen. Er nahm sie tröstend in die Arme und sie vergrub dankbar ihr Gesicht an seiner Brust. Sie war noch so aufgewühlt durch die Hetzjagd des Schlägers. In dem Zustand wollte sie auf keinen Fall allein sein. Und, sie gab es ungern zu, aber sie fühlte sich in Bennets Gesellschaft sicherer. Er war zwar ein Rüpel und für einen Juristen recht schwer von Begriff. Doch nach allem, was geschehen war, zog sie seine Gesellschaft dem Alleinsein vor. Und, bei nächster Gelegenheit von diesem Raschdi-Individuum ein weiteres Mal angegriffen zu werden.

Schließlich löste Bennet sachte die Umarmung und hielt ihr sein Taschentuch hin. »Ich habe noch ein paar Fragen an Sie, die ich gerne klären würde. Vielleicht am besten bei mir? Danach organisieren wir ihnen eine sichere Bleibe und ich bringe sie hin.« Liz nickte tapfer, wischte sich die Nase und die tränennassen Lider.

Doch als er vor seinem Haus in die Garage einbog, war sie sich nicht sicher, ob das eine so gute Idee war.

28.

Harry und Liz fuhren mit dem Lift in der umgebauten Knopffabrik nach oben, zu seinem Loft. Ungewollt musste Liz an ihren letzten Besuch bei ihm denken und sah ihn mit gemischten Gefühlen von der Seite her an.

Seine Gedanken mussten in eine ähnliche Richtung gegangen sein, denn er beschwichtigte sie: »Keine Angst. Sie müssen keine weitere Überraschung befürchten. Und die Handschellen habe ich entsorgt.«

In der Wohnung angelangt, warf er die Autoschlüssel auf ein Sideboard, das im Flur stand und bat sie herein. »Vorschlag: Ich mache uns einen Tee und Sie erzählen mir bitte alles noch mal der Reihe nach. Einverstanden?«

Sie nickte. »Ich wollte sie auch noch wegen einer delikaten Angelegenheit fragen.«

Harry lud sie ein im Wohnzimmer Platz zu nehmen, und verschwand in der Küche. Sie setzte sich auf die Polstergruppe. Bei ihrem letzten Besuch hatte sie der Einrichtung keine Beachtung geschenkt. So ließ sie interessiert ihren Blick schweifen. Die ganze vordere Seite bestand aus den ursprünglichen Fabrikfenstern. An der Rückwand hing ein großes Gemälde in Pop-Art, das mit seinen bunten Farben den Raum belebte. Zwischen Rückwand und Fensterfront war im hinteren Bereich ein Zwischenboden eingezogen worden, zu dem eine Treppe hinaufführte, wahrscheinlich zum Schlafbereich. Die Einrichtung war schlicht und vor allem zweckdienlich, keine Grünpflanzen, Fotos oder sonstiger Nippes. Für die wenigen Möbel hatte er dunkle Töne gewählt, Teakbraun und Anthrazit. Der Boden bestand aus cremefarbenen Steinplatten und strahlten Wärme aus. In der Mitte thronte eine ausladende Sitzlandschaft, auf der man sich glatt verirren konnte. Die Polster sahen im Gegensatz, zum Rest bequem aus und wurden durch einen großen und einen kleinen Sessel ergänzt. Davor lag ein hochfloriger Teppich, der die Schritte dämpfte.

Wenn sie von der Wohnungseinrichtung auf den Menschen rückschließen wollte, würde sie Bennet als ungebunden bezeichnen, er war sympathisch, kein Langweiler, und er besaß betörend lange Wimpern, und wenn er lächelte zeigte sich in der rechten Wange ein Grübchen. Wobei, sie das nicht aus der Art wie er sich eingerichtet hatte kombinierte.

Ihre ungefähren Gedankenspiele zu ihrem Gastgeber, wurden vom Klingeln an der Tür unterbrochen. Und Harry kam aus der Küche, um nachzusehen.

»Hallo Audrey.«

»H'allo Chérie. Wie geht es dir?«

»Ich komme zurecht«, meinte er unverbindlich.

»Ich dachte, gehe ich mal vorbei, mon Chérie besuchen. Ich störe doch nicht? Komm lass mich nicht im Flur stehen«, und drängte sich an ihm vorbei.

»Du, im Moment passt es schlecht. Ich habe Besuch.«

Audrey trat verlegen von einem Fuß auf den anderen und ihr Lächeln wackelte. »Weißt du, seit unserer Trennung geht es mir ganz mies. Ich kann kaum schlafen. Ich bin mit den Nerven völlig am Ende. Lass uns noch mal darüber reden. Das letzte Mal haben wir beide vielleicht etwas übertrieben.« Audrey schmiegte sich überzeugend an ihn und ihr schweres Parfum wirkte einlullend.

Er sog scharf die Luft ein, wobei sein Blick auf ihren knapp bekleideten Körper fiel, um den sich ein winziges Minikleid schlang. Es war oben und unten zu kurz und ließen ihre Beine umso länger erscheinen. Ihre kastanienroten Haare hatte sie in losen Strähnen hochgesteckt. Das alles kombiniert mit ihrem charmanten Akzent, war sie der fleischgewordene

Männertraum. So reizend sie wirkte, so ein Aas konnte sie sein. Er wird sich hüten, nochmal in dieses exaltierte Gefühlskarussell einzusteigen. Entschlossen schob er sie auf Armeslänge von sich. Er erinnerte sie: »Beim letzten Mal habe ich dich überrascht, wie du in den Armen des Nachbarn gelegen hast und kurz vor dem Orgasmus warst. Wie hieß er noch mal?«

»War ich das?« Sie erinnerte sich nicht. »Wie schrecklich! Oh, Chérie, bitte verzeih mir. Ich verspreche dir, nie mehr untreu zu sein«, flehte sie. Als Zeichen ihrer Aufrichtigkeit nahm sie seine Hand und legte sie sich auf die linke Brust, wo ihr Herz pochte. »Spürst du es? Es klopft wie wild. Es schlägt nur für dich.«

Dann zauberte sie eine Champagnerflasche hinter ihrem Rücken hervor. »Voilà! Ich habe uns etwas zur Entspannung mitgebracht«, flüsterte sie ihm mit kitzelnder Zunge ins Ohr. »Komm, sag deinem Besuch, er soll ein anderes Mal wiederkommen und wir feiern Versöhnung. Ja?«

Audreys Versuch ihn zu überreden war nicht ohne. Er hätte aus Stein sein müssen, um nicht ergriffen zu sein. An einem anderen Tag wäre er wahrscheinlich auf ihren Vorschlag eingegangen, obwohl sich daran grundsätzlich nichts geändert hätte. Deshalb und weil ihm seine Besucherin Liz, mit dem verzwickten Diamanten-Fall wichtiger war, blieb er standhaft. »Es funktioniert nicht mit uns. Wir sind zu verschieden. Ich vertraue dir nicht mehr, und du langweilst dich in kürzester Zeit wieder mit immer demselben Partner.«

Eine Bewegung aus dem Augenwinkel veranlasste Harry sich umzudrehen. Liz! Was hatte sie vor?

»Entschuldigung. Ich geh dann wohl besser. Wir können das ein anderes Mal besprechen.« Sie nickte den beiden tapfer zu und ging an ihnen vorbei. Dabei warf sie Harry einen kurzen Blick zu, zurückhaltend und enttäuscht. Das leise Klicken, mit dem sich hinter ihr die Tür schloss, hallte in ihm nach.

Harry ließ seine Ex stehen und lief ihr nach. »Warten Sie! Gehen Sie nicht. Audrey wollte sich gerade verabschieden.«

Jetzt reichte es Liz: »Und Sie verabschieden sich bei ihr immer, mit der Hand zwischen ihren Beinen? Hören Sie auf, mich für dumm zu verkaufen.« Die Hände eingestemmt, schnaubte sie: »Ihnen geht jeglicher Sinn für Ehrlichkeit ab.«

»Sie sehen das völlig falsch. Ich wollte Audrey nur ausreden lassen.«

»Eben, und wenn ich nicht gestört hätte, lägen sie inzwischen in inniger Umarmung auf den Dielen.«

Das konnte er nicht gänzlich von sich weisen. Trotzdem war er nicht bereit das zuzugeben. »Da haben Sie etwas missverstanden«, erklärte er. »Bleiben Sie. Draußen ist es zu gefährlich für Sie.«

»Sparen Sie sich ihren Atem. Die letzten dreißig Jahre konnte ich ganz gut auf mich allein aufpassen. Und dieser Raschdi müsste inzwischen eingesehen haben, dass bei mir nichts zu holen ist.«

Harry rief: »Lassen Sie wenigstens ihre Handynummer da. Ich ruf Sie an.«

Aber Liz hatte genug. Sie winkte über ihren Kopf, ohne sich umzuschauen. »Ciao. Ich rufe Sie an.«

Harry seufzte und strich sich die Haare aus der Stirn. Mit ihr vermasselte er es irgendwie jedes Mal.

Mürrisch kehrte er zurück in den Loft. Und all das nur, weil Audrey dazwischengekommen war. Sie schob er denn nun auch kurzerhand in den Flur hinaus. »Du siehst, im Moment passt es gar nicht.«

»Habe ich deine neue Freundin verscheucht?«, meinte sie schelmisch. »Oh, das tut mir aber leid.« Ihr Mitgefühl klang sehr falsch. »Nun haben wir genügend Zeit, um alles zu besprechen.«

Er entgegnete unwirsch: »Was willst du von mir? Mit uns zweien wird es nichts.« Er nahm sie an beiden Händen. »Spitz mal deine Ohren, Liebes: Es gibt keine Versöhnung, weil ich nicht will. Nicht heute. Nicht morgen. Nie!«, mit diesen Worten trat er zurück und sperrte zu.

»Harry. Warte! Da!« Audrey zeigte hinter ihm, doch als seine Tür zu blieb, zuckte sie mit den Schultern. Sie wandte sich um, und da stand schon ein Nachbar, der ihr gerne behilflich war.

Durch den Spion beobachtete Harry wie sie lachend und scherzend in dessen Wohnung verschwand. Aufatmend kehrte er in sein Wohnzimmer zurück. Ein Nebelschleier schwebte auf mittlerer Höhe durch den Raum, der hier nicht hingehörte. War das Rauch? Oje, Das Teewasser! Das hatte er völlig vergessen. Er eilte in die Küche und sah die Bescherung! Die Kochplatte unter der leeren Pfanne glühte rot. Ein Geschirrtuch hatte sich daran entzündet und Feuer gefangen, welches sich zu den Küchenkästen hinüber fraß. Schnell schaltete er die Herdplatte aus, warf die brennenden Sachen in die Spüle, ließ Wasser laufen und erstickte die Flammen mit einem nassen Lappen.

Dann riss er das Fenster auf.

29.

Harry schloss die zum Teil verkohlte und von Rauch geschwärzte Küche. Das Fenster ließ er offen, um den Geruch loszuwerden. Lustlos kramte er in seiner Hausbar und entschied sich schließlich für einen Whisky. Schnaps war zwar keine Lösung für Probleme, aber sie traten durchs Trinken vorübergehend in den Hintergrund.

Er goss sich zwei Fingerbreit ein und nahm einen Schluck. Die Flüssigkeit trieb sein Blut durch die Adern und pumpte Gefühl in seinen verspannten Körper. Er setzte sich hin und trank andächtig, als wäre es Medizin. Es schmeckte mit jedem Schluck besser. Im Nu war das Glas leer und er schenkte sich nach. Es war egal, ob er sich betrank, er war bei sich zu Hause und da konnte ihm nichts zustoßen.

Entfernt nahm er ein Läuten wahr. Er horchte, hatten ihm seine überstrapazierten Nerven einen Streich gespielt oder wollte es seine Ex erneut versuchen? Als Antwort hörte er es diesmal laut und klar. Ihm riss der Geduldsfaden. Mit Gebrüll zerrte er die Tür auf: »Mensch, Audrey. Es ist aus! Geht das nicht in deinen Dickschädel?«

Doch vor ihm stand Liz, mit eingezogenem Kopf. Sie dachte gerade, dass das nicht der passende Zeitpunkt zu sein schien, um wegen des Brandes nachzufragen.

Vorher war sie wütend losgestürmt. Sie hatte sich eingebildet, dass sie Bennet nicht ganz gleichgültig war, so wie er sie angeschaut hatte, im Lift und überhaupt. Bis diese Sexbombe dazwischen platzte, da war sie frustriert geflüchtet. All die widersprüchlichen Begegnungen mit Bennet, da war diese zu viel und brachte das Fass zum Überlaufen. Sie hatte sich damit getröstet, dass sie froh sein konnte, nicht auf ihn hereingefallen zu sein. Aber das hatte ihre Stimmung auch nicht angehoben. Aufgewühlt und wütend war sie in einen Park in der Nähe gelaufen. Sie dachte, ein paar Schritte würden ihr guttun, um sich über ihre Gefühle klar zu werden.

Im mittig angelegten Weiher quakten Enten, auf den Bäumen zwitscherten Vögel und die Wiese war voll mit blühenden Blumen. Doch die Idylle war an ihr verschwendet. In forschem Tempo umrundet sie die Anlage, bis sich ihr innerer Tumult etwas gelegt hatte.

Dann überlegte sie, ob sie es wagen konnte, zu sich nach Hause zu kehren oder besser wieder bei ihren Eltern übernachten sollte. Denn ihr flott hingeworfener Spruch über diesen Raschdi, entsprach nicht wirklich ihrer Überzeugung. Sie hatte Angst, dass er ihr erneut auflauern würde. Andererseits wollte sie vermeiden, ihre Eltern in Gefahr zu bringen. Aber ihr blieb praktisch keine Wahl, also würde sie bei ihnen schlafen. Sie trat aus dem Park heraus und bog nach links. Da bemerkte sie, dass schwarzer Rauch aus einem der Fenster der ehemaligen Fabrik quoll. War das da, wo Bennet wohnte?

Liz war die Treppe hochgerannt und hatte sich versichern wollen, dass ihm nichts passiert ist. Aber, dass er sie gleich anbrüllen würde, damit hatte sie nicht gerechnet.

»Sie sind es! Was wollen Sie denn noch?«, seufzte er. »Ach, kommen Sie rein, und schließen Sie die Tür.« Er ging vor, und brummte etwas von Weibern, was sie vorzog zu überhören.

»Hat es bei ihnen gebrannt? Sind Sie verletzt?«, fragte sie atemlos.

Harry ließ sich auf den Diwan plumpsen. »Ja, und nein.« Er hob sein Glas: »Wollen Sie auch einen? Besten schottischen Whisky. Nach dem ersten Schluck ist alles narkotisiert.« Er stand auf, um ihr auszuschenken: »Na?«

»Geben Sie her.« Sie nahm sein Glas und kippte den Inhalt in einem Zug. Es brannte wie flüssiges Feuer. Es verschlug ihr den Atem und sie sog Luft ein, bekam einen roten Kopf und hustete. Gelassen klopfte er ihr auf den Rücken. »Gehts?«

Liz atmete durch. »Prima!«

»Haben Sie die Tür zugesperrt? Für heute reicht es mir an Überraschungen. bares finden kann.«

Er verschwand in seiner verkohlten Küche, wo er die Kästen durchsuchte. Was vom Brand verschont geblieben war, stellte er auf ein Tablett. Damit kehrte er zurück. »Da war doch einiges. Ich hoffe, Sie mögen Geräuchertes, es gibt dem ganzen einen Hauch von Lagerfeuerromantik«, pries er seine Schätze an und schob das Servierbrett mit Cracker, Essiggurken, gefüllte Oliven und Salznüsse auf den Salontischen. Er selbst sank in die Polster seines Diwans und lehnte sich bequem zurück.

Liz hatte inzwischen eine CD mit alten Broadwaymelodien aufgelegt und sich am anderen Ende der Sitzlandschaft hingesetzt. Eine einstimmige Ruhe legte sich über sie und für ein paar Minuten hingen beide ihren Gedanken nach, nippten am Whisky, knabberten Crackers und hörten Musik. Bis die Stimmung wechselte und es erneut zwischen ihnen zu knistern begann.

»Ist ihre Freundin wieder gegangen?«

»Sie ist nicht mehr meine Freundin. Und ja, sie ist weg«, meinte er müde.

»Wenn ich schon da bin, hätte ich noch eine Frage zu einer Angelegenheit. Dann lasse ich Sie in Frieden.«

»Gut. Aber vorher möchte ich noch zwei, drei Dinge klären«, beharrte er.

Sie schaute fragend auf und er versank in ihren ausdrucksstarken Augen. Was war es, was er sie fragen wollte? Mensch, reiß dich zusammen!

»Sie werden verdächtigt, Arnold Wyler erschossen zu haben und werden von der Polizei gesucht. Außerdem soll Ihr Revolver, den Sie laut Waffenschein besitzen, von der Spurensicherung untersucht werden.«

Liz' Augen weiteten sich ungläubig.

»Haben Sie Wyler erschossen?«

Aus seinem Mund kommend, emotionslos geäußert, traf sie dieser Anwurf wie ein Schlag ins Gesicht. Sie hatte schon einige Seiten von ihm kennengelernt: Er konnte hilfsbereit sein, aber auch wütend, er konnte überwältigende Gefühle in ihr wecken, war aber durchaus verletzlich. Doch der Klang seiner vom Verstand gesteuerten, monotonen Stimme war ihr derart fremd, dass sie sich mit einem kurzen Blick vergewisserte ob er ein und derselbe Mann war. Sie bekam eindrücklich vorgeführt, wie es war ihm als die Angeklagte und er in der Rolle des Staatsanwaltes gegenüber zu stehen.

Nur schon der Gedanke trieb ihr eine Gänsehaut über den Rücken. Vergebens suchte sie in seinem verschlossenen Gesicht nach dem Mann, der sie warmherzig und verständnisvoll in die Arme genommen und getröstet hatte. »Nein, habe ich nicht.«

Er wandte ein: »Die Indizien weisen leider eindeutig darauf hin. Sie können es also ruhig zugeben. Vielleicht hat er Sie geschlagen, oder er hat Sie mit dem Leben bedroht. Im Fall eines Tötungsdeliktes im Affekt, sagen wir, nach langjähriger, seelischer Qual, kommen Sie vielleicht, bei einem mild gestimmten Richter, mit etwas mehr als drei Jahren davon.«

Die entspannte Atmosphäre von eben war verpufft. Liz sprang hoch und schrie: »Nein! Ich war es nicht.«

»Wie erklären Sie dann, die verschossenen Kugeln, die man auf dem Fabrikgelände gefunden hat, wo Wyler ermordet wurde, die aus einer

Waffe stammen, die zufällig denselben Typ und dasselbe Kaliber hat, wie der ihrigen.«

Sie wollte etwas erwidern, überlegte es ich anders, klappte den Mund wieder zu und setzte sich zurück aufs Sofa. Wie kam er dazu, sie des Mordes zu verdächtigen? Sie dachte, als sie der Kommissar nach ihrem Alibi fragte, in der Mordnacht, das sei aus reiner Routine geschehen. Offenbar nicht. Es half alles nichts. Sie musste ihm von ihrem Treffen mit Arnie erzählen.

»Das kam so.« Und dann legte sie ihm ausführlich dar, wie ihr Ex von ihr Geld erpresst hatte und sie ihn zur Übergabe bei der Fabrik getroffen hatten. Auch, dass er versprochen hatte sie danach nie mehr zu behelligen und untertauchen wollte. »Als ich wegfuhr, saß er rauchend in seinem Auto und zählte Banknoten. Ich schwör es!«

Harry wollte sich nachschenken, hielt erst ihr in einer stummen Frage die Flasche hin. Als sie nickte, goss er ihnen beiden eine Portion ein. Der Whisky schmeckte mit jedem Schluck besser. »Was verdienen Sie im Monat? Ich meine, ohne Begleitservice.«

»Das geht sie nichts an!« Mit einem kritischen Blick in die Runde schätzte sie seine Einrichtung ein und verglich deren Wert, mit der ihren, die aus Secondhand- oder preiswerten IKEA-Möbeln bestand. »Das dürfte schätze ich mal, nicht einmal die Hälfte von dem sein, was auf ihrem Lohnzettel steht. Es ist kein Geheimnis: Viereinhalbtausend monatlich, und davon gehen die Steuern, die Miete und die Krankenkassenprämien ab. Am Ende bleibt meistens nichts übrig, aber wenn ich gut einteile reicht es aus.«

Er staunte. »Das ist knapp, und dazu sorgen Sie noch für zwei Kinder!«

»Arnie trug da gar nichts dazu bei. Im Gegenteil, er erpresste mich«, klagte sie.

Nun, das erklärte ihm einiges. »Darum der Begleitservice, ich verstehe! Warum sind Sie nicht zur Polizei gegangen und haben ihren Ex angezeigt?«

Sie machte eine hilflose Geste. »Wie hätte ich das beweisen sollen? Außerdem, Sie konnten am eigenen Leib erfahren, dass die Polizei manchmal ganz schön falsch liegen kann. Ich wollte nichts riskieren. Doch Arnie machte immer weiter. Ich stand jedes Mal Todesängste aus, dass er eines Tages doch ernst machte und mit den Kindern verschwand und ich sie nie mehr sehen würde. Also blieb ich still und zahlte. An dem Tag, als mir die Handtasche gestohlen wurde, sollte ich ihm Sechstausend Franken übergeben. Es war alles da drin und dann mit einem Mal futsch. Das war, der mit Abstand, schlimmste Tag in meinem Leben.« Sie seufzte. »Trotzdem hätte ich Arnie ein nicht so baldiges, und ein ungleich schöneres Ende gewünscht. Aber mein Mitgefühl über seinen Tod hält sich in Grenzen.«

Harry schlug sich auf die Schenkel. »Das ist es: Er hat Sie erpresst und aus Angst, ihre Kinder zu verlieren, haben sie ihn absolviert.« Er machte eine Geste, als hielte er eine Waffe in der Hand und würde den Abzug betätigen. »Das ist ein glasklares Motiv.«

Liz schüttelte den Kopf. »Ich habe ihn nicht erschossen. Das könnte ich nicht. Er hat mich seit Jahren erpresst. Warum sollte ich ihn erst jetzt umbringen?«

»Vielleicht haben Sie jemanden kennengelernt. Diesen Willi zum Beispiel, aus dem Internet. Sie wollten ein neues Leben anfangen und da musste er weg.«

Liz war es leid. Ihr war, als fabulierte ihr Gegenüber wild drauflos, um ihr die Schuld zuweisen zu können.

»Was für ein gruseliger Start für eine neue Beziehung.« Liz erschauerte bei der Wiedergabe der Worte, die Arnie damals zu ihr gesagt hatte.

Sie kam aber gleich zurück auf seinen Verdacht: »Und zu »Willi23«, er ist nicht mein, sondern ihr Freund. Er ist ebenso ein Staatsanwalt in ihrem Verein im Amt. Er führt diesen Begleitservice, wahrscheinlich für sie und ihre Kollegen, die es nötig haben.« Sie war nicht stolz auf ihren Ausflug in dieses Metier. Zum Glück war ihr dabei nichts weiter Schlimmes passiert. Ihr blieb nur die Fehlschläge wegzustecken und mit Bennets Lügen klarzukommen, unter denen ihre Selbsteinschätzung arg gelitten hatte. »Ich war nachdem Diebstahl der Tasche verzweifelt und griff nach jedem Strohhalm. Darum meldete ich mich auf seine Anzeige.«

Ihr Kopf drückte, zur Linderung öffnete sie die Haarklammer und schüttelte ihre Haare. Besser. »Meine beiden Einsätze waren ein Desaster, wie Sie selbst feststellen konnten. Inzwischen habe ich die Hoffnung begraben, auf diese Art schnelles Geld zu machen.«

»Sie schwindeln! Ein Staatsanwalt, der einen Begleitservice für die Kollegen leiten soll? Sehen Sie, mit solch wilden Behauptungen verspielen Sie das letzte Quäntchen Vertrauen, das die Leute ihnen entgegenbringen.«

Ihr Kinn verkantete sich. »Warum sollte ich das erfinden? »Willi23« hat mir ihre und die Adresse von Lacroix verkauft. Sein richtiger Name kenne ich nicht, aber er war heute ebenfalls im Büro und hätte mich beinahe wiedererkannt.«

Harry kniff skeptisch die Augen zusammen. »Lenken Sie nicht ab! Wie erklären sie denn die Kugeln aus ihrer Waffe auf dem Fabrikgelände? Vielleicht haben sie Wyler angeschossen und er ist später verblutet.«

Liz sprang auf die Füsse. Sie versuchte sich zu erinnern. Könnte es sein, dass sie nicht gemerkt hatte, wie Arnie von einer Kugel oder einem Querschläger getroffen wurde? Aufgeregt lief sie auf und ab. Doch ihr Ex hätte bestimmt aufgeschrien. Sie schüttelte den Kopf und warf sie die

Arme in die Luft. »Was solls! Wozu reden wir überhaupt? Sie glauben mir ohnehin nicht.«

Harry musste zugeben, sie drehten sich im Kreis. »Setzen Sie sich wieder hin. Mir wird ganz schwindlig von ihrem Gerenne. Ich versuche ihnen aufzuzeigen, was sie als Angeklagte zu erwarten haben. Bedenken Sie doch, wenn es ihnen nicht mal gelingt, mich von ihrer Unschuld zu überzeugen, dann werden Sie vor Gericht keine Chance haben.«

Sein gutgemeinter Ratschlag und die hingeworfenen Worte ließen ihren Puls hochschnellen. »Moment mal. Ich? Vor Gericht! Ist das Ihr Ernst! Und was geschieht mit meinen Jungs, wenn ich ins Gefängnis komme. Wer kümmerte sich um sie?« Angst und Wut vermischten sich in ihr zu einem explosiven Cocktail. »Jetzt reichts! Dauernd soll ich für andere den Kopf hinhalten. Schon der Schlamassel mit Arnies Ehe, dann seine Erpressungen, und die ständige Sorge, um die Kinder und die sich türmenden Schulden. Das war ein endloser Alptraum. Jetzt hat er den Bogen überspannt und jemand auf diesem Planeten hat ihn umgelegt. Und weil Sie so an ihrer schön gebastelten Beweiskette hängen, bin wieder ich am Ende die Schuldige. Geht's noch!« Liz knallte das Glas auf den Tisch. »Mein Ex lebte nach dem Motto viel Feind, viel Ehr. Da draußen laufen eine ganze Menge Leute herum, die nicht nur ein Motiv hätten in umzubringen, sondern auch dazu in der Lage wären. Halten Sie sich an die!«

Er zählte an seinen Fingern ab: »Sie haben das klassischste aller Motive, das da wäre, ein Beziehungsdelikt. Zudem waren Sie am Tatort und haben dort ihre Waffe benutzt. Die Indizienkette ist bestechend, das müssen sie zugeben?«

»Ich gebe nichts dergleichen zu. Wer ist denn dieser Raschdi, der um Arnies Diamanten betrogen wurde? Woher stammt die Beute eigentlich? Ermitteln Sie mal in die Richtung und lassen Sie mich in Ruhe.«

»Das tun wir, keine Sorge. Aber die Geschichte könnte auch erfunden sein.«

»Ach so! Und dass er mich verfolgt hat durch alle Büros der Staatsanwaltschaft, das war wohl alles Fantasie oder für sie vorgespielt?«

»Er könnte Sie auch wegen einer anderen Sache verfolgt haben. Abgesehen davon: Wäre es vorstellbar, dass Wyler in einen Diamantenraub verwickelt war?«

Auf Liz' Gesicht spiegelten sich abwechselnd Lachen und Weinen. »Hören Sie, Arnie war ein altbekannter Gauner. Er könnte in alle möglichen Machenschaften verwickelt gewesen sein. Er ist der Typ Mensch, der ohne Skrupel seine Großmutter verkaufen würde, wenn Sie verstehen was ich meine. Mich erstaunt, dass er ihnen nicht als Widerholungstäter bestens bekannt ist. Darum geht mir ihr Tunnelblick auf die Dinge, so auf den Senkel.«

»Pah! Sie machen die Sache nicht einfacher: Sie verhalten sich äußerst verdächtig, verwickeln sich in Widersprüche, tauchen an dubiosen Orten auf und führen ein Doppelleben als Callgirl. Wo Sie hinkommen, stürzen Sie die Männer ins Unglück und hinterlassen ausgebrannte Küchen.« Er tippte mit dem Daumen über die Schultern.

»Ha! Absolut lächerlich. Ich habe mit dem Feuer nichts zu tun. Ich war zu dem Zeitpunkt nicht mal da!« Was nicht ganz stimmte, aber egal. »Dagegen habe ich so meine Zweifel an ihrer Objektivität und Urteilskraft zu der Angelegenheit«, drehte sie den Spieß um. »Sie sind mir der Richtige, andere zu beschuldigen. Sie sind selbst in die Sache verwickelt und somit befangen. Wenn Sie es mit der Unparteilichkeit ernst nähmen, müssten Sie den Fall einem Kollegen übergeben.« Dann tat Sie es wieder, sie tippte ihm auf die Brust: »Wohingegen sich ihr Fokus darauf beschränkte, mich flachlegen zu wollen. Und weil ihnen das nicht gelungen ist, wollen Sie mir diesen Mord anhängen.«

Wie genau der Verlauf des Gesprächs diese unangenehme Wendung genommen hatte, vermochte Harry nicht zu sagen. Aber nun verzog er sein Gesicht, als hätte er in eine Zitrone gebissen.

Doch Liz ging noch etwas anderes im Kopf herum. »Mal ehrlich: Wieso nimmt jemand wie Sie die Dienste eines Begleitservice in Anspruch? Sie werden wohl kaum Probleme haben eine Frau kennenzulernen.«

Er musste schmunzeln. Typisch. Er hätte sie auch fragen können, warum sie sich bei einem Vermittlungsportal angemeldet hat. Er war jedoch nicht um eine Erklärung verlegen. »Bei meinen Ermittlungen musste ich gewissen Verdachtsmomenten auf den Grund zu gehen. Voller Körpereinsatz ist da für mich kein Tabu, wenn ich damit einem Kriminellen das Handwerk legen kann.«

Warum hatte sie das Gefühl, dass er sich über sie lustig machte?

»Zurück zu Wyler. Wieviel Uhr war es, als Sie ihn auf dem Fabrikgelände zurückließen? Und zweitens. Woher haben Sie so schnell, so viel Geld beschaffen können? Bei beiden Einsätzen als Begleitdame haben Sie keinen Cent gekriegt.«

Liz musterte ihn. Sie wusste, dass sie kein Talent zum Callgirl hatte, aber musste er ihr das so uncharmant unter die Nase reiben.

»Es muss nach zwanzig Uhr gewesen sein, als ich von Arnie wegfuhr. Er war sauer, weil ich weniger Geld gebracht hatte als er verlangt hatte. Darum schoss ich ihm vor die Füße. Ich wollte ihm einen Denkzettel verpassen. Er sollte mich ein für alle Mal in Ruhe lassen.«

Harry nickte: »Das ist Ihnen gelungen! Er ist tot und wird Sie nicht mehr belästigen. Sind Sie sicher, dass Sie ihn nicht versehentlich getroffen haben? Vielleicht ist Ihnen der Kragen geplatzt?«

Aus seinem Mund klang das plausibel, doch sie ließ sich nichts unterschieben. »Nein. Eben nicht! So mies er auch war, ich könnte mein Gewissen nicht mit einer solchen Tat belasten. Das müssen Sie mir glauben.« Liz war die Erklärungsversuche leid. Bennet schlug immer wieder in dieselbe Kerbe. Sie hatte genug!

Doch der Schein trog. Harry war längst nicht mehr so von ihrer Schuld überzeugt, wie er vorgab. Es gab einige Verdächtige, dieser Raschdi war nur einer davon. Die Indizien waren gar nicht so eindeutig, sondern lückenhaft, sie mussten noch in verschiedene Richtungen überprüft werden. Es war durchaus möglich, dass die naheliegendste, nicht zwingend die richtige Lösung sein musste.

Zudem waren sie beide inzwischen vom Whisky angenehm entspannt und leicht betrunken. Er beschloss daher, die Wahrheitsfindung für heute ruhen zu lassen. Er brauchte eine Pause und die Flasche war auch gleich leer.

Also hob er abschließend sein Glas: »Ich wünsche Ihnen viel Glück mit ihrer Aussage. Die Sie, unter uns gesagt, mehr be-lastet als ent-lastet.«

Liz murrte: »Mich wundert bei euch Rechtsverdrehern gar nichts mehr. Ich bitte Sie um Hilfe und sie drehen mir daraus einen Strick. Solange ich atme, werde ich mich dagegen wehren.«

Er seufzte und ließ sich müde zur Seite kippen. »Für heute reichts. Ende der Diskussion. Einverstanden? Ich muss mich etwas ausruhen. Und Sie? Keine Angst, ich tue ihnen nichts.«

Sie kicherte: »...sagte die Schlange zur Maus.« Der Alkohol hatte ihr Sorgenkarussell etwas in den Hintergrund gerückt. Sie fühlte sich wunderbar locker, wie schon lange nicht mehr. Auch sie ließ sich in die weichen Kissen sinken, zog ihre Knie an und rollte sich ein. Sie war erleichtert, an diesem Tag nicht allein sein zu müssen.

30.

Harry und Liz dösten vom Whisky müde gemacht, nebeneinander auf der Sitzlandschaft. Nach einer Weile richtete sich Harry auf: »Warum hast Du - ich darf doch Du sagen?« Dabei versuchte er die Mitte, der vor seinen Augen rotierenden Köpfe anzusehen. Mit einer ausholenden Bewegung zeigte er auf sich. »Ich bin Harry.«

Sie nickte: »Angenehm. Liz!«

Er fuhr fort: »Warum hast Du mir nicht von Anfang an gesagt, dass du die Ex von Wyler bist?«

»Keiner hat mich danach gefragt. Und Du kannst dir sicher denken, dass das nicht mein Lieblingsthema ist«, antwortete sie mit schwerer Zunge.

Mit wankendem Oberkörper fragte er: »Wie kommt jemand wie Du, ausgerechnet an so einen Typen?«

»Ich war jung und verliebt, und scheine immer an die falschen Männer zu geraten.«

»Das wäre dann ausgleichende Gerechtigkeit. Du bist doch hier diejenige, die reihenweise die Herzen bricht«, brummte er.

»Ist gar nicht wahr! Im Gegenteil, Du bist hier der, der mit den Gefühlen von anderen spielt und dazu noch die wildesten Beschuldigungen ausstößt.« Liz versuchte, ihn mit verkniffenen Augen böse anzusehen, aber das erforderte Stärke, die sie in ihrem Zustand nicht aufbringen konnte. So schwappte sein Gesicht vor ihr hin und her. Sobald sie sich bewegte, fühlte es sich an, als wäre der Diwan auf See bei hohem Wellengang. Um sich zu verankern, tastete sie sich mit dem Fuß vor, und nahm Kontakt mit dem Boden auf. »Halt still, verdammt!« Sie bemühte sich, sich zu konzentrieren. Vergebens. Sie gab es auf und ließ sich rückwärtsfallen. Es war egal. Sie fühlte sich himmlisch entspannt und federleicht. Sie streifte ihre Schuhe ab. Nur kurz. Dann würde sie sich auf den Heimweg machen. Bestimmt.

Harry stemmte sich auf die Hände und robbte auf allen Vieren über die Polster, es war momentan die sicherste Art sich darauf fortzubewegen. Er beugte sich über ihr Gesicht: »Du bissst meine Ne ..mme .. ssis.«

Überrascht über seine eigene Offenheit und gespannt, wie sie darauf reagieren würde, wartete er auf ihre Reaktion. Aber, ihre Antwort kam in Form eines undamenhaften kleinen Schnarchers. Sie war eingeschlafen. Enttäuscht knickten seine Arme unter ihm ein. Er blieb liegen, wo er war und nach wenigen Sekunden war auch er eingenickt.

Später am Nachmittag erwachte Liz. Höllischer Durst quälte sie und ihre Zunge fühlte sich an wie ein Schwamm. Benommen hörte sie, jemanden reden und irgendetwas drückte ihr unangenehm ins Genick. Sie bewegte sich, um nachzusehen, was es war. Ein Fuß! Er sah sympathisch aus und war sonnengebräunt. Ein Fuß auf den man sich verlassen konnte. Ein Fuß zum Verlieben. Ihr Blick wanderte den Knöchel hinauf, über das behaarte Bein nach oben, bis zum Oberkörper des Besitzers. Der lag verkehrt herum und hielt wiederum ihren Fuß in seiner Hand. Und sie stockte. Sah es nur so aus, oder machte er ihrem gerade einen Heiratsantrag?

Harry blickte treuherzig die azurblau-lackierten Zehennägel an: »Du bist mein Wunsch, der in Erfüllung ging. Dein liebliches Antlitz erhellt meinen grauen Alltag. Schau mir in die Augen, Kleines.« Er beugte sich vor und küsste die Zehen. Das kitzelte und sie musste kichern. »Wer lacht denn da? Das ist mein heiliger Ernst. Das ist nicht lustig.«

In gespieltem Unmut drehte er den Kopf.

Liz prustete los. Sie war kitzlig an den Fesseln. Sich vor Lachen windend, versuchte sie sich aus dem Griff zu befreien. Harry ließ los, stürzte sich auf die gickelnde Liz und rang mit ihr feixend, wer obenauf war. Bis sie schließlich rittlings auf ihm zu sitzen kam und seine Arme über dem Kopf festhielt. In dieser Position befand sich ihr Gesicht nur Millimeter von seinem entfernt. Eine Frage lag in ihrem Blick. Würde er sie von sich stoßen? Sie nahm sich Zeit, berührte beinahe seine Lippen, genoss die Nähe und schwelgte im Duft nach Rauch und Whisky, der sie umfing. Sie musste noch einmal spüren, wie es sich anfühlte ihn zu küssen. Nur dieses eine Mal. Ihr Mund senkte sich auf seinen und verschmolz mit ihm, löste sich kurz, um sich erneut und vertieft mit ihm zu vereinen. Und damit gingen all ihre Bedenken über Bord.

Die Liebenden genossen den Rausch der Sinne, ließen sich treiben, derweil ein Kleidungsstück nach dem andern flöten ging, bis sie nur noch die Haut des Gegenübers auf der eigenen spürten.

Die Zeit blieb stehen, die Sorgen waren in weite Ferne gerückt, die Enttäuschungen auf die lange Bank geschoben. Eine leidenschaftliche Welle spülte sie davon, ins irdische Paradies.

31.

Am Montagmorgen war Liz schon vorzeitig auf dem Weg zur Arbeit, um den Fehlbetrag unauffällig hinein zu schmuggeln. Ihre Eltern hatten ihr das Geld vorgestreckt. Sie hatte ihnen am Samstagabend angerufen, um sie zu beruhigen, damit sie sich nicht Sorgen müssten, sie sei beim Staatsanwalt Bennet in guten Händen. Als sie ihnen am Sonntag einen kurzen Besuch abstattete, bemerkte ihre Mutter das Leuchten in ihren Augen und wollte mehr wissen, vor allem über ihr Verhältnis zum Staatsanwalt. Liz bat sie lächelnd um Geduld, es war für sie noch zu früh, um darüber zu sprechen.

Heute also wollte sie die Banknoten diskret in die Kasse zurücklegen und damit dieses Problem endlich aus der Welt schaffen. Sie war guter Dinge. Sie plauderte angeregt mit dem Portier und platzierte ihre Stempelkarte um. Im Lift atmete sie tief durch, während sie zur Abteilung hochfuhr.

Auf dem Tresen bei der Zentrale standen die nummerierten Geldkassetten in Reih und Glied, die von den Verantwortlichen in die passenden Kassencomputer eingeführt gehörten. Liz nahm diejenige, die ihrer Abteilung zugeordnet war und eilte damit in die Lingerie. Sie meldete sich mit ihrem Code im Computer an, die Lade öffnete sich und sie setzte die Kassette ein. Pflichtbewusst wie jeden Morgen zählte sie deren Inhalt. Dann zog sie die sechstausend Franken aus ihrem Ausschnitt. Um nicht zu riskieren, hatte sie es diesmal auf dem Leib getragen. Sie mischte die Scheine unter die anderen und schob die Kassenlade zu. Geschafft! Sie warf einen Blick in die Runde, keiner da. Erleichtert atmete sie auf.

Nun trat sie zu den Kleiderständern, musterte die ausgestellte Ware und schaute sich die Aktionsauslage an. Nach wenigen Minuten war sie in ihre Arbeit vertieft, überlegte, welche Aktionen zu ergänzen waren und was weggeräumt gehörte. Das Schrillen des Telefons brachte sie an den Ladentisch zurück. Sie solle kurz zur Hauptkasse kommen.

Frau Klee hinter dem Tresen öffnete den Durchgang und winkte sie durch, in das rückwärtig gelegene Büro der Buchhaltung, das Reich von Frau Zwahlen. Sie war gerade damit beschäftigt, einen über einen Meter langen Additionsstreifen zusammenzufalten.

»Guten Morgen Liz«, begrüßte sie sie. «Bitte setz dich. Als am letzten Samstag die Kasse der Lingerie für den Einschluss in den Tresor abgegeben wurde, fehlten bei der Kontrolle sechstausend Franken. Hast Du dafür eine Erklärung?«

Liz riss erschrocken die Augen auf: »Das ist ja schrecklich!« Danach zog sie die Unwissende mimend, ihre Schultern hoch. »Ich war am Samstag nicht da. Vielleicht ist jemandem bei der Abrechnung ein Fehler unterlaufen.« Ihre Gedanken jagten sich. Sie hatte nicht daran gedacht, dass am Samstag alle Kassen nachgezählt wurden, bevor in den Safe kamen. In möglichst neutralem Ton, aber äußerst hilfsbereit, erklärte sie: »Ich habe gerade eben den Inhalt kontrolliert und nachgezählt. Da war fehlte nichts. Seltsam.«

Dann tippte sie sich mit dem Finger ans Kinn, als käme ihr gerade eine Idee: »Obwohl, da war etwas. Als ich das Geld zählte, fiel mir auf, dass ein paar Geldscheine unter der Plastikeinlage lagen. Vielleicht wurden eben die bei der Kontrolle übersehen.«

»Das wäre eine Beantwortung«, meinte Frau Zwahlen zögernd und wollte zusammen mit Liz nachsehen, ob dem so sei. Gemeinsam gingen sie in die Lingerie-Abteilung und die Buchhalterin zählte den Inhalt der Kasse noch einmal nach. Tatsächlich, nun stimmte die Einlage mit dem Buchungssaldo überein. Frau Zwahlen nickte und kehrte erleichtert in ihr Büro zurück.

Liz sah ihr mit weichen Knien nach. Das war knapp! Beinahe wäre alles aufgeflogen. Sie liebte ihre Stelle und schwor sich diese nie mehr aufs Spiel zu setzen. Umso mehr stürzte sie sich mit Feuereifer in die Arbeit. Die Ausstellungsware musste geordnet werden. Wie das hier aussah! Slips und BHs lagen kreuz und quer. Leise vor sich hin summend räumte sie auf, reihte ein und schichtete um. Nach und nach trafen die Mitarbeiterinnen ein.

»Hattest du ein schönes Wochenende?«, zwinkerte Lucia. Und Sereina meinte: »Das Wetter war herrlich. Konntest du den freien Tag genießen?«

»Es war wunderschön«, schwärmte sie, vor Energie sprühend. »Los! Es ist ein riesiges Durcheinander. Lasst uns alles schnell in Ordnung bringen, bevor die ersten Kunden kommen. Lucia, geh ins Lager, es müssten neue Modelle eingetroffen sein. Bring sie bitte hoch. Dafür schaffen wir vorne Platz und hängen die andern Sachen nach hinten.«

Sereina fragte gequält: »Was ist das für Musik aus dem Lautsprecher. Hört sich an wie ein Kesseltreiben?«

»Das ist glaube ich, der neue Sommerhit. Tönt scheußlich, aber irgendwer findet es schön«, meinte Gerda. »Das jault wie eine Katze.«

»Ich bin zu alt für das. Ich kriege gleich eine Midlife-Crisis«, dazu griff sich Sereina theatralisch an die Stirn.

Gut gelaunt frotzelten die Frauen weiter, über dies und jenes, und erzählten einander, was sie am Wochenende erlebten, das natürlich wie immer viel zu kurz gewesen war. Der Morgen verging wie im Fluge. Mit Elan wurden die Kundinnen begrüßt und bedient. »Das ist eines unserer neuesten Modelle. Es ist modisch geschnitten und verdeckt unerwünschte Pölsterchen«, beriet Liz eine ältere Dame.

»Meinen Sie wirklich, ich kann das tragen? Ist das nicht zu gewagt in meinem Alter?«

»Schauen Sie, das Material ist so geschaffen, dass es ihre weichen Partien nicht einzwängt. Es entstehen keine Wülste, sondern bleibt flach. Probieren Sie es. Sie werden begeistert sein.«

»Wenn Sie meinen. Wo kann ich mich umziehen?«

Liz lief der Kundin voraus zu den Kabinen, hängte das Mieder an den Kleiderhaken, ließ sie eintreten und zog hinter ihr den Behang zu. »Ich bin gleich hier. Wenn Sie was brauchen, rufen sie einfach.«

Unbemerkt von ihr glitt währenddessen der Vorhang in Liz' Rücken zur Seite. Ein behaarter Arm packte sie um den Hals und riss sie grob in eines der Abteile hinein, und zerrte den Stoff davor.

»Keinen Mucks!« Raschdi, der Schläger drückte ihr die Luft ab. Sie nickte röchelnd. Niemals hätte sie gedacht, dass er es wagen würde, sie hier, in Anwesenheit vor all den Leuten zu überfallen. Es war ein Indiz für seine Kaltblütigkeit. Selbst wenn ihr jemand helfen würde, würde er sich kaum von ein paar Frauen beeindrucken lassen und sie, wenn möglich vor ihren Augen hinmetzeln.

Er lockerte kurz den Griff am Hals, damit sie Atem schöpfen konnte. Dann legte er seine Hand auf ihren Mund und hielt ihr ein Messer vors Gesicht.

»Wir machen ein kleines Quiz! Was suche ich?« Dabei strich er mit der Klinge über ihre Wange und den Hals hinab. Sie musste vor Aufregung husten und die Spitze ritzte ihre Haut.

»Arnies Diamanten«, stöhnte sie. »Bitte. Verstehen Sie doch. Ich weiß nicht, wo sie sind.«

»Falsche Antwort! Wo hast du deinen Ex das letzte Mal getroffen?« Der glatte Stahl drückte. Sie traute sich nicht sich zu bewegen.

»Hier. In dieser Kabine. Er brauchte Geld«, log Liz, um ihn abzulenken.

Raschdi stieß sie weg. Flink glitten seine Hände suchend über die Ablage, die Kleiderhaken, den Spiegel. »Wo ist er gestanden? Gibt es hier irgendwo ein Versteck?«

Sie schüttelte den Kopf. In der Kabine gab es nichts außer den Dingen, die er abgetastet hatte.

»Hallo, Bedienung! Können Sie mir das Mieder eine Nummer kleiner bringen«, verlangte die Kundin vis-à-vis. Liz und Raschdi drehten überrascht den Kopf. Sie hatte die Dame völlig vergessen. Er bedeutete ihr, still zu bleiben. Die Stimme einer Verkäuferin war zu hören, es folgten Schritte, die herkamen und sich wieder entfernten. Raschdi hatte sie erneut an sich gezogen und packte fester zu. Da bewegte sich unerwartet der Vorhang. Er schaute sich genervt um. Ein großes Etwas zischte durch die Luft und landete mit einem holen Ton auf seinem Schädel. Raschdi verdrehte die Augen, fiel auf die Knie und kippte in Zeitlupe um.

»Hab ihn!«, bestätigte Sereina und wiegte das massive Fussteil eines Kleiderständers in der Hand. Gerda klopfte ihr stolz auf die Schultern. Hinter den beiden stand das komplette Verkaufsteam, bis an die Zähne bewaffnet mit Besen, Kleiderständer und Bügeleisen. »Der ist K.O.« Sereina stieß ihn probeweise mit der Zehenspitze an.

»Ein super Schlag«, bewunderte Lucia. »Doch aufgepasst! Der wacht bald wieder auf. Wir müssen ihn schnell fesseln. Sonst haut er ab, bevor die Polizei da ist.«

Liz war so erleichtert, dass sie sich erst mal hinsetzen musste. Dass ihr die Mitarbeiterinnen zu Hilfe kamen, hatte sie nicht zu hoffen gewagt. Zwar hatte sie nach dem Vorfall mit Arnie, das Thema ‚Mut zur Selbsthilfe‘ mit ihnen besprochen und ein mögliches Vorgehen erarbeitet, wie sie sich gegen Kunden-Belästigungen schützen konnten. Aber ihr Vorschlag war bei den Verkäuferinnen auf Ablehnung gestoßen. Was, wenn der Mann bewaffnet war? Oder, wenn eine von ihnen verletzte wurde? Sie waren hier, um Unterwäsche zu verkaufen, nicht um ihr Leben zu riskieren. Das überließen sie der Polizei. Daraufhin hatte sie die Idee wieder aufgegeben. Aber offenbar war doch etwas davon hängengeblieben.

»Vielen Dank.« Lachend und weinend zugleich, fiel sie nun den Frauen um den Hals, und konnte es kaum fassen. »Schnell! Lucia hat recht. Holt alles, was man zum Verschnüren verwenden kann. Wir fesseln ihn, bis er sich nicht mehr rühren kann.«

Das Messer! Liz tastete den Boden danach ab und fand es unter der Ablage. Mit spitzen Fingern legte sie es auf den Ladentisch. »Habt ihr schon die Polizei gerufen?« Und fuhr in verschwörerischem Ton weiter: »Keinen Ton zur Kundschaft! Wenn sich herumspricht, dass jemand in unserer Kabine überfallen wurde, traut sich keiner mehr zu uns in den Laden.«

Der Schläger Raschdi wurde mit Büstenhalter und Strumpfbändern verschnürt. Ein Mieder wurde eine Art Zwangsjacke und aus Wattepolster formten sie einen Knebel, den sie mit einem Hüftgürtel fixierten. Um seinen Hals knoteten sie eine Schlinge bestehend aus zwei Sport-BHs, die sich zusammenzog, sobald er sich bewegte.

Liz informierte den stellvertretenden Direktor Brösel, der gewichtig herbeieilte. Unter seinem wachsamen Auge kam Raschdi wieder zu sich, schüttelte benommen den Kopf und riss ungläubig an seinen Fesseln. Er zerrte daran, um sich zu befreien, aber vergebens. Die elastische Ware hatte ihre Tücken. Wollte er die Handfesseln erweitern, zog sich die Schlinge um seinen Hals derart fest zu, dass er zu ersticken drohte. Gab er dort nach, schnitt das Ding um die Fußgelenke in die Arme. Nur langsam wurde ihm die Ausweglosigkeit seiner Situation klar. Vor Wut rollte er mit den Augen. Er blickte die Frauen der Reihe nach hasserfüllt an und stieß um seinen Knebel im Mund herum wütende Laute aus.

Die Zeit schien unendlich langsam zu vergehen, bis die Schutzmänner eintrafen. Liz erzählte ihnen was geschehen war und verlangte, dass er unverzüglich verhaftet wurde. Zur allgemeinen Überraschung erklärte sie den Polizisten, dass es sich bei dem Mann um denselben Schläger namens Raschdi handelte, der sie zu Hause überfallen, geschlagen und mit dem Leben bedroht hatte. Und derselbe war, der sie am Samstag erneut angegriffen und geschlagen hatte, und es nur dem mutigen Eingreifen von Staatsanwalt Bennet zu verdanken war, dass er ihr nicht mehr zufügen konnte.

Der Gefangene seufzte erleichtert auf, als ihn die Einsatzbeamten endlich von den Verschnürungen befreiten und ihm stattdessen schnöde Handschellen und Fußketten verpassten. Alles war besser als die Schmach mit Damenunterwäsche gefesselt zu sein und zum Gespött zu werden.

Als er vom Knebel erlöst wurde, drohte er Liz: »Warte. Dich schlitz ich auf!«

Einer der Polizisten packte ihn daraufhin grob am Kragen: »Halt dein Maul! Das gibt eine weitere Anzeige.«

Raschdi blickte wütend von einem zum anderen. Seine Lippen bewegten sich weiter, doch nur noch lautlos. So wurde er von den beiden Gesetzeshütern abgeführt.

32.

3M streckte sich und rutschte unruhig auf dem Sitz herum. Wie lange dauerte das noch? Er wollte endlich Geld sehen und dann abtauchen. Weg, auf die Bahamas, Hawaii oder meinetwegen Mallorca, und dort die Puppen tanzen lassen.

Und danach? Keine Ahnung. Glitter-Glamy war alt geworden. Von der einst genialen Safeknackerin war wenig geblieben. Sie zehrte schon viel zu lange von ihrem Ruf, von vor der Steinzeit. Sie ging auf die Sechzig zu, war also uralt. Soviel er kapiert hatte, hatte sie einen großen Coup landen wollen, um sich den Lebensabend zu sichern. Es gab ein paar Opas, die sich an ihre legendären Einbrüche erinnerten. Doch seither hatte sie an Ansehen eingebüßt.

Das war nun die letzte Chance, das zum Scheitern verurteilte Ding, irgendwie so zu drehen, dass sie sich die Diamanten schnappen konnten. Wenn es die Tante nur nicht wieder verpatzte! Sie war selbst zum größten Risiko in ihrem eigenen Plan geworden. Wenn es um Arnie ging, rastete sie jedes Mal völlig aus und explodierte in zwei Sekunden wie eine Granate. Das war deshalb seltsam, weil sie sonst für ihre kaltblütige Vernunft bekannt war.

Was man fast nicht glauben konnte war, dass die beiden früher mal ein in enger Freundschaft verbundenes, erfolgreiches Gaunerduo waren. Das Zerwürfnis hatte seinen Ursprung in einer alten Geschichte, bei der Arnie sie reingelegt hatte. Seither waren sich die beiden Spinnefeind. Was nun wiederum zu ihrem größten Problem geworden ist. Wenn Glitter-Glamy nicht durchgedreht hätte, hätten sie Arnie einfach in die Mangel nehmen können. Sie hätten ihn langsam durch den Wolf drehen können, bis er das Versteck verraten hätte. Aber was macht die alte Kuh? Geht hin und erschießt ihn.

Überhaupt ging in letzter Zeit alles schief. Sie knackten einen Tresor, der sich als leer entpuppte. Das musste man sich mal in Ruhe reinziehen. Dann wurde Arnies Leiche kaum eingebuddelt, schon wieder gefunden von irgendwelchen Floh-Tölen, die gehörten sowieso alle erschossen. Und kurz darauf trat ihm die Polizei auf die Füße, weil er sich beim Abfackeln von Arnies Auto die Hände so stark verbrannt hatte, dass er sie in der Notfallaufnahme hatte behandeln lassen müssen. Nun konnte er sie für einige Zeit nicht mal zum Klauen gebrauchen. Und der neueste Tiefschlag war, dass Raschdi die Ex von Arnie verfolgte und sich dabei ins Gebäude der Staatsanwaltschaft verirrte und sich mit einem der Typen da herumgeprügelt hatte, er konnte aber zum Glück flüchten. Das hätte ganz blöd ausgehen können.

Was machte Glitter-Glamy bloß so lange?

Umständlich zündete er sich mit den bandagierten Händen eine Zigarette an und trommelte mit den Fingern auf das Lenkrad.

Endlich! Die Autotür öffnete sich.

33.

Das ansteckende Lachen von Walo Kranz hörte man durch die Gänge hallen. Im nächsten Augenblick stand er grinsend vor Harry. »Guten Morgen, gut aufgestanden?«

Der winkte lasch. »Mensch, nicht so laut!« Er warf mit einem Papierknöllchen nach ihm. »Mein Kopf!«

Er hatte nicht viel geschlafen am Wochenende. Mit einer stummen Bitte um Erlösung starrte er in seine Kaffeetasse und brummte: »Nimm Platz.«

Stattdessen stellte Walo lässig seinen Fuß auf den Stuhl und stützte sich aufs Knie. »Das glaubst du nicht, was der Juwelier van Hohenstett alles von sich gegeben hat. Aber, der Reihe nach: Hast du von dem Postraub in der Ankerstraße gelesen? Ein Mann überfällt vor Schalterschluss die Post und erschießt sich dabei, beinahe selbst.«

Harry blickte interessiert: »Was hat der Juwelier mit dem Postraub zu schaffen? Du meinst, das ist derjenige der...?«

»Sag ich doch die ganze Zeit. Der ist völlig durchgeknallt. Bei seiner Verhaftung faselte er von diesen Orchideen, die heißen Phalaeonopsis. Da gibt es eine Glaubensgruppe, die ebenso heißt. Und dazu hörte der Juwelier dauernd irgendwelche fremden Stimmen. Es schien als hätte er seinen Verstand verloren. Es kam kein zusammenhängender Satz aus ihm heraus. Also gab ihm der Notfallarzt erst mal eine Beruhigungsspritze. Wir dachten, er sein einfach ein klarer Fall für die Klapsmühle. Doch als man seine Identität überprüfte, mussten wir zweimal nachfragen, ob es sich bei ihm wirklich um den van Hohenstett handelte.«

»Das ist ja ein Ding!« Harry staunte.

»Eben. Aber warte, es kommt noch besser.« Walo machte eine rhetorische Pause. »Bei der Verhaftung des Posträubers alias Juwelier van

Hohenstett, sprang dieser auf und ab, warnte vor einer Soeur Detonation und faselte von Bomben. Mehrzahl! Die als Babytrage getarnt sein sollen und in den S-Bahnen zur Sprengung gelangen würden. Was wir erst als Geistesverwirrung abtaten, stellte sich als echte Bedrohung heraus. Der Juwelier hatte der Orchideen-Gruppe eine Millionenspende versprochen, konnte aber zum Glück nicht zahlen. Weil er durch den Einbruch in seinem Laden pleite war. Daraufhin setzten ihn seine Phalaeonopsisten-Freunde unter Druck und zündeten eine Briefbombe bei ihm. Den Fall können wir also auch abhaken. Für den armen Mann war das zu viel. Von Angst getrieben wollte er nun Geld zum Spenden beschaffen und überfiel in seiner Verzweiflung die nächste Poststelle.«

Walo blies die Wangen auf. »Die aggressive Art der Sekte, hatte mich dazu veranlasste, über sie diverse Nachforschungen anzustellen. Demnach verehrten die Anhänger der Endzeitsekte Phalaeonopsis-Orchideen und ihr höchstes Ziel war es sich mittels Bomben den Übertritt ins Paradies zu verschaffen.

Durch die sofort angeordnete Überwachung wichtiger Mitglieder konnte bestätigt werden, dass hier eine Organisation mit terroristischem Gedankengut am Werk war. Letzten Samstagabend wurden zeitgleich der Anführer und das Leitungsgremium verhaftet. Bei der Hausdurchsuchung fand man Skizzen zum geplanten Attentat sowie Flugblätter, auf denen der Tod der 'Ungläubigen' gefordert wurde und Anleitungen zur Konstruktion von Bomben.«

»Unglaublich!«, entfuhr es Harry.

Walo verdrehte die Augen: »Aus den von van Hohenstett geäußerten, apokalyptischen Gestammel war keiner klug geworden. Erst hinterher als wir die Brüder beim Wickel hatten, verstanden wir den Sinn seiner Worte. Sie planten, mehrere Bomben während der Hauptverkehrszeit zu zünden. Kannst du dir vorstellen, was das für eine Katastrophe geworden wäre? Zum Glück konnte der Juwelier nicht zahlen, sonst würden wir heute alle als Englein singen.«

Harry war wach geworden. »Der Einbruch beim Juwelier konnte aber bisher nicht aufgeklärt werden. Obwohl, Verdächtige gibt es genug. Und von der Diamantenbeute im Wert von mehreren Millionen Franken fehlt immer noch jede Spur.«

Walo tigerte auf und ab. »Ich weiß, da tappen wir im Dunkeln. Klar ist, dass Wyler darin verwickelt war. Und er wollte auswandern. Aber irgendwie passt das einfach nicht zusammen.« Beide überlegten, ob sie etwas übersehen hatten.

Harry stand auf. »Schauen wir uns den Tatort nochmal genau an. Vielleicht bringt uns das weiter.« Er angelte sich sein Jackett vom Stuhl und folgte Walo, der vorausgestürmt war.

34.

Liz schlenderte beschwingt die Straße hinab und lief auf den Polizeiposten zu. Sie konnte ihr Glück noch gar nicht fassen und hätte die ganze Welt umarmen können. Sie genoss die Sonne auf ihrer Haut und der Wind, der mit ihren Haaren spielt. Das Leben war wunderschön! Sie hatte eine paradiesische Nacht verbracht, wie sie es sich in ihren kühnsten Träumen nicht hätte ausdenken können.

Der leidige Fehlbetrag war ersetzt. Der Schläger Raschdi saß im Gefängnis. Und damit dieser nicht so schnell wieder auf freien Fuß kam, war sie auf dem Weg zur Amtsstube, um ihre Anzeigen, Mehrzahl! zu machen. Beschwingt bog sie um die Ecke und wäre beinahe mit dem entgegenkommenden Fußgänger zusammengestoßen. Sie entschuldigte sich, als ihr der schlaksige Mann bekannt vorkam. »Der Handtaschendieb!«

Ungerührt zuckte 3M mit den Schultern und drückte ihr stattdessen den Lauf eines Revolvers in die Rippen. »Kein Ton, Püppi! Sonst blas ich dir das Licht aus!«

Liz Augen weiteten sich. Sie blickte von seiner Hand, die die bandagiert war und die Waffe hielt, zum Haupteingang der Polizei und mit etwas mehr Zuversicht wieder zurück. Nur wenige Meter trennten sie von ihrem Ziel. So kurz davor wollte sie nicht aufgeben. Sie hatte die Nase voll von diesen Verbrechern. Wütend tippte sie 3M vor die Brust:

»Du Ratte, du hast mir die Tasche mit meinem sauerverdienten Geld geklaut. Ich gehe jetzt da vorne in die Amtsstube und zeige dich an. Versuch bloß nicht mich aufzuhalten, sonst kannst du was erleben!«

3M war für einen Augenblick perplex. Damit hatte er nicht gerechnet. Er hatte erwartet, dass sie um Gnade betteln, vielleicht sogar weinend zusammenbrechen würde. Aber das! Doch er hatte noch ein As im Ärmel: »Wir haben deine Buben. Wenn du sie lebend wiedersehen willst, spurst du jetzt! Los! Der Boss wartet.«

Die Drohung war für Liz wie ein Schlag in die Magengrube. Nahmen diese Erpressungen denn nie ein Ende? Offenbar glaubte jeder sie sei ein leichtes Opfer. Sie stürzte sich wie eine Furie auf ihn. »Was habt ihr mit ihnen gemacht?«

3M zog Schutz suchend den Kopf zwischen die Schultern und wehrte sie mit dem linken Arm ab: »Sie sind an einem sicheren Ort. Wenn du spurst, geschieht ihnen nichts. Komm!«

Er stieß sie zur offenen Tür eines am Randstein wartenden Autos. Im Fonds saß sein Chef. Der sich auf den zweiten Blick als eine Sie entpuppte, und schwer mit Schmuck behangen war.

»Haben Sie meine Jungs? Wo sind sie?«, ging Liz auf sie los.

»Sie sind gut aufgehoben und wenn du keinen Ärger machst, wird ihnen auch nichts geschehen.«

»Nein, andersherum! Ich sage euch gar nichts. Erst lasst ihr die beiden frei!« Stur verschränkte sie ihre Arme.

Die Bosslady packte sie grob an den Haaren und stopfte ihr den Lauf ihrer Pistole in den Mund. »Du kapierst nicht: Wir stellen hier die Bedingungen. Du sagst uns, was du weißt und wir lassen euch am Leben. Wenn nicht, darfst du erst zusehen wie deine Kinderlein sterben und am Ende kommst Du dran.«

Liz schauderte. Sie schaute in die eiskalten Augen ihres Gegenübers und nickte. Inzwischen hatte sich 3M hinter das Steuer gesetzt und war losgefahren. Nach kurzer Zeit wusste sie, wohin sie sie brachten. Außerhalb der Stadt bogen sie auf die Schotterstraße ein, die zur Fabrikruine führte.

Unruhig sah sie sich um. Obwohl erst vor ein paar Tagen, war das Treffen mit Arnie in weite Ferne gerückt und gehörte zu einem anderen Leben. Es war jedoch nicht die Gelegenheit, vergangenen Zeiten nachzuhängen. Der Wagen hielt. 3M zerrte sie aus dem Fonds und schob sie zum Eingang. Sie betraten das bröckelnde Gebäude und als sie zögernd stehen blieb, wurde sie weiter gestoßen. Sie führten sie durch leere Gänge, an zahllosen Räumen vorbei, in denen sich das Echo der Schritte verlor. Eine Etage höher stolperte sie über eine Schwelle, in eine ehemalige Maschinenhalle. Hier drin herrschte dämmriges Licht, da durch die verschmutzten Fabrikfenster nur wenig hereindringen konnte. Als Liz zögernd stehenblieb, wurde sie von 3M und der Chefin gepackt und mitgeschleift. Bis sie in der Mitte der Halle angelangt waren.

Ehe sie wusste, wie ihr geschah, wurden ihre Handgelenke je, links und rechts an einem Seil befestigt, die von der Decke hingen. Und nach einigen vergeblichen Versuchen, sich zu wehren, hatten sie auch ihre Füsse erwischt und sie an zwei, in den Boden eingelassenen Ringen angekettet. Nun war sie wehrlos den Misshandlungen ihrer Entführer ausgesetzt. Liz saß in der Falle. Verzweifelt schaute sie sich um. Was hatten sie vor?

»Falls Sie meinen, ich hätte Arnies Diamanten, ist das alles umsonst. Das habe ich diesem Raschdi Typen bereits erklärt. Ich weiß nicht, wo er sie versteckt hat!«, schrie sie.

»Mal sehen. Vielleicht können wir dir etwas auf die Sprünge helfen.« Die Chefin Glitter-Glamy machte eine Handbewegung, die alles rundum einschloss. »Das nette Plätzchen hier habe ich extra für dich ausgesucht. Hierher verirrt sich kein Mensch. Wir haben also alle Zeit der Welt, um herauszufinden, was du weißt. Und wenn wir dich Stück für Stück zerlegen müssen.«

Liz stöhnte: »Wie soll ich wissen, wo Arnie seine Beute versteckt? Ich bin seit neun Jahren von ihm geschieden.«

»Du weißt sicher mehr, als du glaubst. Außerdem kennst du ihn am besten.« Abschätzend kam sie näher: »Wo könnte er die Diamanten versteckt haben?«

»Keine Ahnung! Ich habe Arnie seit Ewigkeiten nicht gesehen.«

»Und letzten Mittwoch? Was war da?« Sie packte Liz' Kiefer und zischte: »Du verlogene Schlampe. Überleg dir gut, was du sagst, sonst können wir es so arrangieren, dass du ihm schneller wieder begegnest, als dir lieb ist.«

Ertappt blickte sie vor sich auf den Boden. »Ich weiß nichts. Arnie hatte immer ausgefallene Ideen, auf die sonst kein Mensch kam.«

»Wem sagst du das«, meinte Glitter-Glamy. »Nun nimm deinen Grips zusammen und denk nach.«

Liz runzelte die Stirn, als würde sie sich über Arnies Versteck den Kopf zermartern, und suchte stattdessen fieberhaft nach einem Ausweg. Sie bezweifelte, dass sie aus der Situation jemals lebend herauskam. Sollte es ihr tatsächlich gelingen den Entführern den Hinweis zu liefern, der zu den Diamanten führte, müsste sie die beiden überzeugen, dass sie sie niemals bei der Polizei verpetzen würde. Wenn ihr das nicht gelang, war es um sie geschehen.

Es verging eine Weile, in der keiner etwas sagte. 3M fingerte pfeifend an seiner Minikamera herum und Glitter-Glamy zog an ihrer Zigarette, als wäre es ein Inhalator. Irgendwo tropfte ein Wasserhahn und eine Tür quietschte leise im Wind. Schließlich stellte sich die verknitterte Chefin vor sie hin und hielt ihr die Glut der Kippe vor die Nase. »Schon was eingefallen? Leg mal einen Zahn zu!«

Auf die glühende Spitze schielend, purzelten die Worte aus Liz heraus: »Arnie war ein sonderlicher Kauz. Er traute keinem. In seinen Augen waren alle ebenfalls Gauner, die ihn bescheißen wollten. Und er besaß einen fast perversen Humor. Es... es fällt mir nichts ein!«

»Dann helfen wir etwas nach.« Glitter-Glamy nickte 3M zu und der schlug ihr ins Gesicht, einmal links und einmal rechts.

Liz weinte: »Warte! Arnie war sonderbar. Einmal waren wir im Restaurant zum Abendessen, als er beschloss, die Rechnung nicht zu bezahlen. Er drängte mich dazu, dass wir durch den Hinterausgang abhauten.«

»Was hat das mit den Diamanten zu tun? Deine romantische Rückschau interessieren uns nicht. Bleib beim Thema!« Die Zigarette kam drohend näher.

»Tu ich ja!« Liz biss sich auf die Lippen. »Darüber und über das dumme Gesicht, das der Kellner machen würde, lachte er sich anschließend im Auto beinahe kaputt. Wir knutschen etwas herum, dabei spürte ich ein dickes Polster unter seinem Hemd. Neugierig geworden, ertastete ich seine Brieftasche, die er immer an einer Schnur um den Hals trug. Die Banken waren ihm suspekt. Sein Geld anlegen war ihm zu unsicher. Das setzte er gleich mit Betrug und er befürchtete, dass deren Tresor nicht genug sicher war vor Einbrechern.« Liz schaute die beiden groß an. »Na – der Groschen gefallen?«

Sie schauten sie verständnislos an.

»Vielleicht hat er es mit den Diamanten ebenso gehalten.«

Glitter-Glamy musterte sie: »Erzähl mir keine Märchen. Wenn dem so wäre, hätte sie dieser Kommissar längst gefunden und wäre mir nicht auf die Zehen gestiegen.« Mit Raucherstimme zählte sie auf: »Seinen Wagen, seine Reisetasche und seine Bude haben wir durchsucht. Außer ein paar Riesen war nichts da.«

»Das hatte er mir abgenommen. Das ist mein Geld!«, barst es aus ihr heraus. Sie drehte sich verunsichert nach 3M um, der sich von hinten an sie herangepresst hatte. Sein saurer Mundgeruch umhüllte sie, als er ihr zuflüsterte:»Wir beide könnten eine Menge Spaß haben.«

Niemals! Nicht solange sie atmen konnte. Nur schon der Gedanke, er könnte mit seinen verbundenen Händen an ihr herumfummeln, trieb ihr den Schweiß aus den Poren.

Sie wandte sich an die Chefin:»Es muss in seiner Wohnung irgendwo sein. Dort würde ich alles zweimal umdrehen und gründlich schauen. Alle Dosen in der Küche ausleeren, den Boden nach losen Dielenbrettern absuchen und in den Blumentöpfen nachschauen.«

Glitter-Glamy kniff skeptisch ihre Augen, sodass nur mehr Schlitze zu sehen waren, und wägte ab. Anstelle einer Antwort trat zu einer Kiste, die Liz erst jetzt bemerkte und begann darin Zungen schnalzend herum zu kramen. Sie stellte Liz einen wackeligen Stuhl hin und 3M ließ die Seile etwas herunter und Liz sollte sich hinsetzen. Sie öffneten ihr die Handschellen und während ihr Glitter-Glamy einen schwarzen Latexanzug über den Kopf stülpen wollte, hielt 3M sie an den Armen fest.

Sie versuchte sich mit Drehen und Wenden abzuwehren, aber ohne Erfolg. Gemeinsam zogen sie ihr die Gummi-Maske über, und ein integrierter Knebel wurde ihr in den Mund gedrückt. Das Ganze wurde am Hinterkopf mit einer Schnalle verschlossen. Von da aus ging der Oberkörperanzug aus Latex über, in eine Art Zwangsjacke, die ihren Oberkörper zusammenschnürte. Ihre Handgelenke wurden in seitlich, an der Achsel angebrachte Manschetten gezwängt.

»Tolles Outfit, nicht wahr. Hat der Junge extra für dich organisiert. Er hat halt ein bisschen eine perverse Fantasie.« Offensichtlich hatte Glitter-Glamy Sinn für Humor.

Liz war nicht dankbar, falls er das erwartet hätte. 3M prüfte minutiös, ob alles richtig festsaß und strich dabei verträumt über die Riemchen und Schnallen. Dann flüsterte er der Chefin etwas zu und grinste schmierig in ihre Richtung. Sie nickte und er zog seine Kamera aus der Tasche und machte von ihr aus jeder Position Aufnahmen. Liz stand ganz still da und reckte ihr Kinn. Es brauchte schon mehr als einen S/M-Anzug, um sie zu demütigen. Eifrig führte 3M der Gangsterfrau seine Aufnahmen vor. Kichernd griff sie ihm flink zwischen die Beine. Er quietschte, wie ein Meerschweinchen, und sie zog ihn Wange tätschelnd von dannen.

Liz sprang auf die Beine. Wohin gingen sie? Sie rüttelte an den Fesseln, um auf sich aufmerksam zu machen und schrie, doch es kamen nur unverständliche Laute heraus. Ohne sich umzudrehen, verließen ihre Entführer die Fabrik. Durch die verschmutzten Fenster konnte sie sehen, wie die beiden mit dem Wagen wegfuhren.

Was, wenn sie die Diamanten in Arnies Wohnung fanden? Würde sie die beiden überzeugen können, sie wieder frei zu lassen? Zweifelnd setzte sie sich. Immerhin, die Zeit, die die Chefin und ihr Gnom benötigen würden, um hinzufahren und wieder zurückzukehren, hatte sie gewonnen. Sie zog versuchsweise an den Fesseln, dann an den Seilen und sah sich um. Ihre einzige Bewegungsfreiheit schien darin zu bestehen, zu stehen oder zu sitzen.

Eine unheimliche Stille legte sich über das Areal. Sie horchte auf. Was waren das für verdächtige Geräusche? Sie lauschte angestrengt. War da jemand? Was, wenn einer der beiden hiergeblieben war, um sich mit ihr zu amüsieren? Zur Antwort knarrte es in der baufälligen Ruine und sie zuckte zusammen. Sie versuchte sich zu drehen, um zu sehen, was in ihrem Rücken geschah. Im diffusen Licht der Fabrikhalle nahmen die Gegenstände schemenhafte Formen an, die sich jedoch beim zweiten Mal Hinschauen als belanglos entpuppten.

Aufgewühlt konnte sie keinen klaren Gedanken fassen. Erst leise, dann immer lauter begann sie zu weinen. Lange war nur ihr Schluchzen zu hören. Als sie schließlich keine Tränen mehr hatte, bildete sie einen Ton in ihrem Innern und summte. Solange sie ihre eigene Stimme hörte, fühlte sie sich weniger alleine.

Schritt für Schritt wurden die Geräusche um sie herum vertrauter und es gelang ihr, sie zuzuordnen. Ein vergessenes Drahtseil, das müde im Wind schwang. Eine Blende, die sich bei jeder Brise bewegt. Ratten, die über den Boden huschten. Zwischen Fensterrahmen und Scheibe hing eine Spinne an ihrem Faden. Sie schaute ihr zu, wie sie behände hierhin und dahin eilte und ein glitzerndes Netz spann.

Das Brummen eines sich nähernden Autos riss Liz jäh aus ihrer Betrachtung. Waren die beiden schon zurück? Ihr Puls schnellte in die Höhe. Sie reckte den Kopf, um einen Blick durch die verdreckten Scheiben zu werfen. Tatsächlich. Ein heller Wagen fuhr über die Schotterstraße und kam direkt auf die alte Fabrik zu.

35.

Liz stellte sich auf die Zehenspitzen, um besser aus den Fabrikfenstern zu sehen und zu erkennen, wer ausstieg. Sie erinnerte sich nicht genau an die Marke, aber das hier war ein Kombi-Modell, der ihrer Entführer sah anders aus und hatte eine Limousinen Form.

Wer könnte das sein? Wurde sie bereits vermisst? Der Wagen hielt neben dem ausgebrannten Wrack. Sie erkannte zwei Männer, einer mit und einer ohne Haare, und irgendetwas Kleines huschte um sie herum. Vielleicht ein Hund. Derjenige mit den Haaren drehte sich nun um und sah in ihre Richtung. Liz sog überrascht die Luft ein. Harry! Was tat er hier? Sie wollte hochspringen und um Hilfe schreien, aber mit den Füssen angekettet, konnte sie sich kaum bewegen und durch den Knebel in ihrem Mund brachte sie nur seltsame Tierlaute hervor.

Trotzdem, mit den Rettern so nah, wurde sie von neuer Hoffnung erfüllt. Sie riss an ihrer Maske im Gesicht, doch diese war derart gespannt, dass ihre Finger am hautengen Gummi abglitten. Wenn es ihr nur wenigstens gelänge, den Gegenstand im Mund zur Seite zu rücken. Sie versuchte es, riss ihre Lippen dabei auf und brach sich die Fingernägel. Immer verzweifelter zerrte sie an den Fesseln, bis ihre Haut vom Scheuern blutete. Sie zog an den Seilen, stieß mit voller Wucht den Stuhl um und heulte.

Dazwischen überprüfte sie, ob sie unten gehört worden war und jemand zur Rettung kam. Doch die Männer untersuchten stattdessen das verbrannte Auto und lavierten. An Aufgeben war nicht zu denken! Sie versuchte zu winken und warf den Stuhl immer und immer wieder zu Boden. Unten rührte sich nichts. Um Atem ringend versuchte sie es mit Telepathie und konzentrierte sich darauf, dass Harry zu ihr hochschaute. Sie konnte nicht wissen, dass sie im Dämmerlicht stehend, in einem dunklen Anzug, von unten bestenfalls als Schatten sichtbar gewesen wäre. Und das nur, wenn man gewusst hätte, wo sie stand und wonach man suchte.

Nichts von Liz' verzweifeltem Kampf um Aufmerksamkeit ahnend, ging Harry mit Walo den Tathergang Punkt für Punkt durch. Zuvor waren sie bei dessen Wohnung vorbeigefahren. Denn Walo wollte seinen Anzug nicht ruinieren und zog sich stattdessen eine Jeans und ein Polo über. Im Treppenhaus trafen sie auf den Nachbarsjungen, sein Name war Fabio. Er beklagte sich, dass alle seine Spielkameraden weg waren und er sich langweilte. Der Kommissar lud ihn spontan ein mitzukommen und er nickte eifrig. Natürlich, nur wenn es seine Mutter erlaubte, doch auch sie nickte und lächelte.

Kurzum nahmen sie ihn huckepack und machten sich auf den Weg. Zuerst studierten sie eindringlich die Fundstelle, wo die Leiche verbuddelt worden war, und anschließend fuhren sie hierher, um sich den ausgebrannten Schrotthaufen anzusehen. Während der Fahrt wurden sie per Polizeifunk über die Verhaftung von Raschdi im Warenhaus informiert. Man wartete nur noch auf Frau Bardi, die ihre Anzeige machen wollte und hoffte, dass sie es sich nicht nochmals anders überlegt hatte, wie beim letzten Mal. Sowieso wird Raschdi, der Schläger für die längste Zeit in den Mühlen der Justiz verschwinden.

Harry skizzierte gerade den Verlauf, den die Kugel genommen hatte, die Wyler tötete, als er kurz aufhorchte. Er deutete Walo an, still zu sein. »War da nicht was?«

Sie spitzten die Ohren. Der Wind pfiff durch das leere Gebäude. Irgendwo schlug ein Laden gegen die Wand. Alles unverdächtige Geräusche.

Ein Surren unterbrach ihre Konzentration. Es war Harrys Handy.

Im oberen Stock, in der Maschinenhalle stellte Liz gerade mit viel Mühe, den Stuhl wieder auf die Beine. Da nahm sie aus dem Augenwinkel eine Bewegung wahr. Sie fuhr herum. Unglaublich! Vor ihr stand ein kleiner Junge, keine fünf Meter entfernt. Wie kam der hierher?

Er schien ebenso überrascht wie sie und blickte sie vorsichtig an, besorgt sie könnte sich jeden Augenblick auf ihn stürzen. Er war etwas über einen Meter groß und dunkelhaarig. Sie schätzte ihn auf sieben Jahre. Auf seinem Gesicht spiegelte sich eine Mischung aus Ehrfurcht und Vorwitz.

Sie jauchzte. Sie strahlte über das ganze Gesicht und versuchte ihn so lieb wie möglich anzusehen. Aber das hatte keinen Effekt auf das Verhalten des Jungen. Wie auch, ihr fiel wieder ein, dass durch die Maske ihre Mimik verdeckt wurde. Sie musste es anders versuchen.

Aber wie stellte sie es an, dass er ihr half? Da sie feststeckte, konnte sie ihn nur mit den Augen betören und herlocken. Sie durfte ihn auf keinen Fall erschrecken, sodass er womöglich davonlief. Immerhin war er neugierig ein paar Schritte auf sie zu gekommen.

Sie grüßte: »A.O.« Was Hallo in bester Teletubby-Sprache bedeutete.

Er staunte: »Bist du Spiderman?«

Was redete er da? War er eines jener Kinder, die ständig in Fantasiewelten zu leben schienen? Lizs freundliches Augenzwinkern geriet für eine Sekunde aus dem Takt, sie fing sich aber gleich wieder und sah ihn nun liebevoll mit kullernden Augen an.

Er deutete auf ihren Kopf und ihre an den Seilen angebundenen Händen. Zugegeben, mit Fantasie konnte man ihre Aufmachung für jene des spinnenartigen Action-Helden halten. Was gäbe sie darum, auch dessen

Superkräfte zu besitzen. Da sie zur Antwort erst den Kopf schüttelte, dann es sich anders überlegte und nickte, überdachte er seine Behauptung und kam zu einem verblüffen Ergebnis. »Nein. Jetzt weiß ich es: Du bist Spiderwoman.« Zur Klärung deutete er mit den Händen ihre Brüste an.

Sie nickte. Sie war mit allem einverstanden, solange er ihr behilflich war, sie zu befreien. Beschwörend redete sie auf ihn ein: »Eh e hao hü a!«

Er legte den Kopf schief, legte seine Stirn in Falten und schüttelte seinen Kopf: »Nix verstehen.«

Liz seufzte. Natürlich wie sollte er. Sie versuchte es anders, machte große Augen und bewegte sie, als wären sie ihr verlängerter Finger und deutete ihm an, näherzukommen.

Er verstand und kam Schrittchen für Schrittchen auf sie zu. Als sie ihren Fuß hob, um mit den Zehen etwas zu deuten, klimperten ihre Fesseln. Sofort wich er erschrocken zurück.

Sie blinzelte und kullerte mit den Augen, und schüttelte eindringlich den Kopf, um ihm zu suggerieren, dass er dem keine Bedeutung beimessen müsse. Dann zeigte sie mit der gestreckten Fußspitze vor sich auf den Boden, wo sie Buchstaben in den Schmutz schrieb. Konnte er überhaupt lesen? Er musste. Es war ihre einzige Chance.

Er beugte sich zaghaft vor, schaute abwechselnd auf sie und ihren Fuss und buchstabierte: »Ha, i, el, ef...«

»Fabio! Wo bist du?« Der autoritäre Ruf hallte durch das Gebäude und unterbrach ihn. »Komm schnell! Wir fahren.«

Liz stockte der Atem. Sie schaute den Jungen flehend an.

»Ich muss gehen.« Er zuckte mit den Schultern und rannte weg.

»Eiie …ahn!«, schrie sie die unverständlichen Laute, die nicht Mal sie verstand.

Vor dem Fabrikgebäude steckte Harry sein Handy ein. »Schon seltsam. Liz Bardi ist nicht auffindbar. Von der Lingerie-Abteilung ging sie, mit dem Ziel die Anzeige bei der Polizei zu vervollständigen. Aber der Diensthabende erklärte mir, dass sie dort bis jetzt nicht eingetroffen ist. Wir haben ebenfalls im Sommerlager, wo ihre Jungs sich seit Anfang dieser Woche aufhalten, nachgefragt. Doch auch dort hat sie sich nicht gemeldet. Sie scheint wie vom Erdboden verschluckt worden zu sein. Die Lagerleiterin hat versprochen, die Buben nicht aus den Augen zu lassen, bis unsere Mitarbeiter bei ihr eingetroffen sind.« Entgegen den Drohungen von Raschdi, waren die Kinder nicht entführt worden. Zwei Polizeibeamte waren auf dem Weg ins Lager, um sie vor möglichen Entführern zu schützen.

»Wie weit bist? Kommst du voran?«

Walo überflog seine Skizzen. »Ich habe eigentlich alles was ich brauche.«

»Dann fahren wir zurück. Fehlt nur noch Fabio.«

Walo schüttelte den Kopf: »Dieser Träumer, ich habe ihn doch eben gerufen. Fabio!«

Schon kam er aus dem Gebäude angerannt: »Schaut was ich gefunden habe.« Stolz hob er seine Hände, voller Bonbons.

»Hey, Junge wo hast du gesteckt? Du solltest doch nicht in das Gebäude hinein. Das ist gefährlich und kein Platz zum Spielen«, tadelte der Kommissar.

Fabio senkte betroffen den Blick. »Tut mir leid.« Trotzig steckte er die kleinen Fäuste mit den Süßwaren in die Hosentaschen. Sie lagen einfach da auf dem Boden. Er hatte sie, als er die Treppe hinab lief entdeckt. Alle waren sauber mit Papier umwickelt. Sie sahen aus wie neu.

Im oberen Stock der Fabrikruine sah Liz auf den Zehenspitzen balancierend, gespannt zu wie der Junge zu Harry und dem anderen Mann lief. Gleich würde er ihnen erzählen, was er gesehen hatte. Im nächsten Augenblick werden sie dann herbeieilen und sie befreien. Ungeduldig lauschte sie, um die sich nähernden Schritte zu hören.

Aber, was ging da vor? Die Männer redeten zwar, stiegen jedoch stattdessen ins Auto ein. Und unter ihren ungläubigen Augen sah sie mit an, wie der Wagen mit davonfuhr.

Ihr war, als würde man ihr den Boden unter den Füßen wegziehen. Entgeistert ließ sie sich wieder auf den Stuhl fallen. Unendliche Ohnmacht über ihre hoffnungslose Situation macht sich in ihr breit.

In der Fabrikruine kehrte wieder Stille ein. Bis auf die wenigen Geräusche, die ihr inzwischen vertraut waren. Ein Huschen da, ein Krabbeln dort, ächzende Bretter und der Wind, der durch das Labyrinth der Treppenaufgänge säuselte.

Nach einer Weile regte sie sich. Ihr fiel wieder ein, was sie an dem ausgebrannten Wrack irritiert hatte. Es musste Arnies Wagen sein, der da vor dem Tor stand. An jenem Abend hatte er darin auf sie gewartet.

Wie hatten ihre Entführer gewusst, dass Liz ihn hier getroffen hatte? Langsam formte sich eine klare Folgerung und nachdem sie sie von allen Winkeln betrachtet hatte, wurde sie zur Gewissheit. Sie waren seine Mörder. Leute, die zu einer solchen Tat fähig waren, fackelten nicht lange mit lästigen Zeugen. Auch sie als Mitwisserin würden sie umbringen. Sie musste hier weg. Mit der Angst kehrte in ihr der Wille zurück, sich zu befreien.

Denk nach, Liz, denk nach! Der Stuhl hatte metallene Beine, damit könnte sie die Fesseln am Fuß sprengen. Sie schob ihr neues Werkzeug in den Ring und drückte es wie ein Hebel nach oben. Schmerz durchzuckte ihr Gelenk. So würde sie sich bestenfalls die Knöchel brechen. Sie musste etwas dazwischen legen, um den Druck zu lindern. Eine Holzleiste oder ähnlich. Suchend schaute sie sich um. Ein passendes Stück lag, nebst allerlei Unrat, nur einen Meter entfernt. Doch für sie war es unerreichbar. Wütend rüttelte sie an den Fesseln, dass die Seile über ihr ungemütlich zischten. Das Geräusch ließ sie überrascht nach oben schauen, wo ein Kran bedrohlich hin und her schwankte. Das brachte sie auf eine Idee. Wenn es ihr gelingen würde, die Taue aus der Winde springen zu lassen, bekäme sie mehr Bewegungsfreiheit und könnte so das Stück Holz erreichen. Eifrig begann sie in Schaukelbewegungen vor und zurückzuschwingen. Dafür setzte sie ihren ganzen Körper ein und wippte in den Knien nach. Die Beherztheit war zu viel. Der Schwung wurde gebrochen und die Seile peitschten ihr um die Ohren. Besorgt sah sie hoch, aber die Winde schien zu halten. Sie wartete, bis sich die Stränge etwas beruhigt hatten. Dann begann sie von Neuem.

Liz schaukelte abermals los, bedacht sich in perfekter Harmonie zu bewegen. Die Seile surrten und der Kran ächzte. Sie konzentrierte sich verbissen. Es musste gelingen. Ihre Augen waren auf die Winde gerichtet. Ihr Körper bildete die Verlängerung der von der Decke hängenden Taue. Sie schwang vor und zurück, nicht zu schnell und nicht zu langsam. Sie spürte dem Rhythmus nach, vergrößerte ihn mit Wellenbewegungen, um sie dann mit einem speziellen Kick aus den Rillen zu schießen. Jetzt! Die Spule protestierte quietschend. Die Seile sprangen im hohen Bogen aus den Fugen und rissen ihr Mittelteil mit.

»Ja!«, jubelte sie.

Die Winde, mitsamt Drum und Dran zischte durch die Luft. Fiel abwärts. Kam direkt auf sie zu! Mit Schrecken realisierte sie: Weg! Ausweichen. Aber wie? Ihre Füße waren festgekettet. Da war kein Spielraum. Ihr Schrei vermischte sich mit dem Knall, mit dem die Rolle am Boden aufschlug. Staub und Unrat wirbelten auf.

Benommen blieb sie erstmal liegen. Das Herz klopfte, als wollte es aus der Brust fliegen. Als sie ein beißender Schmerz oberhalb der Hüfte durchzuckte. Immerhin bedeutete das, dass sie lebte. Der Schmutz hatte sich über ihre Schleimhäute gelegt. Sie hustete und spukte und bekam kaum Luft mit dem Knebel. Sie hob langsam den Kopf, um nachzusehen, wo sie verletzt worden war. Die verrostete Spule hatte sie gestreift, eine hässliche Schramme gerissen. Leider, ohne die Riemen zu zerfetzen. Wie durch ein Wunder schien sie sonst unversehrt geblieben zu sein. Das gab ihr Mut. Weitermachen.

Sie rappelte sich hoch. Mit neuem Elan drehte sie den Stuhl um, und benützte eines seiner Beine als Werkzeug. Sie spießte damit eine der Manschetten auf. Ein kräftiger Ruck und die Schnalle verbog sich, ein weiterer und sie war entzwei. Eine Hand war frei. Aufatmend, ließ sie den Arm sinken. Dann verfuhr sie mit der anderen Hand genauso. Nun öffnete sie behände den Verschluss ihrer Maske und schlüpfte aus dem Latex-Oberteil. Mit einem Seufzer schüttelte sie ihre verschwitzten Haare.

Das fühlte sich schon viel besser an.

»Schau an! Unser Vogel will ausfliegen.«

36.

Beim Klang der rauchigen Stimme fuhr Liz, mit einem Schrei der Verwunderung herum. Wie befürchtet stand Glitter-Glamy keine zwei Meter von ihr entfernt. Die obligate Zigarette zwischen den dünnen Lippen, wodurch ihr Mund hämisch auf die einen Seite verzogen wurde und das darüber liegende Auge zusammenkniff, wegen des Rauches.

In ihrem Befreiungseifer hatte Liz nicht darauf geachtet, was um sie herum vorging. Und dass ihre Entführer von ihrem Durchsuchungstrip wieder zurück waren.

Glitter-Glamy war in zwei Schritten bei ihr und holte ohne Umschweife zur Ohrfeige aus. Liz blockte sie reflexartig ab.

»Gerade rechtzeitig. Du hast wohl geglaubt, du könntest abhauen, während wir in Arnies Bude alles auf den Kopf stellen.« Sie holte erneut aus, und rang mit ihr. »Das wirst du mir büßen. Wenn es um Diamanten geht, kenne ich keine Gnade.« Sie spukte verächtlich auf den Boden vor ihren Füssen. »Was glaubst du, mit wem du es zu tun hast? Keiner macht sich ungestraft über mich lustig.« Sie starrte sie an und mahlte mit den Zähnen, als würde sie Granit zerbeißen. Von ihr ging eine Eiseskälte aus, die Liz erschauern ließ. Darum schaute sie sich Hilfe suchend nach 3M um, der sich mit seiner Kamera beschäftigte.

»Alle haben sie sich kaputtgelacht! Aber ich werde es ihnen zeigen«, eiferte sich die Gangsterin mit erhobener Faust. Gleich würde sie sich auf die Brust trommeln. »Ich lasse mich doch nicht von diesen Weicheiern austricksen.« Um Zustimmung heischend, zwinkerte sie 3M zu. »Arnie konnte sich nicht lange darüber amüsieren. Stimmts?« Sie tätschelte ihm mütterlich die Wange. Dann drehte sie sich blitzschnell um und fuhr Liz an: »Dein Tipp war nichts wert! Wir haben jeden vergammelten Käse umgedreht und die Blumentöpfe aus dem Fenster geworfen. Nichts!

Nada! Niente! Wir haben nicht mal ein verdammtes Staubkörnchen eines Diamanten gefunden.«, brüllte sie. Riss sich zusammen und wandte sich im nächsten Augenblick mit ganz ruhiger Stimme an 3M: »Stimmts?«

Bevor er antwortete, schnellte sie zurück und boxte Liz in den Magen. Die nach Luft japsend zusammen klappte. »Streng dich gefälligst an! Los!« Schäumend packte sie Liz an der Gurgel und drückte zu. »Wo hat Arnie die Diamanten versteckt?«

Liz zog verzweifelt an den Fingern, die sie wie Stahlklammern umschlossen und ihr das Sprechen verunmöglichte.

»Ich höre nichts!« Glitter-Glamy war wie von Sinnen. Wenn sie in Fahrt war, kam man ihr besser nicht ins Gehege. Doch 3M begann sich Sorgen zu machen. »Lass mal!« Denn, wenn sie ihre letzte Zeugin auch noch umbrachte, würden sie die Diamanten nie finden. »Du drückst zu fest zu! Sie kann uns so nichts sagen.« Vorsichtig klaubte er an ihrem Griff, bis sie losließ.

»Mach den Mund auf!«, schrie sie Liz an, die um Luft rang. Wenn das ein Vorgeschmack dessen war, was sie später zu erwarten hatte, musste sie sich dringend etwas einfallen lassen. Sonst würde sie hier nicht leben rauskommen.

Ihre strapazierten Stimmbänder versagten beinahe, als sie sprechen wollte. Sie brachte nur ein Krächzen heraus. Also versuchte sie alles mit ihrem Speichel zu befeuchten. Sie zeigte auf ihren von Würgemalen übersäten Hals und bat: »Wasser, bitte.«

»Ist gerade aus! Wir sind hier kein verdammtes Restaurant.«

Als ob Liz das nicht bemerkt hätte. Ihr Kehlkopf bewegte sich kratzend auf und ab. »Auf seinem Körper.« Jedes Wort war, als stachen tausend

Messer in ihren Hals. »Arn..ie hatte ein T..ick. Sein Ge.ld auf si.ch.« Das Sprechen fiel unsäglich schwer, bis ihr die Stimme versagte.

Glitter-Glamy tat ihren gestammelten Hinweis mit einer Geste ab. An die Leiche würden sie nicht mehr rankommen. Wenn die Diamanten wirklich da gewesen wären, hätte sie die Gerichtsmedizin längst gefunden und dem Kommissar übergeben. Dann würde die Polizei nicht weiter überall herumschnüffeln und die Beute suchen. »Wo könnte er sie sonst versteckt haben?«

Liz konnte sich kaum mehr auf den Beinen halten. Aber sie wollte ihre Schwäche diesen Gaunern nicht offenbaren. Sie konnte auch stur sein. »Er fert..igte   Geh..eim..tasche an«, formulierte sie mit rasselnder Stimme. »Nä..hte G..eld .in Kl..ei..der.«

Die nächste Zigarette fand ihren Weg zwischen die dünnen Lippen von Glitter-Glamy. Sie steckte sie nachdenklich geworden an.

In der leeren Maschinenhalle wurde es dämmerig. Nicht mehr lange, dann würden sie im Dunkeln stehen. Eine Bö kam auf und pfiff durch die Gänge. Es raschelte verstohlen, dann huschte etwas in eine Ecke.

»Ist da..s Arn...ies .Au..to?«, fragte Liz schließlich erschöpft.

»Das war es mal. Bevor es Feuer fing!«, grinste Chefin. Plötzlich fasste sie sich an die Stirn, als hätte sie soeben einen Gedankenblitz gehabt. Schnell winkte sie 3M zu sich und zischte ihm neue Anweisungen zu. Anschließend wurden Liz die Hände wieder auf den Rücken gefesselt.

Ohne ein weiteres Wort zu verlieren, schritt sie mit etwas mehr Schwung als zuvor zum Ausgang der Maschinenhalle und verschwand die Treppe hinunter.

Inzwischen fuhren Harry und Walo mit Fabio zu ihm nach Hause zurück. Im Wageninnern war es still und jeder hing seinen Gedanken nach. Ab und zu machte Harry oder Walo eine Bemerkung zum Verkehr.

Fabio schob verstohlen ein Bonbon von der linken Wange in die rechte. Er hatte es sich in einem unbeobachteten Moment in den Mund gesteckt. Unsicher rutschte er auf dem Rücksitz hin und her und wusste nicht, ob er etwas sagen durfte. Doch dann platzte er im nächsten Augenblick einfach mit dem heraus, was ihn beschäftigte: »Da war Spiderwoman. In der alten Fabrik.«

Die Männer tauschten einen wissenden Blick aus. Walo verdrehte gespielt die Augen. »Spiderwoman? Gibt es das neuerdings? Muss heutzutage jeder Comic-Held unbedingt ein weibliches Gegenstück haben?«

Harry lächelte Fabio über den Rückspiegel zu: »Hast du den Film von Spiderman gesehen?«

»Ja! Er kann von Wolkenkratzer zu Wolkenkratzer springen, mit seinen Spinnennetz-Seilen. Er kämpft für die Guten und besiegt die Bösen.«

Harry nickte, während er in die Wohnstraße einbog, bei Fabio und Walo zu Hause. Kaum waren sie angekommen, lief der Junge den beiden voraus, die Treppe hoch und rief schon unter der Tür. »Hallo Mami, ich bin zurück.«

»Hallo, mein Schatz. Hattest du Spaß?«

»Wir waren bei einer alten Fabrik. Herr Kranz hat ein verbranntes Auto untersucht und ich habe Spiderwoman gesehen.«

Seine Mutter zauste ihm verspielt die Haare und bedankte sich beim Kommissar für den kurzweiligen Ausflug.

»Aua!« Fabio spukte etwas aus. Er hatte schmerzhaft auf etwas Hartes gebissen. Dann beugte er sich neugierig über den glänzenden Stein, den seine Mutter aufgehoben hatte.

»Was hast du da?«

»Ein Bonbon. Ich habe sie gefunden. Es lag einfach auf dem Boden, war aber in Papier eingewickelt.« Er fasste in seine Tasche und zeigte stolz seinen Fund. Zwei Kinderhände voll sauber eingewickelte Bonbons. »Schau, sie sehen wirklich aus wie neu.«

»Du sollst doch keine Dinge, die auf dem Boden liegen in den Mund stecken.«

»Darf ich mal?« Walo nahm den glitzernden Kern, der Fabio ausgespuckt hatte und hob ihn ins Licht der Deckenlampe. Unter der teilweise weggelutschten Zuckerschicht, erkannte er einen tropfenförmig geschliffenen Stein.

»Das hast du in der alten Fabrik gefunden?« Er verzog seinen Mund zu einem seiner bekannten, lauten Lacher.

Harry ging in die Hocke und fragte Fabio: »Wo lagen sie genau? Gleich beim Eingang oder weiter drin? Erzähl noch mal der Reihe nach. Es könnte sich um einen verlorenen Schatz handeln, den wir suchen.« Das klang zwar geheimnisvoll, war aber zu viel für den Jungen.

Fabio schaute unsicher geworden Hilfe suchend seine Mutter an. »Mir war langweilig, da bin ich hinein gegangen.« In Erwartung eines Donnerwetters, ließ er schon mal den Kopf hängen. Als dieses jedoch ausblieb, schaute er wieder hoch. Alle Blicke waren erwartungsvoll auf ihn gerichtet. Seine Mutter nickte ihm aufmunternd zu, er solle weitererzählen. »Ich ging die Treppe hoch, da war ein großer Raum. Da stand die Spiderwoman. Ich bin aber sofort hinuntergerannt als Herr Kranz gerufen hat. Dabei bin ich gestolpert und als ich mich wieder fing, lagen da diese Bonbons vor mir auf dem Boden.«

Walo klopfte ihm auf die Schultern. »Vielen Dank, Fabio. Damit hast du der Polizei einen großen Dienst erwiesen.«

»Warte! Was war das mit der Spiderwoman? Was hat sie gemacht?«, fragte Harry nach.

»Sie ist dagestanden. Sie wollte mit mir ein Spiel machen und hat dazu mit dem Fuß Buchstaben auf den Boden gemalt.«

»Wie groß war sie? Etwa so?« Harry zeigte ihm die ungefähre Größe einer Kreuzspinne.

Fabio schüttelte den Kopf. »Nein, viel grösser. So wie Mami hier.«

»Was? War sie auf ein Plakat gemalt?«

»Nein. Sie redete so komisch, ich konnte nicht verstehen was sie sagte. Etwas war mit ihrem Mund.«

All die vielen Fragen machten den Jungen zusehends unsicherer und er zog sich schutzsuchend hinter die Beine der Mutter zurück.

»Vielen Dank, vielen, vielen Dank.« Harry und Walo bedankten sich bei Fabio überschwänglich, sie schwangen ihn abwechselnd wie ein Flugzeug durch die Luft, bis er jauchzte. Dann nickten sie sich zu und hatten es sehr eilig wegzukommen.

Schnell verabschiedeten sie sich, um unbedingt die seltsamen Bonbons zu suchen, bevor ihnen jemand zuvorkam. Sie sahen verblüffend ähnlich aus wie Diamanten. Und bei dieser Gelegenheit wollten sie die Räume in der alten Fabrik durchsuchen, um herauszufinden, was es mit der Spiderwoman auf sich hatte.

Im Laufschritt eilten sie zurück zum Wagen, setzten das Blaulicht auf und preschten mit Vollgas davon.

3M stand an der verschmutzten Fensterfront und schaute gespannt, was die Chefin bei Arnies verkohlten Wrack machte. Nervös knipste er seine Kamera an und ab. Es dauerte. Ein weiteres Indiz dafür, dass die alte Schachtel in Pension gehörte, dachte er.

Zum Zeitvertreib stellte er dann seinen Apparat mit Objektiv auf einen Sims. In aller Ruhe kontrollierte er, ob die Einstellung genau den Platz einfing, wenn er sich hinter Liz stellte, die mit gefesselten Händen neben dem Stuhl stand.

Misstrauisch verfolgte sie jede seiner Bewegungen.

Er lächelte charmant in die Linse und nahm mal die eine, dann die andere Pose ein, zeigte sich selbstverliebt im Profil und wechselte wieder in die Totale.

Liz sah ihm apathisch zu. Sie konnte sich nicht vorstellen, was daran reizvoll sein sollte. An ihrem geschundenen Körper klebte allerlei Unrat und Schmutz, der sich mit ihrem Angstschweiß vermengt hatte. Dazu war sie so erschöpft, dass sie jeden Moment zusammenbrechen würde.

3M hatte nur Augen für sich. Einer Eingebung folgend, drückte er sich an ihren verlängerten Rücken und dann nach vorne. Sie sollte sich bücken. Sie hatte kein Quäntchen Widerstandskraft mehr ins sich, sodass sie, anstatt sich dagegen zu wehren, nur überdreht loslachte. Was dachte sich dieser bloß? Wollte er sie in einem von seinen obskuren Filmchen zur Schau stellen? Das war zu viel. Von teilweise tonlosen Lachern geschüttelt, knickte sie in den Knien ein. Sie lachte, holte Luft und schüttelte sich aus. Sie konnte sich nicht mehr beruhigen.

3M zerrte an ihr herum. Er war irritiert darüber, dass sie den Ernst seines künstlerischen Schaffens zu wenig schätzte. Keine Chance, sein Opfermodel war zu müde und kam nicht mehr hoch, da konnte er ziehen und stoßen, wie er wollte. Er musste ihr schließlich eine ihrer Hände losbinden, um sie wieder auf die Füsse zu bugsieren. Mit der kichernden und gackelnden Liz neben sich, hätte 3M beinahe den krächzenden Ruf von Glitter-Glamy überhört.

»Ich habe sie!«

»Was? Ausgerechnet jetzt!«, maulte er und lief widerwillig zu den schmutzigen Scheiben, um hinunter zu sehen.

»Ich habe die Diamanten gefunden.« Die Chefin winkte ausgelassen zu ihm hoch. »Mach sie fertig. Wir hauen ab.«

Liz schluchzte auf, als sie hörte, wie das Urteil über sie gesprochen wurde. Sie konnten sie doch nicht einfach töten. Was wurde dann aus ihren Kindern? Eben noch erschöpft und müde, pumpte Adrenalin durch ihren Körper. Sie sprang hoch und riss verzweifelt an ihren Fesseln. Doch entweder hatte doch zu wenig Kraft oder 3M verfügte über erstaunliche Stärke in den Armen, die sie ihm mit seinem schlaksigen Auftreten nicht gegeben hätte. Er schien es nun ebenfalls eilig zu haben und fesselte ihre Hände kurzerhand vorne.

In Panik schnappte Liz nach Luft. Ihr Atem begann zu fliegen. Nur noch wenige Sekunden, dann würde ihr Schicksal und das ihrer Jungs besiegelt sein.

3M zupfte nun linkisch eine Plastiktüte aus seiner Hosentasche und stülpte sie, der sich heftig wehrenden Liz über den Kopf. Daraufhin fixierte er den Kunststoff mit einem Kabelbinder um ihren Hals, und zwar so eng, dass er ihr in die Haut schnitt. Dann trat er einen Schritt zurück und begutachtete sein Werk. Er holte die kleine Kamera hervor, knipste ein paar Bilder und filmte eine Sequenz, für seine Sammlung.

Noch während er an der Bildschärfe drehte, kippte Liz Kopf zur Seite. Das ging aber schnell, dachte er. Hat sich offensichtlich zu sehr abgearbeitet, bei ihrem Befreiungsversuch. Herzkasper oder so. Schade, auf die Art gaben die Bilder dramatisch leider nicht viel her. Aber er konnte es schlecht wiederholen. Das Opfer war schon hinüber.

Zum Trost schwenkte er die Linse auf sich, lächelte und machte das Victoryzeichen. Das hatte er im Kasten. 3M klappte ruhig seinen Apparat zu und steckte ihn wieder ein. Nun musste er sich sputen. Grinsend fischte er eine Pilotenbrille aus der Brusttasche und setzte sie auf. Mit wiegenden Salsa-Schritten, einer unhörbaren Melodie folgend, verließ er den alten Maschinenraum. Ihm lag die ganze Welt zu Füssen. Fidschi, Hawaii, Bahamas. Ich komme!

37.

Harry und Walo fuhren, nachdem sie sich von Fabio verabschieden hatten, mit Blaulicht zur alten Metallfabrik zurück. Die Sonne war gerade am Horizont untergegangen und der Himmel bot ein farbenprächtiges Spektakel, welches orange leuchtete und mit lilafarbene und schiefergraue Wolkenbänder für Dramatik sorgte.

Leider hatten die beiden keinen Blick für die herrliche Stimmung, da sie sich auf den einsetzenden Feierabendverkehr konzentrierten. Kommissar Kranz forderte über Funk zusätzliche Verstärkung an. Sie wollten nichts dem Zufall überlassen.

Als sie in die Landstraße einbogen, hatten sie nach zweihundert Metern von einer Erhebung aus, einen freien Blick über das ehemalige Areal. Sie hielten für eine kurze Lagebeurteilung an. Die Hallen hoben sich vor dem hellen Abendlicht am Horizont dunkel ab. Beim Eingangstor parkte knapp sichtbar eine dunkle Limousine.

»Da sind Zwei schon tüchtig an der Arbeit. Was tun die da?«

Ein Blick durch das Fernglas zeigte dem Kommissar denn auch das wohlbekannte Gesicht von Glitter-Glamy. Sie und ihr Komplize waren im Innern des ausgebrannten Wracks beschäftigt, rissen an der Polsterung herum und unterhielten sich angeregt. Walo schlug vor: »Wir nehmen die beiden in die Zange und schleichen uns an sie heran, Du von Osten und ich von Westen.«

Walo und Harry konnten sich unbemerkt bis auf wenige Meter an sie heranpirschen. Bevor einer der beiden Gauner sie entdeckte, baute sich der Kommissar in wenigen Metern Abstand neben ihnen mit gezückter Waffe auf.

»Wen haben wir denn da? Glitter-Glamy persönlich, immer fleißig auf der Jagd nach Diamanten.«

Die Angesprochene reckte ihren Hals aus dem Wagen und schaute verdutzt drein. Auch 3Ms Kopf kam auf der gegenüberliegenden Seite zum Vorschein.

Walo befahl: »Hoch mit den Pfoten! Schön langsam und keine Faxen.«

»Schau an. Der geschniegelte Walo«, knurrte die Safeknackerin, während beide zögernd dem Befehl nachkamen. »Pass auf, sonst ruinierst Du dir deine Designerjeans, hier in der wilden Natur.«

Man kannte sich. Trotz allem schielten sie nach einem Ausweg und überlegten, wie man den Kommissar austricksen könnte.

Walo schaute neugierig nach, was die beiden Interessantes auf den verschmorten Rücksitzen gefunden hatten. Eine kleine, unscheinbare Ledertasche lag da. Sie steckte noch halb im Kunststoff, aus dem sie herausgeklaubt worden war. Durch die Öffnung konnte er es darin verheißungsvoll funkeln sehen.

»Meine Herren! Wenn das nicht die gestohlenen Diamanten des Juweliers sind, fresse ich einen Besen. Mächtig nett von euch, sie für uns bereitzulegen.«

»Wir sind ganz zufällig vorbeigekommen. Wir wollten nachschauen, was von der Schrottkarre noch zu gebrauchen ist. Und wie haben wir da gestaunt, was Arnie so alles liegengelassen hat.« Glitter-Glamy mimte die Unschuldige. Obwohl sie mit ihren Worten unabsichtlich zugab, dass sie über detailliertes Wissen verfügte, was den Mord an Arnie betraf.

»Ganz zufällig?« Harry hatte gut zugehört und stieß nun ebenfalls zur Runde.

Ein zweiter Mann und bewaffnet, das schmälerte ihre Aussicht auf eine Fluchtmöglichkeit. Aber...

»Da! Was ist das?« Aufgeregt zeigte Glitter-Glamy zu den Fabrikfenstern hoch. Für den Bruchteil einer Sekunde waren die Gesetzesvertreter abgelenkt. Mehr brauchten die beiden nicht und tauchten flink in verschiedene Richtungen weg.

Währenddessen saß Liz auf dem Stuhl im oberen Stock in der alten Maschinenhalle war angekettet und hatte eine Plastiktüte über dem Kopf. Nachdem sich 3M von ihr abgewandt hatte, kam sie wieder zu sich. Sie konnte noch sehen, wie er tänzelnd in Richtung Treppe verschwand.

Sie schüttelte sich benommen und schaute sich um. Eiskalte Angst kroch in ihr hoch. Als sie gerade eben hyperventilierte, war der Beutel ihre Rettung gewesen. Doch nun befand sie sich in einer extrem gefährlichen Lage. Wollte sie nicht elend ersticken, musste sie sich in wenigen Minuten aus der tödlichen Falle befreien. Sonst würde 3Ms mörderisches Werk doch noch zur Vollendung gelangen.

Liz beugte sich vor, bis sie mit ihren Fingern den Draht fassen konnte, der schmerzhaft in die Haut am Hals schnitt. Sie ertastete die festsitzende Lasche und sah ihre schlimmste Befürchtung bestätigt. Sie hatte keine Chance, das Ding zu lockern. Indem er einen Kabelbinder verwendet hatte, war er auf Nummer sicher gegangen. Sie konnte sich daran abarbeiten, wie sie wollte, er war mit bloßen Fingern nicht zu öffnen. Aber die Zeit, bis ihr der Sauerstoff ausgehen würde, wurde knapp. Vergiss es! Befahl sie sich. Konzentrier dich auf die Tüte. Ruhig! Sie versuchte ihren Atem möglichst flach zu halten. Was sich jedoch als unmöglich erwies, angesichts der in ihr aufsteigenden Panik.

Sie beugte sich zu ihren mit Handschellen versehenen Händen vor und packte mit der einen Hand den Sack. Mit der anderen zog sie mit aller Kraft daran. Die Anstrengung ließ sie keuchen. Dabei legte sich jedes Mal das Plastik beängstigend über ihren Mund und ihre Nase. Ohne die einströmende Luft begannen bald darauf ihre Lungen zu brennen. Das brachte nichts, also versuchte sie es anders. Diesmal spannte sie mit ihrer Linken den Beutel aus Polyethylen und stach mit dem gestreckten Finger der Rechten hinein, wieder und wieder. Das Material dehnte sich minimal. Aber es entstand kein Loch.

Liz Kampf ums Überleben blieb von den anderen unbemerkt. Da soeben Glitter-Glamys mit ihrem Ablenkungsmanöver 3M die Möglichkeit bot, die Flucht zu ergreifen. Er hechtete zur schwarzen Limousine. Kommissar Walo fasste sich gleich wieder. Er jagte dem Flüchtenden nach und landete im nächsten Augenblick auf dem Bauch.

»Verdammt, das war fies«, schimpfte er zu Glitter-Glamy gewandt, die ihm das Bein gestellt hatte und sprang wieder zurück auf die Füsse.

3M saß inzwischen hinter dem Steuer und ließ den Motor aufheulen. Rückwärtsfahrend legte er, mit offener Tür, eine Hundertachtziggrad Drehung hin. Die dadurch verursachte Staubwolke deckte die Gruppe zu, so dass keiner mehr etwas sehen konnte. Die Schleimhäute wurden gereizt und Harry bekam einen Hustenanfall. Walo dagegen rannte unbeirrt in den Nebel hinein, dem Auto des Flüchtenden nach. Auch Glitter-Glamy sah ihre Chance gekommen. Sie griff sich die Ledertasche mit den Diamanten und stahl sich davon.

Als der Schleier sich endlich legte und Harry spukend und tränend wieder etwas erkennen konnte, war die Safeknackerin verschwunden. Er fuhr herum. Da! War es Einbildung oder ein Schatten gewesen? Er könnte schwören, dass er sie eben ins Dunkel der Pforte hatte eintauchen sehen.

»Halt!«, rief er und eilte ihr nach. Doch im Innern der baufälligen Fabrik blieb er horchend stehen. Hierhin drang um diese Zeit nur spärlich Licht ein. Er brauchte einen Moment, bis sich seine Augen daran gewöhnt hatten. In dem unübersichtlichen Labyrinth der Gänge und Hallen, mit den stellenweisen brüchigen Bodenplatten, war es nicht ungefährlich jemanden zu verfolgen.

Schließlich glaubte er herausgefunden zu haben, in welche Richtung sich die Schritte der Flüchtenden entfernten. Vorsichtig folgte er ihr und stieg die Treppe hoch.

Glitter-Glamy hatte einen Vorsprung herausgeholt und hastete durch die Korridore aus grobem Beton. Ihr waren die vielen Räume und Treppen auch fremd. Als 3M diesen Ort für die Entführung vorgeschlagen hatte, hatte sie sich auf seine Kenntnisse verlassen und nicht damit gerechnet, hier allein herumzuirren. Ohne ihn war es für sie schwierig, sich zurechtzufinden. Sie war auf der Suche nach einem Hinterausgang, einer der sich möglichst am anderen Ende der Fabrik befand. Einer der weit weg war von den Polizisten.

Während die Safeknackerin durch die baufällige Fabrik hetzte, kämpfte ihr Opfer Liz weiter um ihr Leben. Mit der festgezurrten Plastiktüte über dem Kopf hielt sie nur noch die blanke Verzweiflung aufrecht. In ihrem Kopf sirrte es und ihre Augen quollen hervor. Jetzt nicht ohnmächtig werden! Sie zog und spannte, bohrte und spießte mit ihrem Fingernageln weiter in den Sack aus Polyethylen. Dazu setzte sie die Stelle ein, wo die Kuppe abgebrochen war und scharfe Zacken hatte. Es musste klappen!

Ein Blick zeigte, dass sich eine ausgedünnte Stelle gebildet hatte. Dahinein stieß sie mit letzter Kraft. Vor ihren Augen verschwamm bereits alles. Da! Ein kleiner Riss wurde sichtbar. Zitternd vor Erregung hielt sie sich die Öffnung an den Mund und sog. Die Plastikhaut legte sich über ihre Lippen und die Zähne, aber sie spürte, wie etwas köstliche Luft in ihre Lungen drang.

Gerettet! Weiter atmen! Gierig nahm sie Atemzug für Atemzug durch die winzige Öffnung. Allmählich wurde ihr Blick wieder klarer. Im Kunststoffbeutel war es schwül, der Schweiß tropfte ihr von der Stirn, lief in Bächen über ihr Gesicht und mischte sich mit den Tränen der Erleichterung. Langsam kehrte Gefühl in ihren Körper zurück.

Unter ihr, auf dem Fabrikvorplatz hatte inzwischen Kommissar Walo einen rekordverdächtigen Spurt hingelegt und das Fluchtauto mit 3M am Steuer eingeholt. Er griff ihm durchs offene Fenster ins Lenkrad und versuchte ihn zum Aufgeben zu bewegen. Aber 3M wehrte sich und drosch ihm wie wild auf die Hände. Und als er ihn so nicht abschütteln konnte, trat er auf das Gaspedal und als Walo nicht mehr mithalten konnte, fuhr lachend davon.

Der Kommissar blieb pustend stehen. »Na, wer zuletzt lacht!« Er hob seine Waffe und gab einen Warnschuss ab. Doch der Ganove fuhr unbeirrt weiter. Also schoss er die Reifen kaputt.

Der Knall des Schusses ließ Glitter-Glamy kurz innehalten und Atem schöpfen. Sie war noch immer im Fabrikgebäude und fragte sie sich, ob sie 3M erwischt hatten. Gleich darauf fielen noch zwei Schüsse. Kein gutes Zeichen. Ein Grund mehr für sie, so schnell wie möglich wegzukommen. Sie hastete weiter und durchquerte eine Halle, auf deren gegenüberliegender Seite sie eine breite Öffnung entdeckte. Schon konnte sie die Schritte ihres Verfolgers hören. Sie schienen immer näherzukommen. Sie schaute sich gehetzt um.

Auch Liz schöpfte Atem und sog gierig den Sauerstoff durch einen Riss in der Tüte ein. Als es draußen knallte, schrak sie zusammen. Im schwindenden Licht der Maschinenhalle fragte sie sich, ob sie sich das nur eingebildet hatte. Doch als gleich darauf noch zwei Schüsse folgten, war klar: Sie hatte keine Zeit zu verlieren.

Mit der Rückkehr der Energie wurde ihr bewusst, dass ihr Kampf noch nicht zu Ende war. Sie packte nun das Polyethylen und zerrte und riss mit aller Kraft am winzigen Riss herum, bis sie erst ihre Nase und den Mund, und schließlich ihren ganzen Kopf durch das entstandene Loch stecken konnte. Nur der Kabelbinder, der blieb. So saß sie da, die schweißdurchtränkten Haare klebten ihr im Gesicht und schöpfte keuchend Luft.

Erleichterung darüber, dass sie dem Tod ein Schnippchen geschlagen hatte erfüllte sie. Sie brauchte einen Moment, bis ihr Atem wieder normal ging und ihre Lungen sich erholt hatten. Sie war dankbar, dass sie ihren, wenn auch schmerzenden, doch sehr lebendigen Körper spüren konnte. Nach und nach wurde sie sich ihrer Umgebung wieder bewusst. Das Klimpern ihrer Fußfesseln jagte ihr einen Schauer über den Rücken. Es brachte sie zurück in die Realität.

Inzwischen war Glitter-Glamy weiter gehastet und schaute sich gehetzt um. Wo war sie? Hatte sie bereits das hintere Ende der alten Fabrik erreicht? Da erspähte sie eine doppelflügelige Metalltür. Das musste der ersehnte Ausgang sein. So würde sie weit ab von ihren Häschern in Freie gelangen. Sie riss am Knauf, trat ein und hatte plötzlich keinen Boden mehr unter den Füssen. Verzweifelt versuchte sie sich mit der freien Hand festzuhalten. Mit der anderen umklammerte sie den Lederbeutel mit den Diamanten. Um beide Hände zu gebrauchen, hätte sie sie fallenlassen müssen. Aber so war sie zu schwer, rutschte ab und stürzte schreiend in den leeren Liftschacht.

Nachdem der Kommissar dem flüchtenden 3M in die Pneus schoss, brachte das zwar das Fahrzeug ins Schlingern. Doch er war trotzdem weiter gefahren bis zur Geländeerhebung. Dort stellte sich ihm ein entgegenkommender Streifenwagen in den Weg. Er ließ den Wagen stehen und flüchtete zu Fuß über das Brachland. Wo er kurze Zeit später von den trainierten Polizisten eingeholt und verhaftet wurde.

Kommissar Walo verfolgte das Ganze von weitem und klopfte sich abschließend den Schmutz aus der Kleidung:»Was für eine Sauerei! Die neuen Markenjeans zerrissen und das Polo kann ich auch gleich in den Müll werfen.«

Da ertönte der schauerliche Schrei aus der alten Fabrik. Walo zückte seine Waffe und rannte hinein.

Der Schrei, der durch das zerfallene Gemäuer gellte, ließ Liz den Atem stocken. War das 3M oder Glitter-Glamy gewesen? Was ging da vor?

Sie wollte auf jeden Fall kein weiteres Mal riskieren, an der Flucht gehindert zu werden. Aber erst musste sie sich von den Ketten an den Füssen befreien. Sie sprang auf, packte das Stuhlbein, platzierte es als Hebel in den Metallreifen und schob zum Schutz ihres Knöchels, ein Stück Holz dazwischen. Ein Ruck, und der Reif verbog sich. Ein Zweiter und er brach auf. Genauso verfuhr sie mit der Kette am anderen Fuß. Endlich frei! Sie vertrat sich stelzend die Beine und machte ein paar Kniebeugen, zur besseren Durchblutung. Sie schüttelte ihre Hände über den Kopf. Die Handschellen waren hinderlich, aber erst musste sie hier raus. Dann würde sie sich um diese letzte Fessel kümmern.

Doch ein Geräusch auf der Treppe ließ sie aufhorchen. Tatsächlich! Sie hörte Schritte.

Harry blieb abrupt stehen als er Glitter-Glamys Schrei hörte. Wenige Augenblicke später gelangte er zu der Stelle, wo sie abgestürzt sein musste. Vorsichtig guckte er in das dunkle, rechteckige Loch hinab. Er konnte nichts erkennen. Die berüchtigte Safeknackerin musste irgendwo im Untergeschoss aufgeschlagen sein.

»Hallo! Können Sie mich hören?«, rief er mit belegter Stimme. Doch es blieb still. Da! Hatte sie sich da bewegt? »Nicht weglaufen! Ich hole Hilfe!«

Er rannte den Weg, den er gekommen war zurück, durch die Halle, entlang von Gängen und kam zur Treppe. Und blieb ratlos stehen. Musste er hoch? Wie gelangte er ins Freie? Aus welcher Richtung war er gekommen? Die Stufen und Aufgänge sahen alle gleich aus. Unsicher schaute er sich um und versuchte sich zu erinnern.

Da vernahm er ein seltsames Geräusch, ein leises Klimpern. Zweifel überkamen ihn. Vielleicht war Glitter-Glamy gar nicht abgestürzt und lauerte stattdessen hier irgendwo. Harry schlich mit angehaltenem Atem die Stufen hinunter. Und anschließend eine halbe Stiege wieder hinauf und befand sich nun auf einer Art Zwischenabsatz. An dieser Stelle war er bestimmt noch nie entlang gegangen. Ein großer Eingang gab die Sicht frei auf eine Maschinenhalle. Er war sicher, dass das Geräusch von da gekommen war.

Von draußen drangen laute Stimmen zu ihm hoch und er hörte, wie Autotüren zugeschlagen wurden. Offenbar war die Verstärkung eingetroffen.

Im Gebäude drin war es still. Er schlich behutsam weiter und lauschte angestrengt. In der Mitte des Raumes lag etwas wie eine Kiste.

Liz vernahm die sich nähernden leisen Schritte. Sie packte den Stuhl und flitzte damit zum Eingang, neben den sie sich stellte, bereit jeden, der eintrat niederzuschlagen. Keinen Augenblick zu früh.

Da kam er! Fast surreal hob er sich als dunkle Masse gegen die Fensterfront ab. Sie konnte spüren, dass eine Person vor ihr stand, den Rücken ihr zugewandt. Sie holte aus und schlug mit aller Wucht zu.

Erwischt! Das hatte gesessen. Der Übeltäter war ausgeschaltet. Sie wollte sich gerade flüchtend abwenden, als ihr an ihm etwas seltsam vorkam. Sie stellte den Stuhl ab und drehte den Körper mit der Fußspitze um.

»Oh mein Gott! Was habe ich getan«, flüsterte sie ungläubig. Sie warf sich neben ihrem Opfer auf die Knie und bettete seinen Kopf in ihren Schoss.

»Wo kommst du denn her?« Sie strich Harry sanft über die Haare. »Es tut mir leid. Hat es sehr weh getan?« Doch er war zu beduselt, um zu antworten. Besorgt wiegte sie ihn wie ein Kind hin und her, lachte gequält, während ihr die Tränen über die Wange liefen.

So traf sie Kommissar Walo Kranz an, als er mit der Waffe in der Hand in den Raum sprang.

38.

Die Soeur Detonation blickte durch das Schaufenster des Juweliers van Hohenstett. In der leeren Auslage war ein Schild angebracht, auf dem stand: Wegen Geschäftsauflösung geschlossen.

Mit einem schiefen Lächeln wandte sie sich ab und setzte sich an diesem Regentag eine Sonnenbrille auf. Sie schaute auf die Uhr und schlenderte in Richtung des Bahnhofs.

Der Schnellzug nach Madrid fuhr in einer halben Stunde. Am Schalter löste sie eine Fahrkarte. Dann tauchte sie ein in den Strom der Reisenden, der sie bis zum Bahnsteig begleitete. Dort bestieg sie den Zug und fuhr ihrem nächsten Auftrag in Madrid entgegen.

Kommissar Walo Kranz überflog ein letztes Mal den Abschlussbericht zum Einbruch beim Juwelier van Hohenstett, dem Mordfall Arnold Wyler und der Entführung von Liz Bardi.

Die gestohlenen Diamanten konnten alle sichergestellt werden. Es war eine Mustervorlage, mit der Arnie in die Kriminalgeschichte eingehen wird. Das Schlitzohr hatte die wertvollen Steine aufgeteilt, um das Risiko zu minimieren und nicht alles zu verlieren, falls ihm jemand die Beute abjagen würde.

Deshalb trug er die eine Hälfte der Diamanten in einem Lederetui um seinen Hals. Aus irgendeinem Grund, den nur er kannte, hatte er am Abend, als er Liz für die Geldübergaben traf, die Tasche in die Polsterung des Rücksitzes gesteckt. Die andere Hälfte der Beute kaschierte er als Bonbons, was ihm, als ehemaliger Zuckerbäcker leichtfiel. Er umhüllte die Edelsteine mit einer Bonbonmasse und wickelte sie mit Papierchen. Wahrscheinlich wollte er sie bei der Grenzkontrolle durchschmuggeln.

Natürlich rechnete er nicht mit der Rache der um die Beute geprellten Glitter-Glamy und hätte wohl nie gedacht, dass sie ihn deswegen umlegen würde.

Kranz musste zugeben, dass Bennets Verdacht, die Fälle würden zusammenhängen, richtig gewesen war. Ihm bereitete einzig das seltsame Verhalten von Harry Sorge, dass er seitdem er diesen Schlag auf den Kopf bekommen hatte, an den Tag legte. Seither arbeitete er nur noch sporadisch bis spätabends und kam samstags nur ins Büro, wenn es ein dringender Fall erforderte. Vor allem aber ging er ihm mit seiner ansteckend guten Laune auf die Nerven. Vielleicht waren das Spätfolgen der Verletzung, vielleicht wogen sie schwerer, als der Arzt diagnostiziert hatte? Oder steckte am Ende Liz Bardi dahinter? Sie hatte sich seit dem Vorfall geradezu rührend um Harry gekümmert.

Er schmunzelte. Welch seltsames Gebaren manche Spezies an den Tag legte, um sich zu finden. Die Frau schlägt den Mann halbtot, um ihn danach zu verwöhnen. Und Harry ließ das auch noch alles mit einem Lächeln über sich ergehen.

Er zuckte mit den Schultern. Was solls. Er hatte zum Glück Marlene. Und wenn alles so lief, wie er es sich erhoffte, würde auch nicht mehr lange allein bleiben. Seit er mit den öffentlichen Verkehrsmitteln zur Arbeit fuhr, traf er Marlene im morgendlichen Bus. Sie hatten ganz ungezwungen ein paar Mal miteinander geplaudert. Nach einiger Zeit hatte er es gewagte und sie zu einem Date eingeladen. Sie waren für Morgenabend verabredet.

Kommissar Kranz' Stimmung hob sich augenblicklich und er begann leise vor sich hinzupfeifen. Don't worry, be happy.

Ende

Dank

Mein tiefempfundener Dank gilt:

- Anja Schröder vom Asaro Verlag, für ihre Beratung und Unterstützung.

- Meinen Freundinnen den Schreibpädagoginnen Verena Lüthi und Silvia Trinkler, die mich mit ihrem Fachwissen unterstützten und mir wertvolle Hinweise erteilten.

- Julia Onken und das Team der Textwerkstatt, die nicht aufhörten mir Mut zu zusprechen und dranzubleiben.

- Und natürlich meinen Freundinnen aus der Textwerkstatt.

- Meinem wunderbaren Mann Walter, der mir immer wieder Mut machte.

Sie alle haben mit viel Engagement mich immer wieder ermuntert.

Lesen Sie auch den erfolgreichen Kriminalroman

DIE ZÜRCHER ACHSE *VON EVELINE KELLER*

Kommissarin Amber Glättli beugte sich über den Toten, um ihm ins Gesicht zu sehen oder in das, was es mal war. Ein süß-säuerlicher Geruch von Schnaps und Körperausscheidungen stieg ihr in die Nase. Warum erwischte immer sie die gruseligen Leichen? Und der hier hatte links am Hals, eine lange Narbe, die ihr auf beunruhigende Weise bekannt vorkam.

Sein Kopf lag in den Ansätzen, des geplanten Kneipp-Wasserbeckens, in dem sich vom verregneten Wochenende Wasser angesammelt hatte. Im Tod hatten sich seine Züge entspannt, sein Mund, ein blutiges Loch, die Zähne eingeschlagen und seine zugeschwollenen Augen waren dünne Schlitze, auf die Amber hinabsah, um ihn herum, schwamm wie ein Heiligenschein Blut und Erbrochenes.

Routinemäßig prüfte sie seinen Puls. Vielleicht war er zum Vampir mutiert, dachte sie und stürzt sich auf ahnungslose Kommissare. Sollte sie sich einen hölzernen Pfahl sichern, den man ihm notfalls durchs Herz treiben konnte, bevor er biss? Half das überhaupt? Michael Jacksons *Thriller* drängte sich in ihre Gedanken und sie schauderte. Es fühlte sich wie ein Temperatursturz an und die andächtige Stille auf der großen Baustelle, des Familien-Wellnesscenters Sunny Beach trug das ihre dazu bei. Wo sonst Lastkräne surrten, eifrig gehämmert, gerufen und gebohrt wurde, war nur das Scharren von zwei Dutzend Füßen zu hören. Die Arbeiter standen im Halbkreis um sie herum, ihre Hände bedrückt gefaltet, die Schultern gekrümmt. Wie bei einem Feldgottesdienst, nur der Pfarrer fehlte und das signalfarbige Absperrband der Polizei passte auch nicht ins Bild.

Der Polier hatte am Morgen aufgeschlossen.

„Da habe ich nichts Auffälliges bemerkt. Der Elektrikerlehrling hat ihn erst um halb neun Uhr entdeckt, hinten im Saunabereich. Da arbeitet im Moment keiner", gab er zu Protokoll, während er versuchte an der Leiche vorbeizuschauen, was ihm nicht gelingen wollte.

Kommissarin Glättli richtete sich zu ihrer ganzen Größe von Eins neunundfünfzig auf, stellte sich wippend auf die Zehen, schob ihr Kinn vor und musterte jeden der Reihe nach. Keiner wagte, mit dem Mundwinkel zu zucken. Aufmerksam verfolgten sie jede ihrer Bewegungen in der ungewöhnlichen Aufmachung. Die konnten lange schauen, das war ihr sowas von egal.

Zugegeben, die Fischerstiefel wären für die Pfütze nicht nötig gewesen, so waren von ihr nur noch die Schultern und das Kinn zu sehen. Der Rest ihres Körpers ertrank in der Gummihülle, die ihr bis zum Brustbein reichte und oben mit einem Schutzhelm abschloss. Sie sah aus wie ein Michelin-Männchen. Als sie von der Leitstelle informiert wurde, den Fall des Ertrunkenen ‚AgT‘ –, Kürzel für außergewöhnlichen Todesfall –, zu untersuchen, hatte sie nicht ahnen können, dass sie dazu nicht bis zur Brust im Wasser stehen musste, sondern das kühle Nass gerade mal ihre Knöchel erreichte. Aber sich hier vor allen Leuten aus dem Gummi-Zeug zu schälen, das war ihr zu peinlich.

Der Polizist im Bereitschaftsdienst meldete ihr im Fachjargon er habe das ganze ‚Rösslispiel‘ aufgeboten, das heißt Wissenschaftlicher Dienst für die Spurensicherung, den Bezirksarzt, der den Totenschein ausstellen soll und den verantwortlichen Staatsanwalt. Sie alle trafen nun nach und nach ein.

Kommissarin Glättli nannte man hinter vorgehaltener Hand das ‚Katapultgeschoss des Gesetzes‘. Damit spielten die Kollegen auf ihren gut gepolsterten Körper an. Ihr entlockte dies nur ein müdes Lächeln: „Alles purer Neid."

Mit zäher Hartnäckigkeit hatte sie mit der Zeit den Kollegen Respekt abgerungen. Ihre Größe hatte dabei wenig geholfen, auch wenn sie sich auf die Zehenspitzen stellte. Ihr Hintern schwang luftig beim Gehen, und mit ihren schnellen Beinen hatte sie auch schon manchen Ausreißer eingeholt. Im richtigen Kleid konnte sie manch bewundernden Blick einfangen. Was wollte sie mehr. Sie sah keinen Grund, warum sie auf ihre geliebten Schokoriegel und Cremeschnitten verzichten sollte.

Ihre schwarzen Haare reichten bis zum Kinn und federten bei jeder Bewegung hin und her. Sie pflegte es länger zu tragen, und früher hatte sie auch mal mit Dauerwelle und Strähnchen experimentiert. Mit dem neuen Haarschnitt wirkte ihr Gesicht zart, was durch die Sommersprossen unterstrichen wurde. Die waren ihre wahre Geißel. Sie ergossen sich über ihren gesamten Oberkörper. Was die einen in Entzücken versetzte, nannten andere Fliegenscheiße und sie selbst hasste sie abgrundtief, wie das nur jemand tut, der deshalb während der Schulzeit gnadenlos gehänselt wurde. An schlechten Tagen griff sie deswegen tief in die Schminkkiste. Wegen ihres frischen Aussehens wurde sie mit ihren fünfunddreißig Jahren oft mit „Fräulein" oder „Kindchen" angesprochen, was sie nicht ausstehen konnte.

Nun winkte sie Tom, den Fotografen, herbei: „Bitte mach mir ein paar Aufnahmen von der Zufahrt und bis hierher, von allen Seiten, und ein Porträt."

Tom nahm mit zugekniffenem Auge Maß: „Mal sehen, ob ich ihm ein Lächeln entlocken kann", und machte sich ans Werk.

Auch Amber begann ihre Arbeit, zog sich Einweghandschuhe über und untersuchte die Leiche nach Spuren, die etwas über das Ableben verraten würden. Die Totenstarre hatte sich bereits wieder gelöst, er musste länger als sechs Stunden da liegen, der Mediziner würde das genauer schätzen können. Trotz der erheblichen Verletzungen am Kopf, deutete alles daraufhin, dass der dunkelhäutige Mann in den wenigen Zentimetern Wasser ertrunken war. Was eine Maus problemlos schaffte, kam bei jemandem mit dem Körper eines Marathonläufers, der obendrein beide Hände frei hatte, einem Kunststück gleich.

„Hm, hm, hm", murmelte sie, und ging nahtlos in ein Summen über, eine ihrer Marotten. Der Ton schwoll an und wieder ab, je nachdem, was sie entdeckte.

Der Tote war zirka ein Meter fünfundachtzig groß, hatte lange, dünne Glieder und seine schwarze Haut glänzte mit dem seidenen Anzug um die Wette. Seine Füße steckten in hellen Slippers aus weichem Ziegenleder. Für einen Geschäftsmann wies er zu viele Narben auf und ein Asylsuchender war er wahrscheinlich auch nicht, dafür trug er zu teure Kleider.

Bilder stiegen in Amber hoch: Piraten in wehenden Gewändern rannten auf sie zu. Ihr brach der Schweiß aus, als sie den Vorspann ihres Alptraumes erkannte. Ein Déjà-vu, ausgelöst durch den Fremden. Sie blickte prüfend in sein aufgedunsenes, verformtes Gesicht, konnte aber nicht mit Bestimmtheit sagen, ob sie ihn erkannte. Andererseits, die Narbe…

Um Ablenkung bemüht, sah sie sich nach ihrem Assistenten um: „Serge, halt mir bitte mal das Aufnahmegerät. Danke. Die Totenstarre hat sich gelöst. Druckstellen am Hals, zu schwach für Würgemale, schwere Verletzungen in Gesicht und am Kopf, mehrere Zähne ausgeschlagen, Nase gebrochen und Kiefer, Lippen aufgesprungen, Schwartenrisse links und rechts der Jochbögen, Stirn und linker Wangenknochen. Die Art der Verletzungen deutet auf Fußtritte oder Schläge mit einem stumpfen Gegenstand hin. Am ganzen Körper Kratzer, Prellungen und Schürfungen. Fremdeinwirkung wahrscheinlich. Von seiner Lage zu urteilen, würde ich sagen: Er ist bis zum Wasserbecken auf allen Vieren gekrochen und hier zusammengebrochen."

Langsam lösten sich ihre inneren Schatten auf.

„Das war's. Die Analyse der Spuren durch den Wissenschaftlichen Dienst wird uns mehr Klarheit geben und Reuven von der Rechtsmedizin wird uns nach der Obduktion der Leiche mehr zur Todesursache sagen können."

Die Kommissarin arbeitete mit Serge seit über zwei Jahren. Seine übermotivierte Spring-ins-Feld-Attitüde hatte er nicht ohne zu murren aufgegeben. Doch inzwischen waren sie meist recht gut aufeinander eingestellt, nur ab und zu gab es Diskussionen. Sie schätzte an ihm seine Flexibilität und musste zugeben, dass ein Kollege mit seiner Größe manchmal ganz praktisch war.

Sie entledigte sich ihrer Gummifinger und machte Platz für die Spezialisten in den weißen Anzügen, die jedem Haar und jedem Staubkorn nachgehen würden. Keine beneidenswerte Arbeit an einem Tatort wie diesem. Gleich vor Ort begannen sie mit dem Vernehmen der Zeugen. Zuerst der Polier, der respektvoll den Helm abnahm, wodurch ein Schweißring mit verklebten Haaren sichtbar wurde, was sie wünschen ließ, er würde den Helm wieder aufsetzen.

„So ein Ärger. Sehen Sie, die Baustelle kann nicht lückenlos abgeschlossen werden. Der Zaun führt zwar rund um das Areal, aber es kommt immer wieder vor, dass Material gestohlen wird. Für Fremde ist das Betreten sowieso verboten und jetzt so etwas. Ein Toter! " Er seufzte: „Er muss schon dagelegen haben, als ich aufschloss. Ich kenne ihn nicht, habe ihn noch nie gesehen", meinte er kopfschüttelnd. Er würde ruhiger schlafen, wenn ein Wachmann nachts seine Runde machen würde, aber das war zu kostspielig.

„Vielleicht hat er mal nach Arbeit gefragt? Denken Sie nach!"

„Nein, der wäre mir bestimmt aufgefallen."

Sie notierte sich seine Adresse und wandte sich dem Nächsten zu, einem großen, schlaksigen Jungen mit Pickelgesicht. Es war der Lehrling der Elektrofirma, der den Toten gefunden hatte, und der seiner wichtigen Rolle entsprechend, cool wirken wollte:

„Ich rief ihm noch zu: ‚Die Pfütze reicht aber kaum für eine Abkühlung', im Sommer wird es auf dem Beton heiß wie in einer Bratpfanne, darum glaubte ich, er …", der Junge schluckte. „Doch er regte sich nicht, also stupste ich ihn mit dem Fuß an und merkte erst da, wie unheimlich still er war." Ein Stimmbruch kippte und nun quiekte er, dass es in den Ohren schmerzte. „Da ging ich den Chef rufen."

Er brach von Emotionen überschwemmt ab. Amber legte ihm tröstend den Arm um die Schultern.

„Das hätte jeden erschreckt. Sie haben genau das Richtige getan."

Steif nickend wandte er sich mit feuchten Augen ab. Dann sah er sie fragend von der Seite an, als fürchtete er, bei ihrer nächsten Frage in Tränen auszubrechen.

„Danke, wir melden uns, wenn wir noch Fragen haben."

Mit Schultern, die unter der Last der Erwachsenenwelt zusammenzubrechen drohten, ging er davon.

„Was ist hier los? Was macht ihr da?", bellte eine Stimme die Anwesenden an und zog die Aufmerksamkeit auf sich. Ambers Stirn kräuselte sich, zu einer steilen Falte über ihrer Nase. Die Art, wie der Näherkommende sich bewegte kam ihr bekannt vor. Außer John Wayne kannte sie nur einen, der die Hüften so versteifte, wobei die Beine vorausgriffen, als ob das, was dazwischen hing, besonderen Schutz erforderte. Ihr Blick tastete ihn ab.

Seine Gesichtsfarbe glich Spülwasser, sein Mund verkniffen und anstelle der Grübchen hatte er nun Furchen. Die Lachfältchen um die rotunterlaufenen Augen stammten aus einem anderen Leben. Gereizt schob er eine Locke aus der Stirn und musterte die Männer. Der coole Individualist, mit der animalische Anziehungskraft war verblast. An seiner Stelle stand ein Typ, der Stahl fressen würde, sodass ihr der freundliche Gruß im Hals stecken blieb. Er war breiter geworden.

David Malers Auftritt ließ keinen Zweifel daran, wer hier der Boss war. Und Amber wurde plötzlich peinlich bewusst, wie sie aussah. Sie wünschte, sie hätte sich heute Morgen mehr Zeit vor dem Spiegel genommen. Obwohl von ihrer Bluse und den Dreiviertelhosen sah man nichts in den Fischerstiefeln, mit dem Helm obenauf.

Maler schaute um sich und schnauzte: „Ihr da! Warum steht ihr rum wie bestellt und nicht abgeholt? Wisst ihr, was das kostet?" Er fixierte einen nach dem anderen, als könnte er an ihren Gesichtern die Ausgaben abschätzen.

Eine weitere Verzögerung des Baus konnten sie sich unmöglich leisten. Sie lagen im Terminplan bereits zurück, statt Januar würde man erst im April eröffnen können, und das auch nur, wenn alle Überstunden einlegten. Er wedelte mit der Hand in Richtung des Toten: „Packt den mal weg. Die Sorte kann ich eh nicht leiden, egal ob tot oder lebendig."

Sein rüder Ton verschlug Amber kurz die Sprache. Sie trat vor. Er blickte sich jedoch suchend um, hatte sie als Hilfskraft abgetan und winkte stattdessen Assistent Serge heran. Der entsprach offensichtlich eher seiner Vorstellung eines Untersuchungsleiters mit seinen eins fünfundneunzig und hundert Kilo Lebendgewicht.

„Hey, Sie da, sind Sie der Zuständige der Kripo?"

Serge beugte sich zu seiner Chefin hinab: „Alles klar, Frau Kommissar?"

Amber zischte verächtlich, schoss wie eine Ballerina auf die Zehenspitzen und war nun knapp auf Davids Augenhöhe.

„Kommissarin Glättli. Wir, äh, … kennen uns!", sagte sie und streckte ihm die Hand entgegen.

Die übersah er, und schaute sie verdutzt an.

„Von der Kreuzfahrt. Horn von Afrika." Sie stellte sich wieder auf ihre Fußsohlen, was sie ein paar Zentimeter an Höhe einbüßen ließ, aber nun hatte sie seine volle Aufmerksamkeit. „Ich leite die Untersuchung und hier räumt niemand was weg, bevor die Spurensicherung ihre Arbeit beendet hat."

„So! – Aaaha!"

Der lang gezogene Ausruf bestätigte seine Vorahnung von heute Morgen, als eine schwarze Katze seinen Weg kreuzte. Er befürchtete, dass er vom Pech verfolgt werden würde. Der Beweis stand vor ihm. Die halbe Portion, die die schlechte Angewohnheit hatte, in den ungnädigsten Momenten in sein Leben zu platzen, alles aus den Angeln zu heben und dann spurlos zu verschwinden.

Sie war Kommissarin, das erklärte manches. Unter anderem, weshalb sie alles besser wissen musste. Und Mannweiber, die ständig beweisen wollten, wie hart sie im Nehmen waren, konnte er noch nie leiden. Er hatte sie nicht wiedererkannt. War das ihre Uniform?

„Was suchst du hier? Dass du dich mir überhaupt unter die Augen traust! Nie gelernt, dich anständig zu verabschieden, hm? Schlechte Kinderstube! Was soll der giftige Blick? Habe ich einen wunden Punkt getroffen?", blaffte er sie an. Und weiter: „Oh, entschuldige, du bewegst dich ja in höheren Sphären. Rettest Menschen in Not, oder war es die Welt? Spielst dich zum Gewissen der Nation auf, aber selbst hast du keines!" Das hielt er ihr in voller Lautstärke vor. Nun wusste es auch der Hinterste und Letzte

„Reißen Sie sich zusammen, ja, bitte! Sie sind mir grad der Richtige! Und mein Privatleben interessiert hier keinen", zischte sie. Was nicht stimmte, denn alle spitzten die Ohren. „Ich bin hier, um den Todesfall zu untersuchen."

„Kennen Sie den Mann? Schauen Sie ihn genau an. Haben Sie ihn schon mal gesehen?"

In David sträubte sich alles, seine Abneigung dem Toten gegenüber war fast körperlich. Schweiß brach ihm aus. Zu sehr sah er jenen Piraten ähnlich, die Jessica auf dem Gewissen hatten, und der Schmerz über ihren Tod übermannte ihn von Neuem. Jessica, wie sie verärgert weglief. Der Schlag, als die Kugel ihren Körper traf. Ihr erstaunter Blick.

Aufgewühlt schüttelte er den Kopf, um die Bilder zu verscheuchen. Die Narbe auf seinem Unterarm, wo ihn das Projektil gestreift hatte, juckte. Er starrte auf den stillliegenden Mann zu seinen Füssen und ihm wurde schlecht. Galle stieg in ihm auf und er schluckte krampfhaft, wollte den Toten mit dem Fuß wegstoßen. Als hätte Amber es geahnt, schnellte ihre Hand vor.

„Unterstehen Sie sich!"

Das reichte. Nur weg hier oder er musste kotzen. Unwirsch riss er sich los.

....weiterlesen DIE ZÜRCHER ACHSE von Eveline Keller *erschienen Verlag Tredition*

Lesen Sie auch den neuesten Kriminalroman

MONTE VON EVELINE KELLER

Hans Furrer dreht durch und verlangt von Janet als Mitglied der Sozialbehörde, dass sie ihm den Aufenthaltsort seiner Enkelinnen Mara (8) und Andrea (6) mitteilt. Ihr Vater ist vor zwei Jahren mit ihnen über Nacht verschwunden. Widerwillig übernimmt Janet den Fall. Als sie jedoch auf Widerstand in den eigenen Reihen trifft, will sie erst recht wissen, was dahinter steckt.

Die beiden Mädchen Mara und Andrea sind von der schweren Arbeit auf dem Hof des Schmuggler Tremonti geschwächt. Sie hungern, werden geschlagen und missbraucht. Allein die Hoffnung, dass ihr Vater sie, wie versprochen weggholt hält sie am Leben. Da wird Andrea krankt und wird immer schwächer. Bei einem Streit, brüllt Tremonti sie an, ihr Vater sei längst gestorben. Mara muss handeln.

Obwohl Janet und Furrer jeder Spur nachgehen, treten sie an Ort. Ein Hinweis einer Notschlafstelle aus dem Tessin tönt vielversprechend. Doch statt die Spur zu verfolgen, soll sie an einem Teamanlass teilnehmen. Geplant ist eine Radtour. Ohne Janet! Sie hat geschworen, nie mehr ein Rad zu besteigen. Sie hat jedoch nicht mit der Sturheit ihres Kollegen Robin gerechnet.

MONTE von Eveline Keller *erschienen bei tredition Verlag GmbH*

Zeitfracht Medien GmbH
Ferdinand-Jühlke-Straße 7
99095 Erfurt, Deutschland
produktsicherheit@kolibri360.de